傲王馴嬌 2

風文創 536

陸柒 著

536

目錄

第十六章

秦若蕖被陸修琰護在身前緩步前行，左手拿著她的「落湯雞」，右手拿著一串糖葫蘆吃得不亦樂乎。

陸修琰不時低下頭望望她，唇邊始終帶著溫暖柔和的笑容，偶爾見她走得快了，會勾著她的腰帶將她扯回來，不讓她離自己超過三步。

秦若蕖頭一回逛廟會，身邊又是這麼一個對她有求必應的，但凡她想看、想買、想吃的沒有不許的，樂得如出籠的鳥兒，撒歡似地這裡看看、那裡瞧瞧。

此刻，她便心滿意足地坐在百味齋的包廂內，左一塊千層糕、右一塊杏仁酪地直往嘴裡塞。

陸修琰一面為她添上茶水，一面輕聲勸道：「吃慢些，小心噎著。」

秦若蕖滿足得眼睛都眯成了彎彎的一道，望著含笑坐在一邊的陸修琰感嘆道：「陸修琰，你真好。」

什麼都依著她，什麼都順著她，確實是再好不過了。

陸修琰微微一笑，抬手用帕子為她拭了拭嘴角，動作自然得好像已經做了無數回。

「可飽了？」

「飽了、飽了，只是酒肉小和尚沒來，我想幫他買些回去。」

「我已經讓人準備了。」耍了些小手段不讓小傢伙跟來，總得給他些好處。

結了帳，一手提著給無色的各類糕點，一手護著秦若蕖，陸修琰全部心思都繫在她的身上，根本沒有察覺樓梯的另一邊，一雙妒恨的眼睛正望過來……

常嫣死死地絞著帕子，落到被他護著的秦若蕖身上的目光，帶著濃烈得化不開的怨毒。

岳梁廟會，她幾次三番欲邀約端王，可連他的人影都沒見著，哪怕是拜託了父親，連父親都難見上他一面。

哪想到今日竟在此見到許久不見的身影，不僅如此，還是在這樣一個特殊的日子，陪著一個遠不如自己的女子。

那呵護的動作、專注的眼神，落在她的眼裡，如一把把鋒利的刀刃，凌遲著她的心。

她愛慕多年、如神祇般的男子，自己努力多年、事事要求完美，只求有朝一日能站在他的身側，與他攜手白頭的良人，如今卻對別的女子關懷備至。

她緊緊地咬著牙關，身子因為憤怒而微微顫抖著，直到那兩人的身影再看不到，她才深深地吸了口氣，語氣冰冷地對身側的侍琴道：「讓人動手吧，我不希望有生之年再看到秦若蕖那張臉。」

原本那日暗示過她，見她一連半月都安安分分地待在家中，她便以為她是知難而退了，哪想到對方竟如此不知好歹，既然如此，也不要怪她心狠手辣了。

眼看只差那麼一道聖旨便能實現多年心願，她絕不允許自己功虧一簣，更不允許這樣一個不知高低的女子伴在他身邊。

「怎麼了？可是還有想買的？」見秦若蕖不時回頭張望，陸修琰不解，低聲問。

「沒、沒有。」秦若蕖撓撓耳根，總覺得身後似有一道很不舒服的視線盯著自己，可一回頭，又什麼也沒發現。

陸修琰皺皺濃眉，沒有錯過她臉上的倦色，逛了這般久，也確實是累了。

「讓一讓、讓一讓，麻煩讓一讓。」突然，一名挑著擔子的中年漢子從前方艱難地擠過來，眼看扁擔就要撞到正東張西望的秦若蕖，陸修琰連忙踏出一步，長臂一伸，環住她的腰肢，將她整個人攬入懷中。

秦若蕖只覺得後背撞入一堵厚實的胸膛，腰亦被人緊緊箍住，她愣愣地低下頭，望著腰間那隻大手，久久不作聲。

直到帶著她到了安全之處，陸修琰才有些不捨地鬆開她，乍一見她紅撲撲的臉蛋，心猛地一跳，不由生出幾分期待來。

這丫頭，莫非開竅了？

下一刻，秦若蕖抬眸對上他的視線，眼眸晶亮，芙飛雙頰，越發看得他心跳加速。

「陸修琰，你就跟我爹爹一樣……」

跟爹爹一樣……跟爹爹一樣……

陸修琰臉上帶著期待的笑容一下便裂開了。少頃，他努力深呼吸幾下，仍忍不住磨著牙道：「我就那般老，老得只能當妳爹爹？」

這丫頭，著實可恨！他哪裡像秦季勳了？哪裡像是當爹的了？就算是真當了爹，也生不出這般大的女兒！

秦若蕖雖性子迷糊，可亦能看得出他臉色不善，囁嚅著再不敢多話。

陸修琰瞪了她一陣，終於挫敗地在她額上一彈，恨恨地道：「妳就氣我吧！」

秦若蕖慣會識時務，知道他不是真的惱了自己，連忙邁著腿跟上他。

「你摟著我的時候，就跟爹爹當年抱著我一樣，讓人很安心。」走出一段距離，她扯著他的袖口，有些害羞、有些懷念地小聲道。

陸修琰腳步一頓，對上她如含著兩汪春水的一雙明眸，明亮得彷彿黑夜裡的明星，直直照入他的心房。

他驀地低笑出聲，清楚地意識到自己這次真的遇到剋星了，眼前這人，輕輕的一句話便能輕易挑動他的情緒。比如此時，明明方才還有些憋悶的心情，如今卻像是有三月春風吹拂過。

秦若蕖不明所以地眨眨眼睛，不知道自己說了什麼引得他這般笑了起來。

陸修琰止住笑聲，見她努力睜著眼睛望著自己，臉頰暈著粉嫩的顏色，丹唇微微嘣著，煞是動人。

他按捺不住心動，忽地伸出手去，將那軟軟嫩嫩的小手包入掌中，眼神直視前方，啞聲道：「回去吧！」

「哦。」秦若蕖呆呆地被他牽著走出一段距離，忍不住輕聲提醒。「陸修琰，你抓的是我的手。」

「嗯。」

就這樣？

見他一本正經、面不改色，彷彿這樣再正常不過了。她想了想，也相當淡定地輕咳一聲道：「那咱們就回去吧！」

陸修琰笑睇了她一眼，心軟得一塌糊塗。這個少根筋的傻姑娘！

照樣是親眼看著她被青玉迎進門，他才放心離開。

回到萬華寺，先是將帶回來的各式糕點送到無色房裡，得到了小傢伙大聲響亮的道謝，看著他吃得嘴巴鼓鼓，津津有味，陸修琰不禁感嘆。

果然人以群分，這兩個對吃相當執著的，莫怪能湊到一塊兒去。

走進廂房，見長英神色遲疑，他淡淡地瞥了他一眼，也不理會，逕自給自己倒了杯茶潤潤嗓子。

「王爺今日可是去逛廟會了？」

「嗯。」陸修琰並沒有瞞他，也不覺得有什麼好瞞的。

「可是、可是與秦姑娘一起？」長英試探著又問。

「是。」

長英張了張嘴，好半天方道：「那、那常家小姐——」

「長英。」陸修琰放下茶盞，打斷他的話。「本王此生只招惹過一個女子，那便是秦若蕖，至於旁人，與本王又有何相干？」

長英愣了片刻。「可是皇上與皇后娘娘那裡……」

陸修琰拂拂袍子道：「本王離京前曾答應皇兄，回京之後便會定下王妃人選，如今，本王亦是這般打算，從未更改。」

只不過人選不是那三人之一罷了。

「難道王爺是想迎娶秦姑娘為正妃？」長英大驚失色，難以置信地瞪大了眼睛。

「有何不可？」

「她的身分，太妃娘娘必不會答應的，便是皇上亦未必應允。」皇上不會追究秦家，可不代表著他會接受秦家女為親王妃。

周氏被休後亡，康太妃及周府雖不能大張旗鼓地追究，但對秦府必是恨極惱極的；皇上確實是疼愛弟弟，可有些時候亦會顧慮生母的想法，況且那秦若蕖又無過人之處，性情還甚為古怪，怎及得上京中名門千金？便是進府為庶妃亦是千難萬難，更何況是正妃。

陸修琰有一下、沒一下地輕敲著桌面，長英提及的這些，正是他的顧慮；他並不怕宮中阻撓，只是擔心一向疼愛妹妹的秦澤苡，未必願意讓自己的寶貝妹妹陷入那等境地。

沒有穩固的後援，他又怎麼放手去爭取他們的未來？

長英見他不說話，以為他將自己的話聽進去了，這才稍稍鬆了口氣。

他對秦若蕖沒有偏見，可是，卻不認為她配得上自家王爺，尤其她還有那樣極端的兩種性子。

這日，秦若蕖帶著當初承諾給無色做的荷包出了家門，剛穿過一片竹林，忽聽身後有人在喚自己。

「四姑娘。」

她回身一望，認出是陸修琰身邊那位名喚長英的侍衛。

微微行了禮，便聽對方恍若不經意地道：「好不容易到岳梁一回，沒想到快要離開時才正式與姑娘見面。」

秦若蕖呆了呆。「離開，你們要離開了嗎？」

長英點點頭。「那是自然，我與王爺離京多時，也是時候回去了；若姑娘來日空閒，不如到京城一遊，說不定還能討杯王爺的迎親喜酒吃。」

秦若蕖徹底愣住了，整個人呆呆地站著，連長英什麼時候走了也不知道。

不知道過了多久，她才低著頭，難過地喃喃自語。「陸修琰要成親了嗎？可是、可是……」

他說過的呀，說過不會如待她這般待別的姑娘……還是說，他待別的姑娘比待她更好？

眼淚在眼眶裡不停滾動，偏偏倔強地不肯掉下來，她吸了吸鼻子，不理會水氣朦朧的視線，抬腳便走。

不知走了多久，待她回過神時，已身處陌生的地方。

呼呼的山風颳著，直颳得樹木枝搖葉動，她正要舉步，卻在看到深不見底的懸崖時停了下來。

好險，再傻乎乎地往前走便要掉下去了。

她有些慶幸地拍拍胸口，正欲轉身離開，突然後背被一雙強而有力的臂膀狠狠一推，甚至來不及驚呼，整個人便被推向懸崖，直直地掉了下去——

急速墜落數丈，身體便重重撞上從崖壁探出來的老樹，她乘機死死地抓住粗壯的樹枝，成功地止住了墜勢，可整個人卻吊在了半空，老樹更是被撞得搖搖晃晃，發出一陣陣嘎吱的聲音。

秦若蕖嚇得緊緊地閉上眼睛，再睜開時，眸光變得異常銳利。

她深深地呼吸幾下，猛然使力，用力朝小樹撞去，臨得近了，整個人一個飛撲，四肢牢牢地抱住樹幹。

她用力地喘了幾口氣，抬頭望了望崖頂，忽地咬緊牙關，一點一點往崖壁挪過去。終於，她的手成功地抓住崖壁間突出來的石頭，整個人貼住崖壁，藉著凹凸不平的岩石，緩緩地往上爬。

突然，崖頂上忽現一名蒙著臉的黑衣男子，那男子雙手捧著一塊大石，眼神陰冷，慢慢地將手中石頭舉起，對準她的頭狠狠地砸了下來。

秦若蕖大驚失色，右手死死抓住尖石，身子貼著岩壁用力一轉，猛砸下來的大石擦身而過，她亦堪堪撿回一命。只是左臂卻被急速砸落的大石擦傷，痛得她額冒冷汗。

當她望向崖頂，已不見那黑衣男子，心中頓時大急，知道那人必是見一砸不中，又再去搬石頭了。

她再不及多想，咬緊牙關拚了命地直往上爬。

終於，右腳踩著崖壁一塊大石，離崖頂不過一人距離，她深吸口氣，右腳陡然發力，整個人便凌躍而起。剎那，崖頂上的景象映入眼簾，當中有一名身形壯實、正抱著大石吃驚地望向她的黑衣男子。

她借勢在半空翻了個跟斗，雙足落到男子身後，不待那人回神，她猛地飛起一腳，狠狠地、毫不留情地將他踹落懸崖。

為免那人似她這般再爬上來，她快步奔向崖邊，直到確認那人確實是掉了下去，這才雙腿一軟，整個人倒在了地上。

她大口大口地喘著氣，撐在地上的雙臂微微顫抖，眼中泛著劫後餘生的後怕淚光。

許久之後，她總算平復下來，雙手撐著地面正要起身，突然被掉落在崖邊的一個東西吸引住視線。她走過去將它撿起來，發現是一塊腰牌。

將那腰牌仔細打量一番，除了發現上面刻著一個「壹」字外，再無其他。

她暗地沈思，莫非此人是大戶人家養的殺手？還是在刀口上過日子、做人命生意的？這無底深淵，一旦掉落便是生不見人、死不見屍，秦四娘交際簡單，從不與人結仇，是何人竟要對她下此毒手？

她思前想後亦無定論，加上身上和樹枝、石頭碰觸導致的傷著實疼得厲害，衣裳更是被弄得殘破不堪，她想了想，乾脆將腰牌塞進腰間，打算先回去再作處理。

整潔雅致的屋內，青玉彎著身子，揩著漿洗乾淨的衣裳，忽聽身後一陣異響，她猛地回身，驚見自家小姐一身狼狽地出現在眼前。

「小姐，妳——」她急奔過去，卻在對上對方冷靜的眼眸時停下腳步。

「是我。」秦若蕖淡淡地道，不等她反應，逕自邁了進來。

青玉忙迎上去，見她緩緩挽起衣袖，那觸目驚心的擦傷陡然出現，驚得她險些叫了出來。

「出什麼事了？為何竟會受了傷？」她連忙找出藥，又尋來清水和乾淨的棉巾、衣裳，伺候她換上乾淨的衣裳，又小心翼翼地清洗了傷口，敷上藥，這才壓低聲音問。

秦若蕖皺著眉，將方才的驚險一五一十地告知，末了還不放心地問：「妳可知道秦四娘曾與什麼人結怨？」

青玉勉強壓下心中驚怒，搖頭道：「四小姐平日不是在家裡，便是與無色小師父、端王在一起，或是到岳姑娘那裡；況且，以她的性子，從來只有旁人欺負她的分，她又怎可能會與人結怨？」

秦若蕖沈默良久，冷笑道：「行凶之人已死，而秦四娘卻活著，幕後之人總會坐不住的，咱們什麼也不必做，對方自會尋上門來。」

她這一回能夠死裡逃生，最重要的原因是對方沒有想到她竟然會武，也正是這一失策，方使得她最終挽回一命。

「還有，秦四娘若問起此事，便說是她不小心滑了下去，恰好妳出門尋她，把她拉了上來，想必她也不會將遇險之事如實告訴嵐姨，到時妳從旁替她遮掩便可，務必不能讓嵐姨起疑心。」頓了頓，她又叮囑道。

若是素嵐得知秦四娘遇險獲救，自然會想到她的身上，如今她還不能讓嵐姨察覺自己的存在。

「此外，這些日子務必不能讓秦四娘落單，不管她見了何人，妳都得心中有數。」

「藻小姐放心，我都明白。」青玉頷首，望了望那傷口，又是心疼、又是憤怒。

秦若藻緩緩放下衣袖，瞥了她一眼，冷淡無溫地道：「妳也不必如此憤慨，這仇我必是會親手報。」

有仇不報，絕非她的性子！

不提素嵐歸來後，發現她受了傷所掀起的一場風波，只說長英似真似假地說了那一番話後，回去對著陸修琰總有幾分心虛。

尤其是見到主子因為接連數日見不得佳人後的牽掛失落，他就更不敢面對主子了。

陸修琰根本無暇顧及他，自那日廟會歸來後，一連數日，不論他挑了何種理由，慫恿無色去尋也好，自己裝模作樣路過秦宅也罷，均見不到秦若藻的身影。

如此一來，他倒是越發忐忑了。原以為那日兩人牽手而回後，感情便算是有了一大突破，哪想到如今竟然還不如當初，竟是連面都見不著了。

「小姐，王爺在前方路口的樹下徘徊已久，當真不去見他嗎？」青玉遲疑著問。

秦若蘽低著頭悶不吭聲，手指不停地絞著袖口。

他肯定是來跟她告別的，她才不會去，若是去了，他告了別就直接回京了。

青玉嘆了口氣。端王三番兩次地來，嵐姨早有所懷疑，再這般下去，她怕自己早晚瞞不過去。

她想了想，半蹲在秦若蘽跟前，輕聲道：「閉門不見可不是待客之道，趁著嵐姨不在，小姐不如見他一見？這大熱天的，總這般在外頭也不是辦法，萬一曬出什麼毛病來，豈不是小姐的罪過？」

秦若蘽咬著唇瓣，仍是一言不發，可神色間已有鬆動。

青玉見狀，直接將她拉了起來，推著她往後門走去。

「快去快回，嵐姨過不了多久就要回來了。」

秦若蘽被她推出門，低著頭，磨磨蹭蹭的就是不肯動，還是一直留意這裡的陸修琰發現了她，眼神陡然一亮，足尖輕點，不過眨眼的工夫便已掠到她的跟前。

「若蘽……」

「哎喲！」

他伸手去拉她，卻在聽到對方的呼痛聲後當即白了臉，顧不得許多，動作飛快卻不失溫柔地挽起她的袖子。「怎麼了？為何會受了傷?!」

白淨的手臂上是一道道滲著血絲的傷口，陸修琰又怒又痛。

秦若蕖抽回手，嘀咕道：「走路不小心滑倒了。」

「妳……真是讓人半分也放心不下！」他長長地嘆了口氣，又是無奈、又是心疼。左右看看發覺不是說話之處，他想了想，忽地伸出手去，抓著她的小手，牽著她行至不遠的小山後。

「因為要養傷，所以這些日子都不肯見我？」望著只以頭頂對著自己的姑娘，他嘆道。

秦若蕖腳尖劃著地面，咕噥道：「……不是。」

「那為何不肯見我？」他追問。

秦若蕖飛快抬眸望了他一眼，半晌，別過臉去輕哼一聲，嗓音卻是難掩失落。「見了你，你就要走了，還不如不見。」

陸修琰不解。「走？我要走去何處？」

「回京啊！」秦若蕖想了想又飛快地補充。「就算我得空到京城去，你也不必請我吃迎親喜酒，我最討厭吃酒了，最討厭！」最後三個字說得異常用力。

陸修琰怔住了，整個人愣愣地望著她，片刻，忽地低低笑了起來，並且越笑越歡喜，越笑越響亮。

好不容易止住了笑聲，他深深地望著她，眼神帶著明顯的喜悅與期待，嗓音極盡溫柔誘惑。

「是討厭吃酒，還是討厭吃我的迎親喜酒？」

秦若蕖眼圈頓時便紅了。這樣問，證明長英說的話是真的了？他果真是要走了，這一走，便要娶親了。

「都討厭，你這個騙子，我再不理你了！」她跺了跺腳，用力去推他。

「真是個傻姑娘……」陸修琰不惱反喜，低嘆一聲，長臂一伸，溫柔地將她擁入懷中，側過頭在她髮上印下淺淺的吻。

「我這輩子，只會請妳吃交杯酒……」低啞卻充滿磁性的聲音響在她的耳畔，瞬間便讓她停止掙扎，亦紅了臉。

很好，起碼她懂得交杯酒意味著什麼。

秦若蕖羞得將臉蛋埋入他的懷中，本是放於身側的雙手緩緩抬起，輕輕地環住他健壯的腰，感覺對方身子似是一僵，隨即抱著她的力度越發緊了。

臉蛋貼著他的胸膛，聽著裡頭一下又一下的有力心跳，嘴角帶著甜孜孜的笑容，她忍不住蹭了蹭，心裡是說不出的滿足。

和爹爹當年抱著她的感覺一樣，又好像有些不一樣……不過，她很肯定，不管哪一種，都一樣令她心安，彷彿天地間再無任何東西能傷害到她一般。

兩人靜靜相擁，彷彿連空氣都透著甜蜜到沁人心脾的芬芳，如斯醉人，那般美好。

良久……

「陸修琰。」懷中姑娘忽地喚他。

「嗯？」陸修琰親親她的額頭，溫柔地應了一聲。

「我肚子餓了。」

陸修琰一愣，隨即哭笑不得地鬆開她，見她撲閃著長長的睫毛，水汪汪的大眼睛可憐兮兮地望著自己，終是無奈地點了點她的鼻子。

「當真是不解風情。」

「人家午膳都沒怎麼吃……」秦若蕖對著手指頭，委屈地辯解。

午膳都沒怎麼吃？陸修琰立即心疼了，理智上知道應該將她送回家，可感情上卻不願意。

好不容易傻姑娘開竅了，會捨不得他，會主動抱他，他只恨不得與她時時在一起，又怎捨得這般快便讓她離開。

想了想，他牽著她的手，輕聲道：「我去抓山雞烤給妳吃可好？」

「真的？好啊！」秦若蕖眼睛一亮，連連點頭，哪會不願意。

陸修琰微微一笑，緊緊地牽著她。

雙手托腮坐在一旁，眼睛卻一眨也不眨地望著那個正認真地給自己烤山雞的男子，秦若蕖越看越是歡喜。

怎麼就有這般好看，還待她這般好的人呢？

她的目光熱烈得彷彿能將人灼傷，陸修琰豈會沒感覺，偶爾望回去，對上那雙迷濛的眼眸，暈著紅霞的臉龐，他便覺得心裡暖意融融的。

嘴裡咬著烤得香噴噴的山雞肉，秦若蕖嚼了幾口，忽地想到了什麼，雞也不吃了，輕咬著唇瓣有些不安地望著他。「這、這是餞別宴嗎？吃完了，你就要回京了嗎？」

陸修琰倒沒想到她居然如此執著，只是一時也無暇深究緣由，用帕子溫柔地拭了拭她嘴角的油漬，沈聲保證道：「不是。」

略頓，望入她眼底深處。「便是有朝一日我離開，那也是為了能讓我們將來長長久久在一起。」

秦若蕖不解，但知道他不是現在便走，也算是鬆了口氣，下一刻，有些扭捏地問：「那、那你能不能答應我，不能待別的姑娘比待我好？」

陸修琰又是一愣，隨即綻開喜悅的笑容，他捏著她的鼻子搖了搖，寵溺地道：「小姑娘倒也霸道。」

不待她再說，他意味深長地道：「若蕖，我的心很小，小到只能容得下一個人。」

秦若蕖抿抿嘴，明亮水潤的眼眸定定地望著他，直望得他心中無限歡喜，卻忽地聽對方道：「陸修琰，你怎地會烤這般好吃的雞？教教我可好？」

他背過身去咳了起來。

看來，他得習慣他的姑娘跳躍的心思。

甜蜜的時間總是過得特別快，哪怕心中再不捨，可如今到底名不正、言不順，他也只能將她送回家中。

回到萬華寺，正要吩咐長英倒茶，忽地想到方才秦若蕖那番關於離開與迎親喜酒的話，再聯想長英這幾日的異樣，他臉色一沈。

「是你跟若蕖說我將要回京娶親的？」

長英整個人僵了僵，望了望他冰冷的表情，終是老實地點了點頭。「是。」

陸修琰久久望著他，直望得他心底發毛，不安之感漸濃。

「王爺，屬下、屬下……」

「你該慶幸你此番意有所指之話引致一個如本王所願的結果，否則……」陸修琰淡淡地道：「長英，她是本王的底線，你若仍要追隨本王，那便敬她如敬我。回京之後，你自去慎律堂領罰，本王希望，類似之事，今後再不要發生。」

長英臉色一白，眼神複雜，垂下頭低低地應了聲。「是。」

竟想不到，原來在王爺心中，那秦家姑娘已占了那般重要的地位。

卻說常嫣久等不到消息，追問了一遍又一遍，侍琴心中亦是焦急不已，可派出去之人就如那一去不復返的黃鶴，蹤跡全無。

「會不會出了什麼意外？」她遲疑地問。

「一個大男人連個手無縛雞之力的弱女子都搞不定？府裡還養他們做甚！」常嫣冷冷地掃了她一眼。

侍琴不敢出聲。

「都好些天了，論理若得手的話，那邊也該傳出點消息來，沒理由還會這般平靜才是。」常嫣皺眉思忖。

秦若蕖好歹也是個小姐主子，就算兄長不在家，可她突然失蹤，下人也好、岳府也罷，不可能什麼也不做，便是不報官，起碼也會派人四處尋找。

「侍琴，更衣，我要出去一趟。」她驀地起身，大聲吩咐道。

侍琴動作麻利地伺候她更衣梳妝。

而此時的秦若蕖，正由青玉陪著去尋岳玲瓏。

剛踏上書院石級，忽地見常嫣主僕從另一邊走來，她下意識便停下腳步，身邊的青玉則是心思一動。

「原、原來是秦姑娘，可、可真是巧了。」常嫣勉強壓下心中驚訝，強扯起一絲笑容招呼道，可是，她微微顫抖的身子卻已出賣了自己。

青玉冷冷地看著她，不錯過她每一分表情，眼神不經意一掃，對上侍琴臉上如見鬼的神情，心中更是明瞭。

看來蕖小姐說對了，幕後之人果然坐不住，找上門來了。

月光灑落在窗邊女子身上，為她原本就冰冷的表情更添了幾分涼意。

秦若蕖冷笑。「果然是她，我早該想到才是。既然是她，那便更好辦了。青玉，妳過來了，咱們如此這般……」

兩人一陣耳語，良久，青玉臉上有幾分遲疑，終是點頭道：「蕖小姐放心，青玉必不辱命。」

夜幕下的屋內，只有一句冷酷的話語迴響——

「她要秦四娘死，我便要她生不如死！」

碧空澄澈，萬里無雲，山林裡蟲鳴鳥語聲不絕於耳，蝶舞蜂飛，花兒迎風飄舞綻芬芳。

常嫣輕咬著唇瓣，死死地盯著不遠處緊閉的門。

自那日遇到活生生的秦若蘩後，她已經接連數日寢食難安，更怕的是當日救下秦若蘩的，真是端王的人。

她迫切地想見陸修琰，想知道他是不是真的出手救下了秦若蘩，更想知道他對自己是怎樣的看法。可是，明明知道他就住在萬華寺內，硬是連他的影子都尋不著。

無奈之下，她只能候在秦宅外頭，希望透過秦若蘩見到那個人。也許她心底也明白，哪怕她再怎麼有學識，再怎麼得帝后賞識，可在端王的心中，她是遠遠及不上秦若蘩有分量，否則也不會落到如今這個地步，想見他一面，還得透過別的女子方能尋到他的蹤跡。

果然，半個時辰不到，秦宅後門「嘎吱」一聲從裡頭打開，緊接著便見著一身桃紅衣裙，提著竹籃子的秦若蘩走了出來。

「陸修琰必是等急了，青玉，我走了。」秦若蘩一面往外走，一面胡亂道了句。

常嫣手中的絹帕絞得更緊了。

陸修琰……王爺名諱她竟敢宣之於口，他們之間的關係到底親近到何等程度了？

她深深地吸了口氣，掌握著距離跟了上去，侍琴自是寸步不離。

直到兩人的身影漸行漸遠，青玉方從屋裡出來，冷笑一聲，隨即關上後門，腳步一拐，從另一個方向快速離開。

常嫣牢牢地盯著前方那個桃紅身影，勉強壓著心中妒恨，咬牙緊緊地跟著。行經一片片樹林，東拐西拐的也不知走了多久，忽地見秦若蕖在前方拐彎處一轉，很快便消失在她的視線當中，她略頓了頓，隨即快步跟上去。

只是當她轉彎，又快走了幾步，一下便愣住了。原來她處在一個分岔路口，一條路須往右轉，一條直行，可無論哪一條，均沒發現那個桃紅色的身影。

「小姐妳看，她在前面。」侍琴忽地指著前方，她望過去，果然見到綠葉遮掩下，一個若隱若現的桃紅身影正在移動著。

她率先加快腳步朝對方追去，追出十來步，突然一腳踏空，只聽得「轟隆」的塌陷聲及女子的慘叫聲，侍琴還來不及反應，便眼睜睜地看著自家小姐的身影迅速消失在飛揚的塵土當中。

「小姐！」她飛也似地跑過去，乍一看，當即便嚇得臉色慘白。

原來常嫣竟是不小心掉進陷阱裡，禍不單行的是，陷阱裡還安置了捕獸夾，常嫣這一掉，右腳直接踩入了夾子裡，鋒利的夾子死死地夾住她的腿，鮮血飛濺，竟像要活生生夾斷一般，痛得她險些暈死過去。

遠處，綠樹野草遮掩之下，青玉緩緩穿回那件碧綠外裳，將身上的桃紅衣裙重掩回去，嘴角勾著一絲冷冷的笑容，身影隨即一閃，很快便消失在青山之中。

卻說秦若蕖歡歡喜喜地抵達與陸修琰相約之處，見他背著手含笑望著自己，當即快步走過去，熟絡地扯著他的袖口，嬌憨道：「你來了，咱們去摘果子吧，摘回去給酒肉小和尚一個驚喜，這可是最後一批果子了，完了得明年才有。」

陸修琰順手接過她手中的籃子，牽著她的小手輕聲道：「好。」

秦若蕖有些害羞地低著頭，目光落在那隻牽著自己的大掌上，突然，她停下腳步，迎上他的視線問：「陸修琰，你是不是對我情根深種了？」

陸修琰一愣，想不到她會突然問起這般直白的問題，讓一向性格內斂的他不知如何回答。

他定定地望入她那黑白分明的眼眸，見裡面清清楚楚地映出兩個小小的自己，心神一蕩，輕笑出聲。

「是，我對妳情根深種了。」

話音剛落，便見對方笑得異常明媚燦爛，那明豔的笑容，堪比六月豔陽，險些融化他的心。

「陸修琰，你的審美觀真怪。」下一句話，卻讓他喉嚨一噎，幾乎一口氣提不上來。

他哭笑不得地在她額上一彈，笑罵道：「哪有人這般取笑自己的！」

秦若蕖捂著額頭，卻是一點也不惱，喜孜孜地補充了一句。「幸好你的審美觀怪。」

她那樣狼狽，既不能美美地讓他當個英雄，又不能以才學觸動他，更不能飄飄似仙讓他驚豔，可他依然對她情根深種了。

氣氛正好時，忽聽遠處傳來一聲女子的慘叫，嚇得她一下子便撲入他的懷中，整個人使勁地往他懷裡鑽。

陸修琰緊緊地抱著她，眼神犀利地望向聲音響起之處。

第十七章

見懷中姑娘嚇得直哆嗦，他本想將她留在此處，自己去看個究竟，終究放心不下，乾脆抱著她，提氣往出事地點掠去。

只是，當他認出在陷阱旁又哭又叫之人是常嫣的侍女後，眼神頓時變得異常冰冷。

侍琴見他出現，哭喊著撲過來，跪倒在地。「求王爺救救我家小姐，求王爺救救我家小姐吧……」

而陷阱中的常嫣，早已痛得暈死過去了。

被他抱在懷中的秦若蘘聞聲想看個究竟，陸修琰卻不允，一手掩著她的眼睛，一手牽著她到安全之處坐下。

「在此等我，莫要亂走。」

「好。」秦若蘘向來不是個好奇心旺盛之人，聞言乖乖地並膝坐好，軟軟地應了一聲。

陸修琰抿抿嘴，愛極她這乖巧的模樣，忍了又忍，終是忍不住在她額上親了親。

秦若蘘愣愣地捂著被他親得有幾分濕潤的額頭，片刻，臉頰漸漸飛起了紅霞。她捧著臉蛋試圖降低那溫度，忽覺眼前一花，定睛一看，便見一名黑衣男子出現在陸修琰身後，正朝著他行禮。

她好奇地眨了眨眼睛，看著那黑衣男子縱身跳下陷阱，不過一會兒的工夫，便將掉落陷阱的常嫣救了上來。

目光不經意地投到常嫣鮮血淋漓的腿，她驚呼一聲，揪著聞聲當即閃回來的陸修琰衣角。「她、她……」

陸修琰拍拍她的背，擋著她的視線不讓她再看，輕聲道：「莫要污了眼睛。」

秦若蕖靠著他的胸膛，蹙著眉一臉同情地道：「一定很疼吧，流了這麼多血。」

陸修琰抿嘴不語。

骨頭都夾斷了，能不疼嗎？

出了意外，兩人也無心再去摘野果，因先前曾被常府之人跟蹤，故而對常嫣主僕無故出現在此，陸修琰心中難免有些看法，因此對常嫣的重傷，他也只是淡淡地吩咐隱衛將她送回去，自己則陪著秦若蕖離開。

「……那常大學士幾乎召集了城中所有有名氣的大夫為女兒治傷，只是這小縣城又哪有什麼名醫，常嫣的一條腿怕是要毀掉了。」夜深人靜時，青玉低聲將得來的消息回稟。

秦若蕖一聲冷笑。「那捕獸夾專用來捕捉猛獸，便是體格健壯的男子踩中，只怕亦要躺上大半年，何況常嫣那嬌生慣養的大小姐？況且，那陷阱裡還放了些有意思的東西，傷口沾染上，想要癒合更是難上加難。」

單是斷個骨頭，只要接回來養陣子便恢復如初了，可若傷口沾上某些東西……所以，常嫣的那條腿，即便能接回來，也徹底廢了。一個斷腿的名門千金，她倒要看看再如何蹦躂。

眼中閃著寒光，嘴角勾著陰冷的弧度，她輕撫著桌上茶杯，心中是無比的暢快。

「只是，蘽小姐，端王亦在場，萬一他問及常嫣為何會出現，常嫣如實告知，豈不是讓王爺懷疑？」青玉遲疑一陣，有幾分擔憂地道。

「放心，常嫣絕不會如實告知。」

「為何？」青玉不解。

「常嫣對端王是動了真心的，她絕不會容許自己給端王留下不好的印象，假若她如實告知是跟著秦四娘而去，那端王勢必懷疑她的動機。一來，她與秦四娘素無往來，又是新來乍到，為何要跟著她？端王只會懷疑她拿秦四娘作藉口，真正要跟蹤的是他自己；二來，秦四娘上回死裡逃生，她心中尚有存疑，保不定會懷疑是端王之人救了秦四娘，若是如此，她跟端王說自己跟蹤秦四娘，豈不是等於告訴端王，秦四娘遇險與她脫不了干係？

「世間沒有任何一個女子，會願意給意中人留下心狠手辣的印象，尤其是她這種出身權貴之家，思慮過多，又是以溫婉嫻靜、高貴賢淑的完美形象示人的，哪怕是萬分之一的可能，她都不會允許形象有損。再者，便是她告訴了端王，又能如何？難道還能攀咬到秦四娘身上去？當時秦四娘可是與端王在一起的。

「所以，青玉，常嫣若是不蠢，自然知道什麼話該說，什麼話不該說。不管怎樣，這枚苦果她都只能生生地吞下去。」

青玉沈默不語。不錯，蘽小姐這一回可謂算無遺策，不管是四小姐，還是端王，都只是她局中的棋子。

以四小姐牽動端王，以端王壓制常嫣，讓她有口難言。

一切正如秦若蕖猜測的那般，不管是常嫣也好、侍琴也罷，都沒有提及跟蹤之事。只是，哪怕她們承認自己不小心走岔了路，這才導致意外發生，可因有跟蹤的前例，陸修琰心中對她們早已不豫，聞言也只是冷冷地點了點頭表示知道，再無他話。

「小姐，明明奴婢也看到秦若蕖走了過去，為何她竟會沒事？」侍屋中無人後，侍琴忍不住問。

常嫣臉色蒼白，傷腿上的劇痛一陣又一陣，可都比不上意中人冷漠的態度帶來的傷害。她死死地握著雙手，手背上青筋跳動不已，眼中閃耀著瘋狂與恨意。

一定是秦若蕖，一定是她，必定是她設下的陷阱！

她閉著眼眸深深地吸了口氣，努力回想當時發生的一幕幕，半晌，磨著牙道：「妳可曾看清楚那個人的身影？還是，只是隱約看到有一抹桃紅色在移動？」

侍琴一怔，細一回想，果然如此。

「咱們中計了！」常嫣咬牙切齒。

「可是，那秦若蕖不似是有此等心計之人……」侍琴遲疑片刻，道。

「她不是有此等心計之人，那妳告訴我，為何壹號會一去不返？為何同樣的路，她走過去無事，而我走過去就出了事？」

侍琴啞口無言。

常嫣深呼吸幾下，陰鷙地道：「當務之急還是先養好傷，君子報仇十年未晚，終有一日，我定叫她死在我手裡！」

相隔數日，陸修琰便收到常氏父女啟程回京的消息。

長英見他面無表情，心中有些奇怪。以王爺的性子，應該會徹查事情真相才是，畢竟常姑娘那個「一時不察走岔路」的說法著實漏洞太多，根本不可信。

可王爺如今不動如山……

「王爺對常姑娘似乎頗為不喜？」他按捺不住問出聲。

陸修琰瞥了他一眼，不疾不徐地道：「一個初次見面便命人跟蹤你的女子，你能生出好感來？」

一個人明明吃了這麼大的虧還死忍著不肯以實相告，可見她本身便不乾淨，既然如此，他又何必多事？傷也好、殘也罷，不過自作自受罷了。

說到底，常嫣最大的失策並不是對秦若蕖出手，而是一開始便讓陸修琰對她有了不好的印象。人多是先入為主，陸修琰自然也不例外，他對常嫣先失了好感，無論她做了什麼事，他都會先懷疑她原本的動機。

長英一愣，隨即恍然大悟，一時暗惱自己竟也看走了眼，一時又嗤笑那常嫣不知高低。哪怕是正室原配，也斷無派人跟蹤調查夫婿之理，何況她還是妾身未明，莫怪王爺對她如此不喜。

心中有了看法，他亦再不提常氏父女之事。

有人離開，亦有人歸來。這日，離家的秦澤苡終於接了秦二娘歸來。

秦若蕖心中歡喜，一年的時間不見昔日姊妹，心中多少有些想念，是以便拿出最大的熱情歡迎秦二娘的到來，連陸修琰與無色也被她拋在腦後，無暇理會。

秦二娘本就是心思敏感細膩之人，剛經歷了臨婚被退親這樣沈重的打擊，再加上在路上又大病了一場，整個人越發消沈，只覺得自己命比紙薄，命途多舛，日日臨窗垂淚，攬鏡自憐。

秦澤苡與素嵐本就憐惜她的遭遇，對她自然百般關照，處處遷就，倒越發讓她多愁善感起來，甚至連吃塊點心，都能勾起她的愁緒。

秦若蕖性子再怎麼迷糊、再怎麼大而化之，也受不了一個人日日時時在耳邊自怨自艾。

這日，秦二娘又在抹眼淚哀嘆自己的不幸，秦若蕖僵著身子任她拉著自己，乾巴巴地勸慰了幾句，終於詞窮了。

待見青玉走進來，她可憐兮兮地望過去，眼神釋出求救的信號。

青玉有些想笑，忙忍住了，輕咳一聲道：「二小姐、四小姐，嵐姨做了些酸梅湯……」

「酸梅湯，酸梅，不正似我這般命途嗎？」秦二娘輕嘆一聲。

「我去幫嵐姨的忙。」秦若蕖再聽不下去，匆匆扔下一句後便溜之大吉。

她一口氣便衝出家門，直朝山上萬華寺走去。

正捧著書看得入神的陸修琰忽聽寺中僧人來稟，說是秦姑娘求見，先是一愣，繼而歡喜。

好個沒良心的壞丫頭，總算想起他來了！

他扔下書卷，匆匆忙忙地走了出去，果然在門外牆邊見到了魂牽夢縈的纖瘦身影。

一見他出來，秦若蕖便直撲過去扯著他的袖口，好不委屈地道：「陸修琰，我命好苦啊……」

陸修琰直接被嗆了一口，忙轉過臉去咳了幾聲，想了想，牽著她來到一處清幽的小竹林。

「說說吧，芋頭姑娘的命怎麼苦了？」憐愛地輕撫她的鬢角，他揶揄。

秦若蕖當下將秦二娘帶給她的滿腹苦水倒了出來，末了還委屈地皺著臉道：「哥哥和嵐姨都要我讓著她些，可是、可是人家、人家也苦啊……」

只見一向笑咪咪、彷彿不知人間愁滋味的姑娘苦哈哈的小模樣，陸修琰又是想笑、又是心疼。很明顯地，這個「命苦」必是從秦二娘處學來的。

見不得她這般委屈可憐的模樣，他低下頭想要親親她的額頭以示安慰，豈料此時秦若蕖恰好仰高小臉，這一親，便正正親到了她的唇上。

四唇相貼，兩人同時一愣，隨即飛快地各自閃開。

撲通、撲通……秦若蕖聽見自己的心在急促地跳，彷彿下一刻便會從胸口跳出來一般，她連忙伸手輕按著，臉上紅撲撲的一片如同抹了上好的胭脂，又似喝了上等佳釀，紅得如天邊晚霞，連耳朵都紅透了，一雙明亮的眼眸偶爾偷偷望過來，在快要對上他的視線時又迅速地躲開。

陸修琰比她也好不到哪裡去，唇上彷佛仍帶著那軟軟香香的觸感，酥酥痲痲的，連心也跟著顫抖起來，心跳一聲比一聲響亮，如同擂鼓，可整個人卻似喝了蜜糖般，甜入心肺。

氣氛一時變得有些尷尬，又有些甜蜜。

兩人羞著臉靜立了片刻，陸修琰終於忍不住跨出一步，雙臂一展將羞答答的姑娘抱入懷中，下頷抵在她的頭頂，聲音低沈喑啞。「若蕖。」

「嗯。」秦若蕖靠著他的胸膛，扭捏地應了一聲。

陸修琰將她抱得更緊。「若蕖。」

「嗯。」

「若蕖。」

「嗯。」

一聲低似一聲，一聲柔似一聲，在聲聲的輕喚與應答當中，他猛地發現，他已是迫不及待，想要名正言順地擁有懷中這嬌滴滴的姑娘。

回家的路上，秦若蕖一直低著頭不敢看身邊的人，臉蛋始終紅撲撲的。

陸修琰心中無限歡喜，更不願被人衝撞了這溫馨的相處，故而專挑些僻靜少人往來的路，牽著她緩步前行。

行走間，視線總忍不住投到身邊的姑娘身上，看著那張紅粉紅粉的臉蛋、偶爾撲閃幾下的長睫毛、小巧的鼻子、嫣紅的唇瓣，想到那柔軟的觸感，他便按捺不住心中悸動，將她的小手抓得更緊。

他想，或許得提前挑個適當的時機向秦澤苡坦白自己對這丫頭的一番心意了，只有得了秦澤苡的同意，他才能放心地回京，爭取他與她的將來。

秦若蕖雖是低著頭，可心思始終放在陸修琰身上，根本沒留意路，連幾步之遙有個水坑亦沒有注意到，眼看著就要踩進去，虧得陸修琰眼明手快地將她拉住。

「低著頭也不看路，萬一摔著了可怎生是好？」

秦若蕖眨著眼睛看向他，聽他這含著關切的責備，她捧著紅彤彤的臉蛋，扭扭捏捏地道了句。「人家害羞嘛！」

陸修琰直接笑出聲，如此一來，因那意外一吻而帶來的不自在與尷尬便徹底煙消雲散了。

見小姑娘瞬間噘起了嘴，他挑挑眉，突然湊過去，飛快地在那紅豔的唇上一啄，成功地讓她呆住了。

看著那明顯又紅了不少的臉龐，他再也忍不住哈哈一笑。

秦若蕖本是羞得雙手捂臉不敢見人，但聽見他這爽朗的笑聲，不知怎地竟也壓下了那股羞意。她學著他平日的模樣攏嘴佯咳一聲，脆聲道：「咱們走吧！」

明明羞得連耳根都泛著紅，臉上卻偏故作一副若無其事的模樣，陸修琰看得直想笑，心裡卻越發歡喜。

怎麼就有這麼討他喜歡的姑娘呢？

有句話叫「擇日不如撞日」，陸修琰如今算是體會到了。

方才還想著要挑個適當的時機向秦澤苡道明一切，哪想到剛將秦若蕖送到家門口，便遇上了正要出門的秦澤苡。

一時間，氣氛便變得有些微妙。

秦澤苡臉色陰沈，眼神幽深，望著那兩人明顯親密不少的言行舉止，眸中頓時便凝聚一波風暴。

秦若蕖一個哆嗦，快速地抽回被陸修琰牽著的手，飛快地望了兄長一眼，低著頭喚了聲。「哥哥。」

「回去！」秦澤苡厲聲喝道，嚇得她脖子一縮，整個人卻縮到了陸修琰身後。

陸修琰微微抬起右臂將她護在身側，望向秦澤苡的目光堅定又不失誠懇。

「秦公子，這與若蕖不相干，皆由我——」

「我教自己的親妹妹，與王爺又有何相干？阿蕖！」秦澤苡毫不客氣地回了句，心中早已被秦若蕖尋求陸修琰保護的動作氣出一把火。

秦若蕖到底是怕他的，當下再不敢有二話，低垂著頭從陸修琰身後走出，聽話地往屋裡走，走出幾步又停了下來，回身擔心地望了望陸修琰。

「秦若蕖！」秦澤苡大怒，語氣亦提高了不少，嚇得她一溜煙直往屋裡跑，再不記得別的。

直到她的身影徹底消失在眼前，秦澤苡方冷冷地迎上陸修琰的視線，見對方嘴唇動了動，似是想說話，他抬手做了個制止的動作，嗓音帶著無法忽視的壓抑憤怒。

「舍妹年幼不懂事，若是言行中衝撞了王爺，還請王爺念在她年紀尚小的分上饒恕她，晚生日後定當嚴加管教。寒舍簡陋，便不留王爺了，王爺請回吧！」

「秦公子！」陸修琰上前一步擋住他離去的腳步，語氣相當誠懇。「我待若蕖並無戲弄之意，全是出自一片真心，我心悅她，願傾所有迎她為此生唯一——」

「王爺！」秦澤苡厲聲打斷他的話，臉色鐵青。「舍妹乃閨閣女子，待嫁之身，還請王爺慎言，莫要毀女兒家清譽，王爺好走，恕不遠送！」

言畢一拂衣袖，大步跨過門檻，「啪」的一聲用力關上了大門。

陸修琰望著緊緊關上的大門，無奈地搖頭笑笑，這可是生平頭一回吃了閉門羹，說不定日後還得經常吃。

秦澤苡的態度如他意料中的強硬，那毫不掩飾的排斥，更是明明白白地表示了不願與他多加接觸的態度。

求娶之路看來相當不好走，只是，他甘之若飴。

「日後沒我的命令，絕不能讓四小姐踏出家門口半步，否則一切唯妳是問！」寒著臉對青玉扔下一句後，秦澤苡滿腹怒氣地掀開簾子走進門，恨恨地瞪著正坐在桌旁忐忑不安的秦若蕖。

秦若蘽白著臉，有些委屈，又有些害怕地喚。「哥哥。」

「妳與端王到底是怎麼回事?!」秦澤苡勉強壓下心頭怒火，咬著牙問。

「沒、沒怎麼回事啊……」秦若蘽囁嚅地回答，下一刻便見兄長的臉變得相當難看。

「沒怎麼回事妳便與他拉拉扯扯？沒怎麼回事便掩人耳目與他私下往來？沒怎麼回事妳便不顧女兒家矜持往他身後躲？是何人教妳如此行事？是何人教妳目無規矩？是何人教妳如此不知廉恥！」一句比一句重，直說得秦若蘽小臉煞白，眨眼間，一雙如墨般的漆黑眼眸便含了豆大般的淚珠。

眼淚啪嗒啪嗒地直往下掉，生平頭一回被兄長如此痛斥，她只覺得心裡難受極了。

最後四個字吐出來那一刻，秦澤苡便已經後悔了，待見她抹起了眼淚，後悔之感又濃了幾分，只是到底心中有火，又拉不下臉。

「出什麼事了？」氣氛正僵，素嵐推門而入詢問，只見兄妹兩人面對面坐著，一個臉色難看身體僵直，一個抽抽噎噎哭得正傷心，當即愣住了。

「妳問她吧！」秦澤苡一拂袍子，沈著一張臉走了出去。

素嵐望望他的背影，又看看掉眼淚的秦若蘽，想了想，坐到她的身邊，摟著她的肩輕聲問：「這是怎麼了？可是哥哥又欺負妳了？」

秦若蘽當下更委屈了，窩到她懷裡哭著告狀。「哥哥、哥哥罵我不知廉恥……」

素嵐又是一愣。這話罵得可是極重了，五公子一向疼愛妹妹，怎會罵出這般難聽的話來？

她安慰地拍著她的背，放緩聲音又問：「公子為何會這般罵妳？」

「陸修琰送我回來，哥哥看到了，他很生氣，問我和陸修琰是怎麼回事。」秦若蕖抽泣著回答。

素嵐神情一滯，臉色亦變得相當凝重。她輕輕將懷中姑娘推了開來，望入她朦朧的雙眸，正色問：「那妳告訴嵐姨，妳與端王當真有什麼事？」

秦若蕖見她亦如兄長那般變了態度，更覺委屈。「我又不是小孩子，陸修琰也不是壞人，他待我好，我也喜歡與他在一起……」

素嵐這下還有什麼不明白的，心中又驚又悔，驚的是一直看著長大的姑娘竟不知何時與端王有了情；悔的是自己不該只顧著家中雜事而忽略了她。

「聽嵐姨的話，端王不是妳的良人，日後還是莫與他再見。」她壓下心中複雜情緒，苦口婆心地勸道。

秦若蕖固執地抿著嘴，一言不發，素嵐見她這般模樣，便知她沒有聽進去，心裡又急又慌，唯有重複著勸了又勸。

秦若蕖聽了半天，猛地一起身，直接撲到了床上，雙手用力捶著床板，似發洩又似耍賴地道：「我不聽、我不聽、我不聽……」

素嵐束手無策，唯有唉聲嘆氣、憂心忡忡地走了出去。

第二日，秦若蕖想出門卻被青玉攔下時，她才驚覺兄長是動了真格。

「我又不是犯人，憑什麼不讓我出門？」不滿地瞪著青玉。

青玉攤手。「這都是公子的命令，小姐若有什麼不滿，自個兒去跟公子說便是。」

秦若蕖恨恨地跺了跺腳，到底不敢去尋兄長，只能咕咕唧唧地回屋。

坐在窗邊榻上，聽著對面屋裡傳出的秦二娘自我哀憐之語，不知怎地，她的心裡就更加委屈了。

眼淚啪嗒啪嗒地又往下掉，她一邊抹著淚，一邊咕噥道：「什麼嘛，人家又不是犯人……」

是夜，月色迷離，夜涼如水。

隨意披著外袍的秦若蕖憑窗而立，心裡卻是說不出的煩躁。

一旁的青玉抿著嘴，也不敢出聲打擾。

突然，一陣哀怨的吟唱聲透過窗櫺傳了進來，瞬間便讓秦若蕖沈了臉。「是何人？」

本就煩不勝煩，又聽這哀哀之音，讓人更是心浮氣躁。

自那日重創了常嫣，加上又從青玉口中得知秦四娘與端王進展順利，她便安心沈睡休養，直到今日才出現，故而不知秦二娘的到來。

若非這幾日秦四娘心緒起伏過甚，驚擾了她，只怕她未必會現身。

「是二小姐，這些日子她都這般，大家憐惜她的遭遇，都不敢多加責怪。」青玉忙道。

秦若蕖一聲冷笑。「有些人，妳越是寵著她、讓著她，她便越發沒了顧忌，只當天底下所有人都得捧著她。」

她扯掉身上外袍，推開窗門。「待我去讓她清醒過來。」

一言既了，縱身跳了出去。

青玉大驚，不知她打算做什麼，只能急忙跟上。

西廂處，秦二娘正低著頭，想到自己一片癡心付諸流水，不僅如此，還被人那般羞辱地退了親，鼻子頓時一酸，又再掉下淚來。

忽然，窗門被一股力量推開，她大驚，還來不及反應，眼前一花，後頸一痛，整個人便失去了意識。

待她醒來時，卻驚覺自己被五花大綁地扔在崖邊。

「啊！」她失聲尖叫。

「再叫我便一腳把妳踹下崖去！」陰沈沈的話語從身後飄來，成功地讓她停止尖叫。

她回頭一望，一下子便愣住了。

「四妹妹？」

秦若蕖冷冷地笑著，雙唇吐出的話卻相當無情。「二姊姊，妳不是覺得自己苦命嗎？命如此苦，還活著做什麼，不如一死了之。」

秦二娘嚇得直哆嗦，簡直不敢相信眼前這個神情冷酷的人是那個性子軟和的四妹妹。

「我、我、我不、不……」

「要麼妳就給我擦乾眼淚收回哀音，要麼妳就給我死得乾脆些！不就一個嫌貧愛富、攀高枝的臭男人嗎？沒了就沒了，沒了是妳前生修來的福氣，有本事妳就挺直腰板，爭氣些，將來讓他哭著、跪著來求妳！」

聽她提及那個負心人，秦二娘鼻子又是一酸，眼中當即含了淚水。

秦若葉見狀大怒，猛地往她屁股上飛起一腳，當即便將她踹了下去。

秦二娘嚇得尖叫不止，緊緊閉上眼睛，以為自己必然死定了，哪想到下墜之勢卻突然停了下來，她睜眼一看，發覺自己被吊了起來。

「救、救命……」她顫聲呼救，下一刻，便見秦若葉的身影從崖上出現。

「要死、要活？」對方冷冷地拋出一句。

「要活、要活，我不想死！」她忙道。

見對方毫無動作，她想了想，又道：「我要好好活著，再不自怨自艾，我要、我要爭氣，將來讓他哭著、跪著來求我！」

秦若葉總算滿意了，伸手將她拉了上去。

秦二娘趴在地上大口大口地喘著氣，良久，她低著頭，輕聲道：「四妹妹，我都明白了，往日竟是我糊塗了，為了那樣一個人作踐自己，累爹娘憂心。誠如妳所說，那種男人沒有了，是我前生修來的福氣。」

「妳倒還不算是無藥可救。」秦若葉冷哼一聲，動手替她鬆綁。

「比起活活摔死，失去個卑鄙小人又算得了什麼。」秦二娘苦笑。

「摔死？妳可真夠脆弱的，這麼點小山坡也能摔死妳？」秦若葉鄙視。

秦二娘一愣，回身一望，哪有什麼懸崖，分明是一個小山坡，藉著月光一看，還可清晰看到底下的青草地。

「妳……」她詫異回頭，話音未落，後頸又是一痛，整個人再度失去了意識。

「把她送回去。」秦若蕖拍拍手中沙塵，衝著身後的青玉吩咐道。

為了秦若蕖與端王一事，素嵐接連數日夜不能眠，這晚亦然。

那傻丫頭怎麼就看中了端王呢？那樣的男子，豈是她這種單純性子的傻姑娘駕馭得了的；再一層，端王的身分及所處環境，是那樣複雜……

她在床上翻來覆去不知多久，終於煩躁地坐了起來，趿鞋下地，踏著透進屋內的月光行至圓桌邊，動手給自己倒了杯茶。

忽然，一陣窸窣的聲音隱隱約約從外頭傳進來，她怔了怔，將窗戶輕輕推開一道縫，竟見月光之下，一前一後兩道身影掠進了東邊廂房裡。

她臉色頓時一變，扶著窗櫺的手不停地顫抖。

是蕖小姐……

蕖小姐竟然又出現了，為什麼？是什麼又觸發了她？還是說她其實一直都存在？

越想心裡越是不安，腦子裡忽地一道驚雷。

難道……難道四小姐情繫端王並非偶然？

一想到這個可能，她便渾身顫慄不止。

天邊漸漸泛起魚肚白，晨曦初現，映得林間葉上晶瑩的露珠一閃一閃，發出一道道美麗的光。

秦二娘從睡夢中醒來，睜開眼睛看看熟悉的擺設，一時有些分不清昨夜那幕是夢境還是現實。

只是當後頸傳來陣陣痛楚時，她才意識到，那真的不是夢。

用早膳時，她仍有些難以置信，探究的目光不斷地落到正低著頭、小口小口地喝著米粥的秦若蕖身上。

果真是四妹妹？昨晚那個冷漠無溫的，與眼前這個憨憨傻傻的，真的是同一個人嗎？

不知怎地便想到府中生變的那一晚，雖是家中人人三緘其口，但她多少聽到些風言風語，依稀是四妹妹發現了前四嬸娘之死與大伯父有關；只是她始終不相信，畢竟四妹妹的少根筋在府中是人盡皆知的。

「二姊姊，妳怎麼老看我？」秦若蕖放下碗，狐疑地問。

「沒、沒事，沒事。」她忙低下頭去，不敢再看。

不管是真是假，還是躲著她些為好。

秦若蕖撓撓耳根，嘀咕了幾句也就拋在腦後了。

被禁足不能外出，她生了好些天的氣，可秦澤苡是鐵了心的，任她哭也好、鬧也罷，硬是不肯鬆口。她鬧了幾回便覺得無甚意思，每日只能靠坐在窗邊巴巴地望著遠處發呆。

「……那位陸公子又來了，當真好性子，不管咱們公子怎樣給他臉色瞧，他一點都不在意。」

「可不是，我瞧他也是富貴人家的公子，能有這份耐心與胸襟，確實是難得。」

福伯與良安的小聲對話傳入她耳中，她愣了愣。

是指陸修琰嗎？他來了？

她再也忍不住，猛地起身衝出了門，直往大廳方向跑去。

「四妹妹，出什麼事了？」跑到廊下便撞上了秦二娘，她來不及回答，匆匆扔下一句「對不起」便又跑開了。

秦二娘望望她的背影，想了想，亦舉步跟了上去。

「王爺請回吧，我還是那句話，『門不當、戶不對』，再作糾纏亦無益。」秦澤苡神色冷淡，眼皮抬了抬，冷冷地道。

陸修琰不以為忤，滿臉真誠，語氣誠懇。「我也是那句話，『三千弱水，獨取這一瓢』。」

秦澤苡垂眸不語，半晌，迎著他的視線道：「我相信你如今確實是有幾分真心，只是，人心易變。向來權貴聯姻，講求的不過是門當戶對或是彼此雙贏。秦氏門第低微，門中多為布衣之身，加上又曾得罪京中權貴，想來宮中亦頗有微詞。王爺如今正是情濃之時，自然不懼任何阻礙；只是歲月無情，再多的情意，亦會在日漸平淡的日子裡逐漸消磨殆盡，到那時，萬一王爺心意改變，身後無所依託又出身不高的阿蕖，將如何自處？

「再者，她的性情，王爺想必有所了解，單純少慮，不諳世事，必學不來與人周旋、左右逢源，又怎與各府命婦、大家夫人打交道？更不必說宮中貴人。她雖無心，旁人未必無意，明槍暗箭，防不勝防，王爺政事繁忙，又能顧及得了多少？」

這番頗有幾分推心置腹的話，讓陸修琰懸著的心略鬆了鬆。秦澤苡這般說，可見他並沒有無視他待若蕖的心意，更不是單純因為他的身分而拒絕，而是經過深思熟慮之後作出的決定。

他定定神，望入對方的眼眸，沈聲道：「五公子殫精竭慮，全是出自對親妹的愛護之心，可見手足情深，陸修琰甚為敬佩；只是，汝之所慮，吾之所慮也。」

頓了頓，他正色道：「我願傾己所有，只為迎娶若蕖為原配妻，她既為吾妻，亦即朝廷端親王妃，只有各府命婦、大家夫人尊她敬她，又哪須她細思周旋？再者，我雖不才，亦知男兒立於天地，應許妻兒安穩無憂，又怎會允許旁人欺她辱她？」

半晌，他忽地語氣一變，黯然地低聲道：「只是，關於她的一切，我從沒有十分把握，更不敢保證她不會受半點委屈……」

「不允許旁人欺她辱她」與「不敢保證她不會受半點委屈」看似矛盾，實則不然；只因越是在乎，便越是誠惶誠恐、患得患失，唯恐自己做得不夠好、做得不夠全面，使得對方或多或少地受到委屈。

秦澤苡愣怔，同樣是心有所屬，他想，自己是能體會對方這番心情的。

人活一世，誰也不敢保證不會受到半分委屈，生活總是有些不如意、不完美之事，哪怕是門當戶對、兩情相悅的婚姻，誰又敢肯定便能無波無浪、順遂一生？

他雖能理解，亦相信他待妹妹確實是真心，但是……有一點他沒有直說，他擔心的還有妹妹，那個擁有雙面性情的妹妹。

他怕萬一真的將她嫁到端王府去，一旦引致她的另一面出現，那一位能放棄追查周氏主僕之死嗎？若真的捲了進去，還能全身而退嗎？

想到這，他陡然起身，背對著陸修琰，嗓音低沈。「王爺請回吧！」

陸修琰見狀暗嘆口氣，知道今日又是一無所獲，唯有無奈告辭。

本是跟著秦若蕖而來的秦二娘，見她忽地行經大廳窗邊時停下腳步，自然也不好上前，只能離得遠遠地觀察對方的舉動。

忽然，一道身影從廳裡走出，她愣了愣，目光不由自主地追隨，直到那人轉了個彎，她方驚覺對方竟是端王。

端王怎會到此處來？眼神微閃，心中微動，她想了想，提著裙襬追著那個挺拔的身影而去……

仍留在廳裡的秦澤苡，輕撫著桌上茶盞不知在想些什麼，忽地，眼神不經意間掃到門外的衣角，他嘆了口氣，提高聲音喚。「阿蕖。」

片刻，秦若蕖便緊挨著門，低著頭走進來。

「哥哥。」

「妳都聽到了？」秦澤苡無奈。

「……聽到了。」秦若蕖飛快抬眸望了他一眼，又再低下頭去軟軟地道。

「那妳……是怎樣想的？」經過這幾日，他心中原本的惱怒早已徹底消散，餘下的只有濃濃的擔憂與挫敗。

秦若蕖輕咬著唇瓣，頭頂對著他，久久不作聲。

秦澤苡也不逼她，耐心地等著。

終於，她緩緩抬頭，望向他認真地道：「哥哥，我想與他一起……」

說到此處，她有幾分不自在地絞著袖口，咕噥道：「他待我很好，我、我也喜歡與他一起，我不想將來與、與別人在一起過日子。」

秦澤苡定定地望著她良久，冷哼一聲。「果然女生外向，哥哥這些年白疼妳了。」

下一刻，又沈下臉教訓道：「女兒家要矜持，什麼喜歡不喜歡，這也是能宣之於口的？回屋去！」

秦若蕖不滿地嘶起了嘴，只是到底不敢反駁，一面拖拖拉拉地跨過門檻，一面唧唧咕咕地應道：「知道了……」

第十八章

有些失神地回頭望望秦宅方向，想到已經好些日子沒見到的那個人，陸修琰暗地嘆了口氣。

也不知那丫頭如今怎樣了？他收起滿懷思念，轉身走出幾步，忽聽身後有女子喚他。

「王爺請留步。」

聞聲止步，他回身一望，見是一名陌生女子，瞧著她來時方向，似乎是從秦宅裡出來的。

秦二娘有些不安地絞著手中帕子，上前一步盈盈行禮。「秦若珍見過端王爺。」

原來是秦二姑娘……陸修琰了悟。

「姑娘無須多禮。」

秦二娘勉強平復怦怦亂跳的心，輕聲道：「五弟自小性子便倔，若有什麼失禮之處，衝撞了王爺，還請王爺莫要怪罪。」

陸修琰搖搖頭，道：「姑娘多慮了，告辭。」言畢朝她微微頷首致意，轉身離開。

秦二娘輕咬著唇瓣，望著他漸行漸遠的背影，眸中閃耀著一絲堅定的光芒。

秦若蕖垂著腦袋回了自己屋裡，撐著桌面托著腮幫子發呆。被困了幾日著實無聊得很，連酒肉小和尚那小傢伙也好久沒來尋她了，不知最近在忙些什麼。

她長長地嘆了口氣，少頃，趴在桌上喃喃地喚。「陸修琰……」

走進來的素嵐聞聲心裡一個咯噔，連忙低下頭，斂下眼中複雜情緒。

「四小姐。」

「嵐姨。」見是她，秦若蕖有氣無力地喚了聲。

素嵐拉過一旁的繡墩在她身邊坐下，拉著她的手放柔聲音問：「怎地像被霜打過的茄子般，沒半點精神。」

秦若蕖靠著她的肩膀悶悶不樂地道：「哥哥不讓人家外出，整日待在屋裡煩都煩死了。」

「往年在府中不也是這般，怎地不見妳煩？」

秦若蕖絞著袖口細聲細氣地道：「那不一樣……」

「怎地不一樣？當初每日在家中陪著老夫人，不也這樣過了？怎地如今卻不能了呢？」素嵐輕聲追問。

「就是不一樣嘛！」秦若蕖噘起嘴，想了想，又補充道：「關在籠子裡的鳥兒，好不容易飛出去自由自在了些日子，若是再關住牠，牠會習慣嗎？」

素嵐失笑，這比喻倒也貼切，可不就是隻出了籠的鳥兒嗎？她沒好氣地點了點她的額。

「是是是，咱們的四姑娘就是這樣一隻可憐的鳥兒。」

秦若蕖一頭撲進她懷裡，磨蹭了幾下，撒嬌地道：「嵐姨，妳跟哥哥說說，這禁足令便解了吧！」

素嵐輕撫著她的背，片刻，輕聲問：「嵐姨想知道，妳一個小姑娘家，平日又多是與無色小師父在一起的，怎地突然就喜歡與端王一起了？」

秦若蕖臉頰貼著她的胸口，撲閃撲閃幾下睫毛，把玩著手指道：「就是、就是突然就喜歡了呀，陸修琰很好，我與酒肉小和尚叫他做什麼，雖然一開始總是不怎麼樂意，可最後還是會答應我們。」

「什麼叫就是突然就喜歡了？」素嵐追問。

「嗯……」秦若蕖皺著眉想了想。「就是有一日發現自己樂意與他親近，加上他人又很好。」她撓撓耳根，覺得自己也說不明白，乾脆道：「反正、反正就是喜歡。」

素嵐垂著眼眸一言不發，右手有一下、沒一下地撫著她的長髮，心裡卻是混亂至極。只因她也抓不準，懷中這姑娘到底是真的對端王動了情，還是被另一位要求動了情。

「端王是皇室中人，與等閒人家不同，皇族當中規矩甚多，皇室女眷肩負的責任更重；王爺即便待妳再好，也總有身不由己之時，萬一將來他身邊又有了別的女子，待別人更好——」

「不會的，陸修琰說過了，他不會待別人比待我更好。」話音未落便被秦若蕖打斷，素嵐愣了愣，端王竟然對她說過這樣的話？

如此之話，可算是一種許諾了，兩人竟到了山盟海誓的地步？再想想連日來陸修琰的堅持，她的心便跳得更厲害了。

她低下頭去望著懷中的姑娘，對上那雙充滿信任的杏眼，一時又感到頭疼不已。

「青玉說過，哥哥將來會為我擇一位人品上佳的夫婿，陸修琰也會娶妻，到時我們便再不能相見。我不喜歡，也不樂意與別人一起過下半輩子，更不願意陸修琰娶別的姑娘，所以、所以……」話音越來越小，說到最後，秦若蕖的臉不知不覺間又浮起了絲絲紅雲。

素嵐失神地望著她，久久無話。

便是如今她想阻止，也來不及了吧？一個堅決要娶，一個立志要嫁，不管是五公子還是她自己，難道真的能無視姑娘的意願，強硬將她許給別人嗎？

小丫頭雖然大而化之，性子又迷迷糊糊的，可不代表著她沒有七情六慾，沒有喜怒哀樂。

青玉……原來這當中青玉也插了一腳，如此一來，她已經可以肯定，蕖小姐亦必然動了某些手腳；若是她動了手腳，可想而知，周氏主僕、呂洪及素卿的死亦沒有瞞住她。

卻說陸修琰再度無功而返，心裡多少是有些沮喪的。

這幾日遭受的挫折與打擊，比他二十餘年來所經歷過的還要多，閉門羹、冷言冷語、漠視諸如此類的對待，在此之前，他想都不曾想過會發生在自己的身上；畢竟，端王在朝中是一人之下、萬人之上，從來只有別人爭著搶著來討好他的分。

背著手往廂房方向走去，忽聽身後傳來一陣孩童特有的急促腳步聲，他回身一望，果然見到無色邁著一雙小短腿朝自己跑來。

他挑挑眉，看著小傢伙那張大大的笑臉，心情也不知不覺好了幾分。

「是無色大師啊！大師好久不見了，不知今日來尋在下，有何指教？」他笑著打趣道。

小傢伙在身上的小掛包裡掏啊掏，竟然掏出一張帖子，笑咪咪地雙手遞到他跟前。「陸施主，我要過壽啦，這是請柬。」

陸修琰背過身去咳了幾聲，這才相當鄭重地接過請柬，大略掃了一眼上面歪歪扭扭的字後便合上，半蹲在小傢伙面前，一本正經地問：「不知大師今年高壽幾何？」

小傢伙伸著六根肥肥短短的小手指，脆聲道：「我六歲啦！」

「哦，原來大師是要過六大壽！」

「噗哧……」走過來的長英聞聲直接笑了出來。

六大壽，虧王爺說得出口。

小傢伙自然聽不出他話中的戲謔，笑得眉眼彎彎地直點頭。「大師兄說我如果乖乖聽話，不逃早課，認真誦經，努力練武，就會給我好好過壽，我這段時間都有乖乖的哦。」

原來如此，難怪最近總見不到他。

陸修琰總算明白了，摸摸他光溜溜的腦袋瓜子，想了想，又問：「可有給你芋頭姊姊送請柬了？」

「正打算去呢！」

「去吧，早去早回。」陸修琰微微一笑，拍拍他的小肩膀。

正好瞌睡有人送枕頭，他正愁著沒機會見他的姑娘呢，這小傢伙必定是他命中的福星。

「那我走啦！」無色朝他揮揮手，轉身蹦蹦跳跳地跑開了。

長英有幾分失神地望著眼前眉目含笑的主子。原來王爺也有如此的一面，有時看著他調侃打趣小無色，彷彿看到了先皇在世時那個調皮的小皇子。

近日主子在秦澤苡跟前接連受挫，他是知道的，心裡自然惱怒非常，只覺得這秦家公子忒不識抬舉，王爺身分何等尊貴，不嫌棄秦家門戶低，甘願迎娶那秦若蕖為正妃，本身已頂著宮中巨大壓力了，這秦澤苡還在此拿喬自抬身分。

可如今細一想，自王爺到了岳梁，與那秦四姑娘相處以來，臉上的笑容越來越多，整個人越來越開懷，瞧著也輕鬆不少。他想，若是秦四姑娘真能令王爺餘生多些笑容，少些愁緒，他亦會心甘情願奉她為主，敬她如敬王爺。

夜漸深，夏蟲鳴叫聲不絕，在夜色中更是清晰可聞，在這萬籟俱寂的夜晚，久久無法入眠之人卻不少。

秦二娘輾轉難眠，終於披衣趿鞋下地，素手輕推窗門，忽見月色之下，一前一後兩道身影正往東邊廂房方向走去。她定睛一看，認出走在前面的正是素嵐，後面那人竟然是秦澤苡。

她略思忖一陣，隨手取過外袍穿上，輕手輕腳地推開房門走了出去。

東廂內，秦若蕖掀開紗帳坐了起來，片刻，起身走向桌邊，取過茶盞想倒杯茶，忽聽門簾被人撥開之聲，一怔之下正欲出聲詢問，卻在看見來人身影時臉色大變。

她連忙穩住心神，勉強學著秦四娘的模樣掩嘴打了個呵欠。「嵐姨，是妳啊！」

素嵐靜靜地站在屋內中央，臉上神色卻是有幾分莫測，越發讓她心裡沒底。

半晌，她聽對方平靜地問：「小姐怎地醒了？」

「我、我有些渴，故而起來喝碗茶潤潤嗓子。」

素嵐垂下眼，緩步走來，熟練地給她倒了茶遞到她面前。

秦若蕖心中忐忑，下意識地接過，忽聽對方喚——

「蕖小姐。」

「啪嚓」，茶碗落地的清脆響聲乍然響起，她想否認，卻發現話被堵在了喉嚨裡，怎麼也說不出來。

「妳可還記得當年妳答應過我什麼？妳答應我，不管妳要做什麼，都不會影響四小姐的生活，也因為如此，妳才選擇在夜深人靜之時出現，可妳如今又在做什麼？為了達到目的，罔顧四小姐意願，讓她與端王……」

也是因為得到承諾，她才會竭盡全力助蕖小姐追查當年血案，否則，於她來說，報仇再重要，也比不過她拚死救回來的姑娘能安穩度日重要。

可如今……素嵐深深地吸了口氣，胸口一起一伏，說不出是失望還是心疼。

自當年蕖小姐輕易讓四小姐半點也不深究自己身上發生的一切異樣，她便清楚性格強悍、武藝高強的這位，是擁有可控制另一位的能力，只是沒有料到，這一次她竟然會利用這種能力……

「嵐姨，我……」秦若蕖想解釋，解釋她並沒有罔顧秦四娘意願，也沒有真的操控她，可是喉嚨卻堵得厲害，什麼也說不出口。

「事到如今，我明白說什麼已經沒有用了；只是，蕖小姐，妳能順利達到目的，不是因為妳的手段有多麼高明，也不是因為容貌有多麼出眾，而是因為端王的心從不曾對妳設防，或者說從不曾對四小姐設防；正因為心不設防，妳方能如此輕易地闖了進去。

「蕖小姐，須知人可戲，但真心不可戲，假意待人，對以真心待妳之人何等殘忍？端王生性驕傲，若有朝一日他得知自己以為的美好全是有人有心謀之，妳可想過他的反應，可曾想過四小姐的立場？不，妳沒有想過，也許有那麼一瞬間想到，可最終還是復仇的渴望占了上風。」

素嵐眼中盡是掩飾不住的失望。她親手帶大的姑娘，最終還是走上了一條她最不願意看到的路……

秦若蕖喉嚨哽得厲害，卻始終一言不發。眼前之人是她這輩子最敬重、最感激，也是最不願意傷害的。

端王在岳梁出現的那一刻，她確實是沒有想太多，只知道這是個天賜良機，無論如何都不能放過；至於秦四娘……天底下彼此無意的夫妻多得是，日子不也照樣過下去了？至少端王此人的品行還是可信的。況且，若他最終如她所願的話，必定對秦四娘也是有情的，以秦四娘那隨遇而安的性子，又有端王的憐惜，端王府未必不是一個好去處。

所以，讓秦四娘進端王府，她的下半生有所依靠，而她亦能順利調查周氏主僕之死所掩藏的內幕，一舉兩得，她不覺得有什麼不妥。

見她如此表情，素嵐便知自己的話她根本沒有聽進去，頓時又是失望、又是難過。

秦若蕖微微側過臉去，不敢對上她的視線，嗓音淡淡的，聽不出情緒變化。「如今，端王心悅秦四娘，願意迎娶她為正妃，秦四娘亦心中有他，這不是最好的結局嗎？」

「這麼說來，妳倒是做了件好事了？」開門聲再度響起，下一刻，秦澤苡鐵青著臉出現在屋裡。

秦若蕖呼吸一窒，眼神微微閃動著。

秦澤苡深深地望著她，眼神帶著濃烈得化不開的悲哀與失望。「我那個懂得以誠待人、懂得體諒、懂得珍惜的妹妹哪兒去了？她什麼時候變得、變得如此不擇手段！會為了達到目的而利用、玩弄別人的真心，會不顧身邊人的苦心而一意孤行——」

「她死了！」秦若蕖打斷他的話，表情冷漠。「她早在十年前就死了，如今不管是在你面前的我，還是白日的秦四娘，都不是你口中那個懂得以誠待人、懂得體諒、懂得珍惜的完美妹妹。你的那個妹妹，死了，與娘親一般，死在酈陽，死在刀劍之下。」她深深地吸了口氣，語氣越發強硬。「秦四娘嫁進端王府是最好的結局，便是你能阻止這一次，難保沒有下一回。憑這張臉，我就不信沒有達官貴人瞧得上，只是，下一人會不會有端王那般的品行，會不會再如端王這般情深意重，我就不敢保證了。」

「妳——」秦澤苡勃然大怒，手掌高高揚起就要搧下去，卻在對上那倔強的眼神時止住動作，無法打下去。

秦若蕖仰著下頷，一動也不動地站著，似乎在等著那巴掌落下。

片刻，秦澤苡緩緩地放下手，身體微微地顫抖著，眼中隱隱可見水光。他背過身去，閉上眼眸深呼吸幾下，嗓音沙啞。「妳愛怎麼樣便怎麼樣吧，我也沒有資格再管妳。」

說罷，大步離開。

秦若蕖雙唇翕動，最終仍是沒有出聲挽留。

素嵐沈默地看著這一幕，不知多久，沈聲道：「蕖小姐，若妳心中還有我，還願再叫我一聲嵐姨，妳便發誓，從今以後絕不插手四小姐與端王之事，不做任何有損他們感情之事，若有違背，便教我不得好死！」

「嵐姨……」秦若蕖失聲叫了起來，可當她看著對方那平靜卻堅決的神情時，一下子便說不出話來。

良久，她方啞聲道：「妳明知道我視妳如母……」

「可我能賭的也只有妳這份心，蕖小姐，妳要做的事我阻止不了，我只能盡我所能，護我所護。發誓吧，發了誓，再沒人會阻止四小姐與端王，阻止妳進京查妳要查之事。」素嵐聲音無悲無喜，聽不出有任何起伏，彷彿說的是一件再普通不過之事。

秦若蕖低著頭，眼眶微紅，許久之後方抬頭望著她，一字一頓地道：「我發誓，從今以後再不插手端王與秦四娘之事，若違此誓，教、教、教嵐、嵐姨不、不得好……死。」略頓了頓，又加了一句。「亦教我永墜阿鼻，永受烈火焚身之苦！」

素嵐怔了怔，低著頭久久無話。

卻說秦二娘看著素嵐進了秦若蕖的屋裡，又見秦澤苡站在門外一動也不動，她心中奇怪，只是也不敢再上前。

約莫過了不到一刻鐘，秦澤苡亦走了進去，她想了想，放輕腳步跟過去，隱隱約約聽到裡頭傳出說話聲，她聽不大清楚，只模模糊糊地聽到幾個字，什麼「端王」、「秦四娘」諸如此類的。

她心中疑惑更甚，怎地又扯上端王了？什麼時候這對兄妹與端王竟走得這般近？端王連日來到家中又是為了何事？

屋內突然傳出掀簾的響聲，她連忙閃到一邊，接著便見秦澤苡滿臉怒色，渾身上下像是瀰漫著一股挫敗之氣走了出來。

她不敢再聽，待再見不到秦澤苡的身影後，連忙回到自己的屋裡。

次日一早醒來，秦若蕖便覺得家中氣氛怪怪的，嵐姨怪怪的，二姊姊怪怪的，青玉怪怪的，甚至連哥哥也是怪怪的。

她是丈二金剛摸不著頭腦，一時也不知該找何人來問問是怎麼一回事。

「小姐，公子讓妳到廳裡見客。」青玉忽地走進來稟道。

「是誰來了？」秦若蕖更覺得奇怪，哥哥竟然會讓她去見客？

「是端王。」

「陸修琰？」秦若蕖大喜，「噔噔噔」地提著裙襬便跑了出去。

秦澤苡平靜地看著歡天喜地走進來的妹妹，見她直接跑到陸修琰的跟前，扯著他的袖口，揚著一張笑臉嬌聲直喚。「陸修琰……」

他垂眸，暗地嘆了口氣。

還能再說什麼？這丫頭眼裡只有端王，連他這個哥哥都忽略了。昨夜的那一個對端王是另懷目的不錯，可眼前這個，怕是真的對端王有了情意。

陸修琰原本做好了再被冷待的準備，卻想不到會有意外之喜，看著笑得眉目彎彎的心愛姑娘出現在眼前，他勉強按下擁她入懷的衝動，輕聲喚。「若蕖。」

秦澤苡再看不下去這兩人旁若無人的舉止，出聲打斷。「阿蕖，過來！」

秦若蕖抿了抿嘴唇，依依不捨地鬆開了揪住陸修琰袖口的手，聽話地走到兄長的身邊。

秦澤苡恨鐵不成鋼地瞪了她一眼，嚇得她縮了縮脖子，討好地衝他直笑。

他沒好氣地戳了戳她的額頭，這才望向神情柔和、嘴角含笑的陸修琰。

「王爺先前所說之話可全是發自內心？」

陸修琰連忙收起笑容，正色道：「句句真心！」

「好，我如今亦明明白白地告訴你，秦家女不為妾！」

「三媒六聘，明媒正娶。」斬釘截鐵的回答。

秦澤苡定定地望著他，不錯過他臉上每一分表情，彷彿想從中找出一絲謊言的痕跡。

陸修琰坦然地迎接他的視線，以最大的誠意來顯示自己的決心。

「阿蕖。」正來回在兩人身上看的秦若蕖，忽聽兄長喚自己。

「嗯？」

「去後廚取幾盤糕點來。」

「啊？哦。」相當聽話地轉身出門。

陸修琰一看便知他是有意支開她，不動聲色地端過茶盞呷了一口，卻見對方從懷中取出一張摺得整整齊齊的紙，緩緩地攤開在他的眼前。

他順著他的動作掃了一眼紙上內容，臉色當場大變。

「秦公子，你這是何意？」

「以防萬一，也是為了給阿蕖多幾分保障。王爺若肯簽下，我便相信你確實是真心實意想要迎娶阿蕖為妻，否則，哪怕她再怎麼不樂意，我也必不會容許她與王爺再有半點接觸。」秦澤苡沈著臉道。

「況且，若是王爺當真做到你所許下的，那這協議書便如同廢紙一張，永遠沒有用得上的時候，王爺又有什麼好怕的？」不疾不徐的語調。

陸修琰垂著眼，少頃，抓起桌上的毫筆，蘸墨、簽字、按下印章，一氣呵成。

「如此，公子可放心了？」

秦澤苡怔了怔，本以為還會費些口舌的，哪想到對方竟是如此乾脆。

他伸手將桌上的那張協議書拿起，望著那蒼勁有力的筆跡，以及那個端王印鑑，心情頓時變得相當複雜。

「她是我唯一的妹妹，對她，我永遠也做不到真正的放心。」吹乾紙上墨跡，他緩緩地摺好收入懷中，不疾不徐地回答道。

「我明白。」陸修琰頷首。

他怎會不知道他對妹妹的那份愛護之心，而在他的姑娘的心裡，也許兄長占的位置比父親還要重，故而，對若蕖的親事，眼前這位身為兄長的，比遠在酈陽的那位父親更能說得上話。

長兄如父，大抵如此。

陸修琰還想再說，眼角餘光卻在看到一個熟悉的身影時，嚥下了將要出口的話。

秦若蕖歡歡喜喜地捧著食盤走了進來，聲音清脆動聽。「哥哥，陸修琰，嵐姨做了許多好吃的，你們看、你們看。」

如同獻寶般將食盤上的糕點放下，一雙翦水雙瞳眨巴幾下，那得意勁，彷彿親自下廚的是她自己一般。

陸修琰輕笑出聲，非常給面子地取過一塊送進口中。「入口軟糯，甜而不膩，甚是美味。」

當下便見對方笑得眼睛都彎成了兩輪新月。

秦澤苡掃了他們一眼，低下頭去認真地品著茶。

女大不中留啊！不知何時在這丫頭的眼裡只見端王不見哥哥了。

「四妹妹，端王近日好像常到府中來，不知是為了何事？」秦二娘動手為秦若蕖續了茶水，狀似不經意地問。

「陸修琰？來找哥哥說事吧！二姊姊，妳嚐嚐這個，味道可好了，陸修琰也說好。」秦若蕖隨意地答了句，順手將一塊散發著甜香味的糕點送到她嘴邊。

陸修琰？秦二娘愣了愣，將糕點接到手中，若有所思地望著她。

「二姊姊，明日我與哥哥都要到萬華寺，酒肉小和尚過生辰，妳也去嗎？」秦若蕖不知她心思，笑咪咪地問。

到萬華寺？

「也好，據說萬華寺是岳梁第一大寺，來了好些日子都不曾去過，也該去見識見識了。」秦二娘略一思忖便同意了。

作為擁有一大幫徒子徒孫的無色大師，上面又有師父、師兄們疼著，雖然日子過得是清貧些，但寺裡僧人都會想方設法給他過生辰，哪怕全是些齋飯，也使上十八般武藝做得色香味俱全。

陸修琰曾戲謔稱，萬華寺的齋菜能遠近聞名的一大特色，無色大師厥功至偉。

往年都是寺中僧人為無色過生辰，但今年他磨著空相住持，說是要邀請自己的朋友到寺裡來，所謂的朋友，自然便是陸修琰與秦若蕖兄妹。

空相住持自然心知肚明，見視如孫兒般疼愛的小徒弟軟軟地央著自己，又哪會有不肯之理，讓人收拾出一間小院，方便到時讓小傢伙招呼朋友。

「如此看來，這無色在寺裡當真是受寵。」看著眾人興致勃勃地準備給小傢伙「過壽」，長英嘆道。

陸修琰微微一笑。的確如此，作為寺裡年紀最小、輩分不低的無色大師，雖說誦經習武都是半吊子，可受寵程度卻是相當高，無嗔是眾僧當中對他最為嚴厲的了，可這何嘗不是另一種疼愛的方式。

小傢伙雖然無父無母，但有滿寺的人疼愛，也算是上天對他的另一種補償吧！

「王爺，過完無色小師父的生辰，當真便要啟程回京了嗎？」長英略有些遲疑，不怎麼確定地問。

「嗯，也到了該回去的時候了。」陸修琰頷首。

既得到秦澤苡的承諾，為免夜長夢多，他打算早些回京儘早將他與秦若蕖的名分確定下來；只是這樣一來，便會有好些時日見不到他的姑娘了。

想到那張彷彿不知愁滋味的笑臉，他心中一片柔軟，還好，至少在臨別之前還能見上一面。

「師叔祖，師叔祖，饒了小僧吧……」

「哈哈哈哈……」

行至寺後的小河旁，忽聽一陣孩童得意的笑聲以及年輕男子的無奈求饒聲，陸修琰止步一望，頓時失笑。

只見渾身脫得光溜溜的無色站在河裡，小手撩起河水直往岸上的年輕和尚身上潑，不過瞬間便把對方乾淨整潔的僧袍潑濕了一大片。

這小壞蛋！陸修琰搖頭。

見那僧人邊躲邊求饒，小傢伙卻格格笑著越潑越興奮，陸修琰看不下去，足尖一點，整個人凌空而起，飛快地朝那小身影掠去，不過眨眼間，小壞蛋便被他拎上岸。

「呀！」雙腳一落地，無色便驚叫著雙手捂著身子，一雙滴溜溜的大眼睛直往他身上瞪，氣呼呼地大聲責怪道：「偷看人家洗澡，也不害臊！」

陸修琰又好氣、又好笑，抓住他的小胳膊將他轉了個身，大掌高高舉起就要往那肉屁股上拍，卻在看到白嫩嫩的屁股上那幾個紅色的胎記時停下動作。

「師叔祖！」得救的年輕和尚連忙拿著無色的小僧袍走了過來，動作相當熟練地替他穿上衣服。

衣著整齊的小傢伙回過身來衝他扮了個鬼臉，又得意、又氣人地朝他扭了扭屁股，在他反應過來前大聲笑著邁開小短腿，飛也似地跑掉了。

「師叔祖，等等我……」

不過轉眼的工夫，此處又恢復了往日的寧靜。

「王爺？」見主子眉頭微微皺著不言不語，長英不解上前輕喚。

「……長英，你可知皇長孫是何人？」半晌，他方聽到陸修琰有幾分恍惚的聲音。

「自然知道，皇長孫乃大皇子之嫡子，聖上之嫡長孫。」

「不，不是他，真論起來，睿兒並非皇兄之長孫。」

「王爺是指當年二皇子府上侍女所出的那一位？只是，那位小皇孫不是已經……」長英愣怔須臾，驚訝回道。

「不，當年皇兄出動了御羽軍沿河搜索將近一月，卻是一無所獲，時間拖得越久，生還的可能便越小，何況還是一個剛滿周歲的孩童，人人只道凶多吉少。如今算來，若他仍在人世，今年恰好便是六歲。」陸修琰沈聲道。

長英大吃一驚，聯想他方才舉動，心思一動。「難道王爺認為無色小師父便是失蹤的……」

「那位侍女原姓梅，生下的孩兒屁股右邊有五個圍在一處、像是梅花般的胎記，當年宮中人人稱奇，我亦是按捺不住好奇去看過，確實是如此。方才觀無色身上，亦有如此印記，他的年齡又對得上……」

「屬下曾聽說過，無色小師父乃是五年前空相住持雲遊在外時救起的，如今想來，還真有此可能。只是事關重大，王爺還得與住持細細核對。」

「本王明白，若無色果真是失蹤多年的皇孫，皇族血脈，又怎可流落在外，必是要認祖歸宗的。」

「住持，陸施主有要事求見。」僧房內，白髮蒼蒼的空相住持緩緩睜開眼睛。

「有請。」

下一刻，身形挺拔的男子便出現在他的面前——

翌日，秦若蕖穿戴打扮妥當，又將給無色的賀禮準備好，這才快快樂樂地與秦澤苡及秦二娘往萬華寺走去。

無色早早就得到稟報，穿著一身新做的僧袍屁顛顛地跑出來迎接，小手扯著她的袖口，拉著她直往空相住持專門整理出給他招呼朋友的小院走去。

秦澤苡不疾不徐地跟在兩人身後，秦二娘自然亦寸步不離地跟了上去。

「芋頭姊姊妳瞧、妳瞧，有這麼多好吃的，全是師兄們親手給我做的哦！」無色得意地指指滿桌色香味俱全的齋菜。

「啊，你師兄們待你真好！」秦若蕖相當捧場地驚呼一聲，臉上盡是一片豔羨之色，看得小傢伙越發得意了。

走進來的陸修琰見狀輕笑出聲。這對活寶！

「秦公子，秦姑娘。」微微朝著秦澤苡與秦二娘點頭致意，眼神卻總是不由自主地往正蹲著身子聽無色嘰嘰喳喳不停的秦若蕖飄去。

秦澤苡見狀輕哼一聲，自顧自地尋了位置坐下來。

秦二娘吃驚地在他身上看看，又順著他的視線望了望正與無色掩嘴直笑的秦若蕖，心裡頓時「咯噔」一下。

端王與四妹妹？他們何時……

小和尚的生辰自然及不上大戶人家小公子的生辰，寺裡眾僧也不過是盡著最大的能力做了桌豐富的齋菜，又送了些或是自己做的，或從山裡撿的小孩子玩意兒給無色，最厚的一份禮，不過是無嗔大師親手給他縫製的一套新僧袍。

可僅是如此也能讓小傢伙樂上數日，看著他抱著一堆奇奇怪怪的小玩意兒笑得合不攏嘴，陸修琰眸色漸深，心中頓生憐惜。

本該是天之驕子……

「陸修琰……」忽覺袖口被一股力道輕輕扯了扯，他側頭一望，便見秦若蕖可憐兮兮地望著自己，眼神不自禁地便柔了幾分。

他想了想，趁著眾人不留意，拉著她輕手輕腳地走了出去。

「陸修琰，你要回京了嗎？」方才不經意地聽到兄長與長英的話，她覺得心裡難過極了，陸修琰果然還是要走了。

陸修琰微微笑了笑，大掌撫在她的臉頰，輕輕地摩挲著，嗓音低沈。「傻姑娘，又不是再不能見面了；況且，妳可還記得我曾說過的，便是有朝一日我離開，那也是為了能讓我們將來長長久久地在一起。」

略停頓一陣，他深深地望入她如含秋水的雙眸，無比溫柔地問：「若蕖，妳可願意嫁我為妻，一輩子與我長相廝守？」

秦若蕖的臉騰地一下便紅了，那誘人的紅雲迅速爬滿了她的臉，緩緩漫到雙耳處，腦袋更是垂到了胸口處，心房是一陣比一陣急促的心跳聲。

陸修琰神情溫柔地望著她，耐性十足地等待著她的回答。

不知過了多久，他才終於聽到那聲咕噥的「好」。

喜悅當即布滿了他的臉龐，他再按捺不住滿懷的激動，雙臂一展將她摟入懷中，無比溫柔、無比鄭重親了親她那豔若海棠的臉蛋，啞聲誘哄道：「再說一次，再說一次好。」

雖然心裡已經知道了對方的答案，可當這個「好」字落到他耳畔時，仍然能帶給他無與倫比的狂喜與激動。

「人家、人家說過了啊……」秦若蕖羞得將臉直接埋入他懷中，細聲細氣地道。

「我想再聽一次，妳再說一回可好？」陸修琰的語氣更溫柔了。

「……嗯，好。」羞答答的語調。

下一刻，她便感覺擁著自己的雙臂更用力了。

良久……

「陸修琰，你是明日便要啟程了嗎？」悶悶不樂的聲音從懷中傳出。

「是，對不起，沒有早些告訴妳，只因有些事等不得。」陸修琰遲疑一會兒，歉疚地道。

原本他是打算三日後方啟程回京的，如今乍然發現無色的身分，他卻是再等不及，故而提前了歸程。

見懷中的姑娘久久不作聲，他在她的頭頂上親了親，啞聲道：「乖乖在家等我回來接妳，以後咱們再也不會分開……」

「不好。」秦若蕖猛地從他懷中抬頭，對上他的眼眸認真地道。

「什麼不好？」陸修琰不解。

「話本裡都是這樣的，每回公子說『等我回來接妳』這樣的話，十有八九是會失約的，少則三年五載，多則一輩子，白白讓姑娘空等。」

陸修琰愣了愣，隨即哭笑不得。「妳從哪聽來的這些混話？」

「戲裡都這樣演，話本也這樣寫著呢！十八年後，久久等不到意中人來接的姑娘死了，臨終讓女兒千里迢迢尋父，只為問一聲：你還記得小明河畔的李桂花嗎？」

第十九章

陸修琰失笑，沒好氣地捏了捏她的臉蛋。「往後再不可看這些亂七八糟的戲，話本也不可以。」

秦若蕖咕噥幾句，他聽不甚清，只是看她的表情便知道對自己的話根本沒聽進心裡去，唯有無奈地搖了搖頭。

「我既說了會回來接妳，必定會回來，我又何曾騙過妳來著？」

話音剛落，便見秦若蕖控訴地瞪他。「有，你有，你有騙過人家！」

陸修琰不解自己何時騙過她，便聽她指責道：「上回我被蜇了臉，你說搽了藥便不會腫了，我搽了藥，可第二日臉還是腫了，你騙人，騙人！」

陸修琰這才想起這一樁，望著瞪大眼睛一臉控訴的姑娘，他一時又好氣、又好笑。原來在他不知道的時候，他在這姑娘跟前的信用已經不好了。

他略想了想，從腰間取出一塊通透碧綠的玉珮塞到她的手裡，低聲道：「這是我出生時父皇賜予的玉珮，每位皇子都有，它在某種程度上是我這一輩皇室子弟的象徵，如今我便留給妳。」

「我就知道，話本裡也是這般寫的，公子臨走前總是留下各種信物……」秦若蕖順手接過，臉上卻是一副「果然如此」的表情，一雙水汪汪的眼眸幽怨地望著他，彷彿他真的是戲中那個負了姑娘一生的公子。

陸修琰氣結，這榆木腦袋的笨丫頭！

這九龍玉珮是他隨身所戴之物，乃先皇所賜，普天之下僅此一塊，與親王印鑑同等重要，他把它給了她，難道還不足以表明他的決心？這丫頭長得一副聰明樣，偏生了這麼個榆木腦袋，總糾纏些有的沒的。

實在是有些氣不過，他稍用些力在她額上彈了彈，疼得秦若蕖眼裡瞬間便含了兩泡淚。

見她如此，他又立即心疼起來，伸出手去就要揉揉。

秦若蕖惱他打一巴掌又給個甜棗的做派，恨恨地甩開他的手，重重地衝他哼了一聲，轉身就要離開。

「要走了嗎？我明日就要啟程了，到時得有好些日子無法見面了……」幽幽的聲音從身後飄來，當即便止住了她欲離開的腳步。

她皺著臉苦惱地想了片刻，終是抵不過心底的不捨，轉過身往他懷裡撲去，緊緊地環住他的腰，悶悶地道：「我不想你走……」

陸修琰無聲地笑了起來，聞言，笑容一凝，不知不覺地也添了些離愁別緒。他摟緊她，親親她的鬢角。「我會很快來接妳的……」

「嗯，你不能學話本裡那些一去不復返的公子。」再三強調的語氣。

陸修琰直想嘆氣，只是不欲再與她糾纏此事，應了聲「好」。

秦若蕖總算稍稍放下心來，深深地嗅了嗅他身上好聞的味道，忽地抬頭問：「陸修琰，你熏的什麼香？怎地這般好聞，比姑娘家的還好聞。」

離愁別緒當即消散得無影無蹤，這丫頭總有本事破壞他好不容易醞釀出來的情緒。

秦二娘震驚地望著不遠處緊緊相擁的兩人，眼中全是難以置信。原來是真的，端王與四妹妹果真有私情……

她的心情有些複雜，有擔憂、有失落、有苦澀、有嫉妒，百種滋味湧上心頭，讓她不知不覺地絞緊了手中的帕子。

她垂眸深深地吸了口氣，而後重重地走了幾步，一面走、一面裝成在尋人的模樣直喚。「四妹妹、四妹妹……」

正半摟著對方、大眼瞪小眼的兩人聞聲立即鬆開了手，秦若蕖渾身不自在地拍了拍衣裳上的褶子，又瞥了一眼背著手裝作在看風景的陸修琰，這才揚聲回應。「二姊姊，我在這兒呢！」

「無色師父在到處找妳呢，妳怎麼出來也不說一聲，讓人擔心，快走吧！」秦二娘目不斜視地朝她快步走過來，二話不說便拉著她往屋裡走，一邊走還一邊教訓道。

「二姊姊我錯了……」秦若蕖軟軟的認錯聲順著清風飄入他的耳中，陸修琰微微一笑，輕搖了搖頭。

他的傻姑娘啊……

翌日一大早起來，秦若蕖急急忙忙地梳妝打扮，連早膳也來不及吃便要往萬華寺衝，哪想到剛推開家中大門，便見長英站在門外，右手抬著，似是要敲門。

「長英？陸修琰呢？」她先是一愣，隨即四下張望，不見那個熟悉的身影，一下子便急了。

「王爺已經啟程回京了，臨行前讓我留下保護姑娘。」長英面無表情地回答。

秦若蕖的臉一下子便垮下來，哭喪著臉道：「他、他怎麼就走了呢？也不等等我……」

好歹也讓她送他一程啊，怎地靜悄悄地便走了呢？

長英的心情也好不到哪裡去，他自幼便被當作端王的護衛訓練長大的，哪曾料到這回主子竟不讓他跟著，而是將他留下來保護秦四姑娘。

「你的使命既是護本王周全，而她，便是本王的命，護她亦即護本王……」

陸修琰臨行前的那番話再度響在耳畔。他低低地嘆了口氣，也罷，既然這姑娘這般重要，他自然不惜一切代價護她周全。

將長英留下，陸修琰是經過深思熟慮方做出的決定，一來確實是希望在他不在身邊的這段日子裡，長英能代他保護她；二來也是向宮裡表明他迎娶秦若蕖的堅決態度，畢竟長英是他自幼便帶在身邊的護衛，說是形影不離也不為過，在某種程度上，長英便算是代表自己。

見不得妹妹這副垂頭喪氣的模樣，秦澤苡恨恨地在她額上一拍，沒好氣地道：「妳就這點出息！」

秦若蕖捂著額頭，委屈得直癟嘴，還是秦二娘輕輕地將她拉到身邊坐下，輕聲問：「這是怎麼了？」

秦若蕖低著頭悶悶不樂。「陸修琰回京了，也不肯讓我送送他便走了。」

端王回京了？秦二娘一愣，這般乾脆地便走了，難道四妹妹於他來說不過是閒來逗弄的？

想到這個可能，她沒來由地生出一股忿恨。天下男子皆薄倖，從不會珍惜別人的心意，端王看來也不過如此！

只是，當她看到被迫留下的長英，心裡又有幾分不確定了。人走了，留下個護衛，這又算是什麼意思？

御書房內，宣和帝合上最後一本奏章，忽見宮中內侍進來稟報。「皇上，端王求見。」

他先是一愣，隨即大喜。「修琰回來了？快請、快請！」

不過片刻的工夫，一身親王裝扮的陸修琰便邁著沈穩的腳步走了進來。宣和帝不待他行完禮便抓著他的胳膊將人扶了起來，大笑道：「脫了韁的馬兒總算記得回來了——」

陸修琰嘴角勾起一絲弧度，與宣和帝在一旁的方桌上落坐，自有宮女伶俐地奉上熱茶。

宣和帝頗感興趣地問了他一些關於岳梁的風土人情，聽他娓娓道來，越是興致盎然。

兩人閒聊半晌，陸修琰方正色地道：「臣弟此次歸來，有兩件事得稟明皇兄。」

「是何事？」見他如此，宣和帝亦不禁挺直了腰板，一臉威嚴地問。

「第一件，臣弟想請皇兄看看此物。」陸修琰從懷中掏出一只赤金長命鎖，雙手呈了上去。

宣和帝接過來仔仔細細地打量一番，眉頭緊皺。「此物倒頗像朕賜予幾位皇孫的長命鎖，只是瞧來有些陳舊。」

眾皇孫的長命鎖便是不戴在身上，亦會有專人精心保管，絕不可能如眼前這個這般，一看便知是長年不曾保養打理過。

「你是從何處得來的？」他想了想，問道。

「皇兄可還記得五年前失蹤、那名身有梅狀胎記的小皇孫？」陸修琰不答反問。

「朕自然記得，當時若非平王廢妃劉氏……朕那剛滿周歲的小皇孫又豈會無辜丟了性命？」提及此事，至今仍讓宣和帝惱怒非常。他念著兄弟情分，不忍趕盡殺絕，到頭來反而累及自己的長孫。

他努力平復心中怒氣，又問：「為何你提及此事？」

「不瞞皇兄，此物臣弟是從岳梁萬華寺住持空相大師手中所得。空相大師五年前雲遊途中，曾救下一名孩童，這名孩童剛過六歲生辰，而在他的屁股上，同樣有五個狀似梅花的紅色胎記。」

「什麼?!」宣和帝失聲叫了起來。

陸修琰微微側頭示意，身後的內侍便將捧在手中的布包呈了上來，裡頭赫然放著一整套孩童的小衣裳。

「這便是空相大師救下那孩童時，他身上所穿的衣物。臣弟已經找梅氏生前舊人前來相認，又仔細比對過，已經肯定了上面的針線出自梅氏之手。」

「那孩子、如、如今可好？」宣和帝難掩心中激動，捧著小衣的手微微顫抖著。那是他第一個孫兒，又是因為他的一念之仁而險些喪命，心裡多少是在意的。

想到那個古靈精怪、調皮搗蛋的小傢伙，陸修琰微微一笑，頷首道：「他很好，這些年身邊一直有許多人疼愛著。」

「那就好、那就好……」宣和帝喃喃，下一刻又追問：「如今他人在何處？你怎不把他帶回來？」

陸修琰緩緩放下手中茶盞，拭了拭嘴角，不疾不徐地道：「不急，待臣弟向皇兄稟明另一件事再說也不遲。」

宣和帝沒好氣地瞪了他一眼，笑罵道：「你是存心讓朕著急不是？」只見他這般氣定神閒，想來那孩子這些年真的過得很好，也稍鬆了口氣。

「還有什麼事你便一起說吧，省得在這裡賣關子。」

陸修琰清咳一聲，迎上他的視線認真地道：「皇兄可還記得，臣弟離京前曾說過，回京後便會確定王妃人選。」

「自然記得，如此說來，你是有了決定了？」宣和帝精神一振，微微探著身子，頗有興趣地問。不待對方回答，他又道：「說起來朕還未問你，那常家姑娘去了一趟岳梁，怎地卻斷了腿回來？你皇嫂還特意傳太醫去醫治，聽說情況像是不大好，怕是以後走路都……」說到此處，他蹙眉。

陸修琰怔了怔，搖頭道：「臣弟不知。常姑娘出事後，臣弟曾問過她，她只說是一時不察走岔了路，這才掉落到陷阱裡頭。」

「原來是這樣。」宣和帝點點頭，頓了頓，道：「這常家小姐雖是品貌雙全，可惜如今斷了腿，卻是與皇家無緣了。」

陸修琰垂眸，對這個結果並不意外，帝后便是再賞識常嫣，也不可能讓他娶一名身有殘疾的女子。

「好了，如今呂家姑娘與賀家姑娘，你更屬意哪個？」將常嫣之事拋開，宣和帝饒有興致地追問。

「臣弟屬意……秦家姑娘。」陸修琰抬眸，一字一頓地回道。

「什麼秦家姑娘？哪個秦家的姑娘？」宣和帝糊塗了。

「益安秦家的四姑娘。」陸修琰不疾不徐地回答。

「益安秦家？」宣和帝的眉頭皺得更緊了。「你莫要告訴朕是一年前那個秦家。」

「皇兄好記性，正是那個秦家。」陸修琰含笑道。

宣和帝的臉一下子便沈了下來，兩道濃眉都快皺到一處去了。「修琰，你莫不是在開玩笑？哪家的姑娘你不選，怎地偏選這家姑娘，還四姑娘，這四姑娘是何人之女？死了的秦伯宗？還是……」

「秦季勳之女。」陸修琰插嘴回答。

「哦，原來是秦季勳……什麼?!秦季勳?!居然還是秦季勳之女?!修琰，你是嫌朕近來耳根太過清靜不是？秦季勳之女，虧你敢說出口！」宣和帝的臉徹底黑了。

又不是不知道母妃對秦家、對秦季勳是怎樣的深惡痛絕，娶秦季勳的女兒？先不提日後如何，只怕頭一件便是宮裡的不安寧。

「皇兄，臣弟並非兒戲，是真心實意要迎娶秦四姑娘為妻，請皇兄成全！」陸修琰跪在他的跟前，沈聲道。

「迎娶為妻？你要娶她為正妃？你可知，憑她出身益安秦府這一條，連端王府門都難進；若是你著實喜歡，朕睜隻眼、閉隻眼准你帶回府中做個侍妾倒也不成問題，可正妃？絕不可能！」宣和帝吃了一驚，隨即堅決地拒絕道。

不等陸修琰再說，他忙道：「你若瞧不上呂、賀兩家的姑娘，朕讓你皇嫂重新再挑，但凡身家清白、品貌雙全的，只要你看得中，朕沒有不允的，唯獨秦家姑娘不可能！」

陸修琰抿嘴沈默，片刻，迎上宣和帝的視線，相當認真地道：「可是皇兄，天底下身家清白、品貌雙全的女子再多，臣弟想要的也唯此一人，懇請皇兄成全！」

「此事休得再提，朕意已決，秦氏女為端王妃？絕不可以！」好不容易壓下周氏被休後亡一事，再娶秦家女，豈不是又讓人多些閒話？何況，這個秦家女還是休棄了周氏的秦季勳之女，關係如此混亂，不說母妃不肯，便是他自己也不願意。

「皇兄、皇……」看著拂袖而去的宣和帝，陸修琰暗地嘆了口氣，他就知道此事絕不會順利，但也想不到皇兄的態度竟是如此堅決，似乎毫無轉圜的餘地。

「他瞧中哪個不好，非得看上那秦季勳之女。母妃至今仍對秦氏一族恨得牙癢癢，娶秦氏女，這不是往火上澆油嗎？妳瞧他平日行事都是一副精明的模樣，怎地偏在這事上犯了糊塗？改日……不，今日妳便讓人將各府適齡姑娘的畫像送來，一個個讓他挑，不管挑中哪個，朕立即下旨賜婚！」

鳳坤宮內，宣和帝衝著皇后噼哩啪啦好一頓發洩，末了接過皇后體貼地送到跟前的茶盞，「咕嚕咕嚕」地一口灌了下去。

「朕的幾個兒子加起來，都沒這一個弟弟這般令人操心。」靠著椅背，他長長地嘆了口氣。

紀皇后掩唇輕笑，行至他身後，力道適中地為他揉著太陽穴，輕聲道：「六弟平日行事總是沈穩可靠，可情之一字嘛，他畢竟年輕些，說不定那秦家姑娘確有什麼過人之處，方使得他念念不忘。」

略頓了頓，道：「當年周家姑娘不也是在見了秦季勳之後……」

宣和帝兩道濃眉皺得更緊了。「這秦家人到底是怎麼回事？這都給人灌得什麼迷人心魂的湯藥。」

當年周家表妹亦是如此，要死要活地哭鬧著要嫁益安那剛死了夫人的秦季勳，如今又輪到他自幼看著長大的弟弟，去了岳梁一趟，回來便硬是要娶那秦季勳之女。

以那小子的性情，既然對自己說了出來，便絕對是上了心的，只怕未必會輕易放棄，這事怕是有得磨了。

一想到這，他又覺得頭疼不已。

「什麼過人之處，敢情滿京城的大家閨秀都抵不過她一個？能把修琰迷得暈頭轉向、不知輕重，可見此女不是什麼純良之輩。」宣和帝惱道。

紀皇后無奈輕搖了搖頭，不再勸。正在氣頭之上，再勸也不過是白白連累那秦家姑娘。

誠如宣和帝預料的那般，陸修琰果然不死心，每日都揪準他批閱奏摺完畢的時候過來磨他。說多了，有時乾脆什麼話也不說，只是靜靜地坐在一旁，完全是一副靜坐請願之姿，越發惱得宣和帝吹鬍子瞪眼，只差沒親自拎起掃帚將他掃地出門。

一連七日後，宣和帝再也忍不住，直接下了命令，禁止端王出現在他三丈範圍之內。

得了口諭的內侍遲疑一陣，小聲問：「皇上，那早朝時，可須請王爺挪到殿外去？王爺如今所站之位，恰好在三丈以內。」

宣和帝被他噎了一下，恨恨地瞪了他一眼，嚇得對方當即撲通跪在地上請罪。

「罷了、罷了，下去吧！」宣和帝煩不勝煩，朝他揮了揮手。

內侍連忙躬身退出，出了殿門又苦惱地嘆了口氣。

這旨意到底頒還是不頒啊？

這日，陸修琰照舊往御書房來，卻被告知宣和帝往皇后娘娘宮裡去了，他挑了挑眉。皇兄怕是糊塗了，要是往別的娘娘處去倒也罷了，他自不好前去打擾，可皇嫂那裡嘛……

足下方向一轉，他背著手，慢條斯理地踱著步往鳳坤宮走去。

「小皇叔、小皇叔！」行至途中，忽聽身後有人在喚自己，他止步回頭一望，便見二皇子陸宥誠大步流星地朝自己走來。

「小皇叔，我那孩兒果真還在人世？」陸宥誠緊緊抓著他的手臂，一臉激動。

「確實是如此。」陸修琰頷首。

「真、真的太好了，那、那他如今在何處？皇叔為何不把他帶回來？」

「過陣子我便會將他帶回，你莫要急。」陸修琰安慰道。

「好好好，我、我不急、不爭，皇叔，您有事便先忙去吧，我、我走了。」陸宥誠難掩興奮地道。

陸修琰微微笑著拍拍他的肩，看著他步伐略顯飄浮不穩地離開，心裡不禁有幾分欣慰。

到底是父子血脈情深啊！

一直到走出了陸修琰的視線範圍，陸宥誠方停下腳步，臉上原本的激動興奮之色瞬間斂了下來，取而代之的是一聲冷笑。

很好，這個兒子來得非常好，皇長孫之名想必要易主了；最重要的是，這個孩子是端王親自尋回來的，以他的性子，這個孩子勢必會成為他放不下的責任，如此一來，在端王跟前，二皇子府的分量便不再似如今這麼輕。

六年前，他不過是不知事的少年郎，哪懂得為人父親；若非母妃堅持留下，他是不會樂意自己的長子或長女從一個侍女肚子裡出來的。

後來孩子墜河失蹤，他也只是難過了數日便拋開了，畢竟那個時候他身邊的女子不少，哪個不能給他生兒子？加上又正處於擇妃階段，將來娶了正妃，生的嫡子豈不是比這一個更加矜貴？

如今失蹤多年的孩兒突然說還活著，他初時確實是吃了一驚，但是也沒多大的驚喜；如今膝下又不是沒有兒子，府中一名側妃、一名庶妃肚子裡還各懷著一個呢，一個放養在外多年，也不知長成什麼樣的孩子，他還不放在心上。

只是，當得知這個孩子是端王親自尋回的時候，他頓時心思一動。

如今冊立太子呼聲最高的便是他與大皇子陸宥恒，彼此支持者不相上下，而大皇子占的優勢自然是嫡出又居長的身分，只是先帝曾說過「能者居之」這樣的話，故而他雖非嫡出又非長，同樣具有競爭之力。

唯一有一點讓他心中忐忑的，便是端王陸修琰的態度。

朝廷上下無人不知今上對幼弟端王甚是寵信，往往端王在皇上面前說一句話，抵得過旁人的千言萬語。如此舉足輕重的人物，雖從未對太子人選發表過一點意見，可因自幼與大皇子陸宥恒一起長大，關係比其他皇子自是更加親近，他雖未曾明言，舉動卻在無形中表明了立場。

如今多了個孩子……

陸宥誠眼中綻放著志在必得的光芒，便是爭取不到端王的支持，亦要讓他不偏不倚，這個孩子便是最好的契機。

陸修琰哪想得到他懷的是這樣的心思，更不會想到，將無色帶回京將成為自己日後最為後悔的一件事。

此刻，他坐在紀皇后面前，隨意掃了一眼桌上一字排開的畫像，裡頭畫著一個個手姿各異、如花似玉的女子，或溫婉、或嬌美，環肥燕瘦，應有盡有。

「六皇弟，你仔細瞧瞧，這當中可有喜歡的？」紀皇后以帕掩唇輕咳一聲，問道。

「不錯，個個都姿色出眾。」陸修琰淡淡地回了一句。

個個都出眾……換言之，不就是個個都沒有入他的眼嗎？

沒好氣地瞪了他一眼，紀皇后手一揮，自有宮女上前將畫像收了起來。

「你倒給我說說，那秦家姑娘有何過人之處，讓你這般執著。」

「過人之處？」陸修琰認真地想了一遍，茫然道：「好像沒有……」

紀皇后頓時被茶水嗆了一口，連忙低頭掩飾，拭了拭嘴角後，她嘆道：「既無過人之處，你又為何堅決要娶？」

陸修琰沈默不語，半晌，方輕聲道：「皇嫂，這輩子活到如今這般年歲，我從不曾有希望強烈擁有的東西。」

紀皇后點點頭，確實是如此，他是她看著長大的，性子淡然到有幾分冷淡的地步。

「……可她，卻讓我頭一回生出想霸占、想擁有的念頭。皇嫂，我不知自己對她用情幾許，只知道餘生若無她相伴，生亦如死。」

紀皇后陡然抬眸，吃驚地望向他，這短短數月，便讓他用情深到這般程度了？

「誠然，她的確是沒什麼過人之處……」不由自主地憶起當初秦若蕖一連串讓人啼笑皆非的事，他的嘴角微微勾起，神情溫柔地道：「不能美美地等著讓我當個英雄，也不能以才學教我心旌搖曳，更不能飄飄似仙讓人驚豔，甚至，還生了個榆木腦袋，說話每每能把人噎死。最大的本事，便是三言兩語破壞我好不容易醞釀出來的氣氛……」

唇邊笑意漸深，這一刻，他迫切希望見到他的姑娘，相思入骨，大抵便是如此了吧！

紀皇后怔怔地望著他，看著他臉上如夢似幻的笑容，心中觸動。

嘴裡說的全是對方的不好，可哪怕對方再不好，在他眼裡，也是最讓他心動的姑娘。真正喜歡一個人，大抵便是如他這般，即便對方身上的缺點，在他眼裡也是可愛的。

她低低地嘆了口氣，鼻子裡有微微的酸澀，不由得對那個從未謀面的秦四姑娘生出幾分羨慕來。

女子一生最大的願望，不就是求一個一心待己的良人嗎？秦四姑娘，她已經得到了。

她定定地望著他，看著那與宣和帝頗有幾分相似的眉目，不禁微微垂下了眼。

她想，無論如何，她都要讓他們終成眷屬。

直到陸修琰離開後，宣和帝才從落地屏風後走出來。

「皇上可都聽到了？」見他出來，紀皇后輕聲問。

「嗯，朕都聽到了。」宣和帝自顧自地在軟榻上坐了下來，有幾分恍惚地回答。

那個小小年紀便愛板著一張臉的幼弟，那個好像天底下什麼也引不起他興趣的幼弟，彷佛不過眨眼的工夫，便已經長大成人，已經有喜歡的姑娘，有讓他執著地想執其手與之偕老的意中人了。

「皇上如今還想阻止他們嗎？當年母后臨終前，一再懇請你我代為照顧剛出生的修琰，不求他登高富貴，唯願他一生遂心和樂。彼時我不過一個皇子妃，宮裡自有各位娘娘，可母后那般做，何嘗不是出於對我、對皇上您的信任。從那一刻起，修琰雖為皇弟，但在我心裡，他與宥恒、長寧兩人一般無二，都是我撫養長大、時刻掛念的孩子。

「我不知那位秦四姑娘人品、才貌如何，但只要她能讓修琰餘生多些幸福與笑容，不管她是不是秦家女，也不管秦家如今怎樣不受母妃待見，我都願成全他們。」紀皇后坐到他身側，嗓音溫柔卻充滿了堅定。

宣和帝緩緩抬眸迎上她的視線，見她一雙嫣紅的唇瓣緊緊地抿著，作為同床共枕二十餘載的夫君，他又豈會不知這是她緊張時的小動作。

他低低地嘆了口氣，修琰之於他，何嘗不是如宥恒他們一般？母后臨終托子，一番苦心，他又怎會不明白？正因為明白，明白那個曾經給予他最為寶貴的母愛的女子，那份疼愛他的心，即使在她擁有了自己的親生骨肉亦不曾變過，所以這二十餘年來，他才能視弟如子。

二十多年來，這個弟弟一直很讓他省心，亦相當能幹，每回都能將他交辦的差事辦得漂漂亮亮，以致不知不覺間，他已經習慣了將麻煩事全扔給他解決，而他，亦從不曾讓他失望過。

再者，這麼多年來，他一直是那般清清冷冷、無欲無求的模樣，久而久之，他也理所當然地認為世間沒什麼事，更沒什麼人能觸及他的心底。

直到今日，他才猛然發現，原來弟弟並不是無欲無求，他也會對某個姑娘生出霸占的念頭，也會不依不撓地煩他，求他准許他迎娶心愛的姑娘為妻。

「唉……」他再度長長地嘆息一聲，倒在軟榻上，探出手臂將紀皇后摟到懷中，輕撫著她的背喃喃地道：「朕明白，朕都明白……」

紀皇后將臉埋入他的胸膛，心裡卻是酸澀難當。

皇上，你不明白，你其實什麼也不明白！

「稟娘娘，仁康宮來旨，太妃娘娘請娘娘過去。」忽地，內侍尖細的聲音乍然響起，紀皇后立即輕輕推開他的懷抱，扶了扶頭上鳳冠，又整了整衣裳，正要舉步出門，便聽宣和帝道：「左右無事，朕與妳一起去吧！」

帝后兩人到了仁康宮正殿，康太妃見兩人一同而來，冷笑一聲道：「皇上來得可真是巧，也免了我再讓人去請。」

行過禮落坐，宣和帝方笑問：「不知母妃有何吩咐？近日怎不見怡昌進宮來？」

「我只問你，陸修琰欲娶秦季勳之女為端王妃之事可是真的？」康太妃並不理會他，開門見山便問。

宣和帝愣了愣。此事母妃怎會知道？論理應該只有他與皇后曉得才是，而修琰自然不會將自己的心意到處講，他跟前伺候的人，以及皇后身邊伺候之人就更沒那個膽子了。

不解間，他不由得微微皺起了眉。
「如此看來，是真的了？」康太妃還有什麼不明白的，當即大怒，用力一拍寶座扶手。
「皇上，你眼裡可還有我這母妃?!」
宣和帝定定神。「母妃言重了，朕不敢。」
「你有什麼不敢的？你明知那秦家、那秦季勳做了什麼事，陸修琰不知輕重倒也罷了，你竟隨著他鬧，成何體統！」康太妃氣得臉色鐵青，髮髻上金釵垂落的明珠，隨著她顫抖的身子而微微擺動著。
宣和帝沈默片刻，抬眸不疾不徐地道：「當年之事，真論起來，秦季勳一家反倒是受害者……」
「你大膽！」康太妃勃然大怒，「噔」的一下從寶座上彈了起來，手指指著他抖啊抖，整張臉氣得似是有幾分扭曲了。
紀皇后怔了怔，不動聲色地輕輕拉了拉他的袖口，宣和帝撓撓她的手心，示意她放心。
「朕不過是實話實說，周家表妹夥同他人殺妻奪夫，此舉早已觸犯我大楚刑律，只是死者已矣，朕不願多加追究。秦季勳休妻，有理有據，對朕不願宣揚之意亦默默接受。殺妻之仇不能報，更是與仇人同床共枕數年……」
「住口！」
康太妃憤怒地隨手拿過一旁的花瓶狠狠地砸到地上，成功地制止了他未盡之話。
「什麼仇人，她姓周！她是你生母的嫡親姪女！」

「正因為她姓周，正因為她是母妃的嫡親姪女，朕才網開一面，不予追究。既是周家表妹犯下的罪孽，與秦季勳父女又有何干？秦四姑娘嫻雅賢淑，知書達禮，許給修琰又有何不可？」宣和帝語調緩慢，一字一頓地道。

康太妃氣得渾身顫抖不止，正欲出聲，卻聽對方又道：「況且……況且父皇曾有遺命，修琰人生大事以他個人意願為主，朕，不過是遵從父命罷了。」

話音剛落，便見康太妃的臉色刷地一下白了，他一時生出幾分後悔，正想說幾句話緩和氣氛，便覺眼前一花，右臉已被人重重地摑了一個耳光。

「孽子！」康太妃恨得咬牙切齒。「你竟也以先帝遺命來壓我！好、好、好，不愧是懿惠皇后養大的，為了她的兒子便不念生母之恩，用先帝遺命……你好、你好，當真是我的好兒子！」

她身為當今皇帝生母，卻只撈了個太妃名分，久久坐不到太后位置上去，便是因為一道先帝遺旨。

那道遺旨如同一座大山般，死死擋住她邁向太后寶座的步伐。

文宗皇帝那道遺旨，除了指定宣王陸修樘為皇位繼承人外，還言明，無論生前還是死後，他的皇后只有一人，便是早已過世的懿惠皇后。

有了這道遺旨，宣王順利繼位，於次年改元宣和，便是如今的宣和帝；也正因為這道遺旨，讓宣王生母康妃止步於太妃，永遠無法稱太后。

殿內的宮人跪了滿地，紀皇后心疼地拉過宣和帝，正想去撫他臉上紅痕，卻被他輕輕推開。

「朕心意已決，不日將會下旨，正式賜婚端王與秦季勳之女，擇日成婚。」

「你敢?!」

紀皇后輕咬著唇瓣，右手微微揚著做了個動作，頃刻，殿內宮人便靜悄悄地退了出去。她深深地望了劍拔弩張的母子兩人一眼，暗地嘆息一聲，亦輕手輕腳地走了出去。

不過眨眼間，偌大的殿裡便只剩下康太妃與宣和帝兩人。

「朕乃天子，富有四海，萬民朝賀，又有什麼不敢的？」宣和帝張著雙臂，似是豪情萬丈，亦似刻意發洩地道。

「你……」康太妃氣得一口氣險些提不上來。「你當真要為了懿惠的兒子而忤逆我？你難道忘了，當年若不是她，我們母子又何至於分開，我又何至於連親生兒子都不能輕易見上一面?!」

說到此處，康太妃滿臉悲戚，兩行淚水緩緩滑落。

宣和帝靜靜地看著她不作聲，聽著那低低的哽咽聲，心裡卻是失望透頂。

「母妃，真是這樣的嗎？真的是母后讓我們母子分離的嗎？母妃，我早已經不是當年的懵懂孩童了，更不是妳能輕易利用的棋子。母后故去多年，妳怎能仍往她身上潑髒水！妳可知道，若非有母后，我早就已經死在妳排除異己的爭寵路上！」

第二十章

懿惠皇后多年無子，文宗皇帝數度提出讓她從諸皇子中擇一養在膝下，這是一番體貼愛護之意，奈何懿惠皇后每回都笑著拒絕了，只道孩子還是跟著生母比較好。

隨著皇后年紀漸長，有孕的希望越來越渺茫，而宮中陸陸續續又有幾名皇子降生，自然便有人盯上了「嫡子」的名分。

皇后無子，養子便是嫡子，有了這個嫡子的身分，將來爭奪儲位自是多了幾分籌碼；再者，後宮當中百花齊放，寵妃來來去去，最長不過三個月，足以見得皇帝薄情，又怎不盼著另尋出路。

故而，在文宗皇帝第四度提出從諸皇子中擇一歸到皇后膝下，而皇后又不似前三回那般一口拒絕後，育有皇子的嬪妃們個個心思都活絡起來。

彼時只為康嬪的康太妃自然也不例外。她確實是使了手段，成功地將自己剛滿周歲的兒子送了出去，同時又害怕在皇后身邊長大的兒子會記不得生母，更怕兒子待皇后的感情勝過她，有了這樣的心思，她便按捺不住地在年紀尚小的陸修樘跟前說些甚有暗示性的話。

再者，有這麼一個養在鳳坤宮的兒子，她自然不會放棄利用，略施薄計，數度藉著孩子打擊其他嬪妃，成功得侍君側；相隔數月，再度有孕，生下了長公主怡昌。

宣和帝胸口急促起伏，眼中失望之色越來越濃。他閉上眼眸深深地吸了口氣，努力平復凌亂的情緒。

他並非有意提及過往的，向來疼愛有加的幼弟既然已經對那秦四姑娘情根深種，他原本堅決反對的心思也已有所動搖，只是母妃對秦氏一族素有惡感，認定秦府虧待了她的姪女，他方才刻意提及秦季勳乃受害者，其實是希望能讓生母從那「姪女被薄待」的死胡同裡走出來，能夠客觀地、公正地看待秦家人，如此也能讓她自己少些情緒起伏。畢竟，那秦四姑娘進端王府基本上已是定局。

而那句「修琰人生大事以他個人意願為主」的的確確是先帝之言。文宗皇帝久病纏身，自知命不久矣，江山社稷、祖宗基業傳承均已安排妥當，唯有對唯一的嫡子，也是最小的兒子陸修琰放心不下。憶起懿惠皇后的灑脫性情，他想，總得讓她唯一的血脈餘生能過得自在些，故而對宣王陸修樘說了那樣的一番話，其實，也有暗示他讓幼子當個富貴閒王之意。

最終引發他積壓多年怨惱的，是康太妃對養母懿惠皇后的一再誣衊。當初年紀尚幼的他便是聽信了她的讒言，在很長一段時間裡相當憎恨「害」他與生母分離的懿惠皇后，這種憎恨讓他一而再、再而三地對養母做出了許多大逆不道之事，有好幾回，他甚至聽到了皇后身邊宮人憤憤不平之語。

他想著，等她忍不下去了，便會將他交還給母妃了。可讓他萬萬想不到的是，生母得知他有可能被皇后遣走後，驚慌失措地來尋他，讓他無論如何不能惹皇后生氣，不能讓皇后將他趕走。她還說了許多話，他也記不清了，只知道那時候的自己很是迷茫。

他至今仍記得當時懿惠皇后說過的一句話。「修樘，是真心還是假意，這得靠你自己去區分，用你的心去感受、去辨別……」

他確實是已經學會用心去感受、辨別身邊的真心與假意，更明白了「兼聽則明、偏聽則暗」的道理。待他年紀漸長，手上漸有些力量時，又不動聲色地探查一番，終是明白了自己到底是怎樣從宮中一名不起眼的皇子，一躍成為皇后養子的。

「我那全都是為了你，若是沒有我的謀算，你以為你能登上大楚的皇位？你以為先帝會越過陸修琮，甚至越過唯一的嫡子陸修琰，而將皇位傳給你嗎？」康太妃用帕子拭了拭臉上的淚水，冷笑道。

「我出身不高，又無貴人扶持，先帝見一個愛一個，後宮嬪妃又多，我若不爭取，早晚會成為別人的墊腳石，既如此，我為何不去謀算？」

宣和帝百感交集，望著眼前這個絲毫沒有半點悔意的女子，心裡已經生不起半點波瀾。

「妳自以為手段了得，其實連母后身邊的方姑姑也沒有瞞過去，可笑妳至今還沾沾自喜……」他嘲諷地道。

母后的視而不見，何嘗不是為了照顧他的顏面？

「罷了、罷了，往事已矣，再提也無益。母妃，誠如妳所說，朕如今乃是大楚天子，至高無上，說一不二，朕既說了會為修琰與秦家姑娘賜婚，不管母妃同意與否，這婚必是要賜的。」見康太妃臉色一變，張嘴欲再說，他伸手阻止。「母妃，修琰非妳親兒，他的婚事自有朕這個作兄長的操勞，不勞母妃費心了。如今時候不早，朕還有政事要處理，便先回去了。」

一言既了，也不待康太妃反應，一拂袍子便舉步走了出去。

候在外間的紀皇后見他出來，連忙快步迎了上去，擔心地喚。「皇上……」

「無妨，回宮吧！」宣和帝拍拍她的手背以示安慰，輕聲道。

「皇上當真要為六皇弟與秦家姑娘賜婚？」親自伺候他更衣淨手後，紀皇后有些不敢相信地輕聲問。

「怎麼？這難道不也是妳所希望的嗎？就准妳在修琰跟前賣好，不准朕也當回通情達理的好人？」宣和帝戲謔道。

紀皇后「噗哧」笑出聲來，瞋了他一眼。「明日六皇弟進宮來，聽到這消息後，必是高興極了。」

「這小子讓朕心裡不痛快了好些日子，朕怎能這般快便讓他如願，再磨磨他。」宣和帝好整以暇。

他可是很記仇的。

陸修琰自然不知兄長懷著的小心思，這日照舊挑了個適當的時刻往御書房來。宣和帝聽到腳步聲，只是淡淡地掃了他一眼，重將視線落到卷宗上。

陸修琰見他看得認真，也不敢打擾，自顧自地落坐，又給自己倒滿了茶，怡然自得地品起茶來。

宣和帝看似認真看卷宗，視線卻總是不著痕跡地向他那邊望去，見他如此悠閒的模樣，心裡頗有幾分無奈。

「你又來做甚？」他乾脆扔掉卷宗，沒好氣地問。

陸修琰嚥下茶水，起身拍拍衣袖，行禮恭敬地道：「回皇兄，臣弟懇請皇兄成全！」

來了、來了，又是這話！

「朕不同意！」

「臣弟堅持。」

「那秦姑娘到底有什麼好？而呂、賀兩家姑娘又有什麼不好？你給朕細說來聽聽，若說得朕滿意了，朕或許便會允了你。」宣和帝靠著椅背，嘴角勾著一絲笑容。

陸修琰愣了愣，回道：「呂、賀兩家姑娘沒什麼不好，只是，她們好與不好與臣弟又有何相干？至於若蕖……」

只是說到那個名字，他的神情便不由自主地添了幾絲溫柔。

「她好像沒什麼好，也沒什麼不好。臣弟也說不準，只覺得她的好剛剛好，她的不好也剛剛好，都是剛剛好合了臣弟的眼……」

又是好、又是不好，再夾雜個剛剛好，直繞得宣和帝雲裡霧裡，只是細一想他此話，又不禁嘆了口氣。

他的幼弟，這回真的是栽了進去！

「那姑娘品貌如何，朕總得心中有數方能下旨賜婚，不能只聽你一面之詞。不如這樣，你傳個信，讓她到京城來，待你皇嫂見過，覺得可以了，朕再降旨，你看如何？」他清清嗓子，沈聲道。

陸修琰先是一怔，隨即大喜。「皇兄的意思便是准了？」想了想又覺不妥，急道：「不如先降旨，再見人，也能節省些來回的時間。」

路途遙遠，那丫頭禁不得一路的辛苦與煩悶無聊，倒不如先降旨賜婚，讓她進京待嫁，到時再見豈不省事？

「如今可是急著要娶親了？既然往日像老僧入定般，就得給朕慢慢等著！」宣和帝笑罵道，頓了頓，又慢條斯理地道：「先賜婚後見人，那時婚都賜了，她若是個上不了檯面的，朕還能收回旨意不成？」

「若蕖又怎會上不了檯面，皇兄這是明顯的偏見。」陸修琰不高興了，瞬間便板起了臉。

「你……得得得，你有理、你有理，那是個寶貝，旁人說不得。」宣和帝瞪他，沒好氣地道。

陸修琰心中既激動又歡喜，原以為還要磨一段日子才能讓皇兄鬆口的，沒想到居然今日便得到許可。

聽宣和帝這般說，他也不反駁，強壓下心中激動，顫聲道：「那臣弟這便去寫信——」

看著興奮得走路都險些雙腿打叉、站立不穩的幼弟，宣和帝輕笑出聲，無奈搖頭。笑過之後又有些感慨，這麼多年來，還是頭一回見他這般失態，這般喜形於色。

陸修琰走出幾步，忽地回身，定定地望了宣和帝良久，突然恭恭敬敬地行起了大禮。宣和帝一怔，忙伸手去扶，卻被他避開，堅持著行完了禮。

「皇兄，修琰……」喉嚨似是哽住了一般，陸修琰啞聲輕喚，卻發現那些感激的話怎麼也說不出來，只能紅著眼眶望著宣和帝。

康太妃對秦府的惱恨他怎會不知，皇兄敢說出賜婚這樣的話，必是經過一番艱難爭取，這份情誼，教他怎不感念。

宣和帝怎不明白他的意思，長長地嘆息一聲，拍拍他的肩膀道：「都快要娶媳婦了，怎麼還像個小娃娃一般，動不動就要紅眼睛。」

「誰、誰像小娃娃了……」陸修琰背過身去拭了拭眼中淚水，粗聲道。

宣和帝輕笑，也不拆穿他。「去吧！」

「嗯，臣弟告退。」

陸修琰足下像是踩著棉花，每一步都走得飄飄然，心裡像是藏了隻鳥兒，撲撲地展著雙翼，想要掙脫束縛振翅高飛，又想飛躍枝頭放聲高歌。

無與倫比的喜悅洶湧襲來，這一刻，他只恨不得宣告天下，他終於可以和他的姑娘在一起了。

「小皇叔。」熟悉的聲音從身側不遠響起，他側頭望去，笑著喚了聲。「宥恒。」

來人正是宣和帝嫡長子，自幼與他吃住在一起，一同長大的大皇子陸宥恒。

陸宥恒望了望他臉上掩飾不住的歡喜，亦不禁笑道：「小皇叔這是得償所願了？」

陸修琰不答只笑，一雙漆黑如墨的眼眸散發著璀璨的光芒。

「既如此，不如讓我請小皇叔喝幾盅，聊表恭賀之意？」陸宥恒笑意不改。

「好，你我兩人許久未曾一起喝酒了，今日不醉不休。」陸修琰豪氣萬丈道。

「好，不醉不休！」陸宥恒哈哈一笑，叔姪兩人並肩大步離去。

日前皇后突然著人搜集京中各府適齡未婚女子畫像，聯想端王回京以及頻頻進宮的舉止，一石激起千層浪，朝野上下均猜測皇后此舉莫非是為了端王？

而這當中最為忐忑不安的，便是一直在等著端王回京的呂、賀兩家姑娘。

常嫣折了一條腿，早已喪失嫁入端王府的可能，那理所當然的，端王妃人選便應在呂、賀兩位姑娘當中擇其一，可如今皇后此舉，莫非是暗示著端王對她們兩人都不滿意？

一想到這個可能，兩府都有些坐不住了，不約而同透過各方關係打探宮中及端王的意思。

「……我也是從江夫人口中得知，想來是宮中貴妃娘娘得了消息，端王相中了益安秦府的四姑娘，皇上也已經答應了，賜婚聖旨不日便會頒下。」呂夫人憂心忡忡地將得來的消息告知夫君。

呂大人皺眉。「益安秦府？去年那位作證彈劾江公子的秦伯宗，不就是益安秦府之人？皇上……怎會同意此門親事？難道宮中的太妃娘娘不曾表示異議？」

「皇上素來疼愛端王，雖說未必願意讓那秦家女嫁入皇家，只是王爺若是堅持，皇上想來不會再反對。至於太妃娘娘，皇上都已經答應了，她便是反對又有何用？」呂夫人嘆氣。

「我只可憐我的女兒，將來竟要屈於一個小門小戶出身的女子之下……」一想到寶貝女兒將來或許要奉這秦家女為主母，她便覺心疼得厲害。

「小姐，您怎麼了？」外頭突然傳來侍女驚訝的聲音，夫妻兩人對望一眼，還是呂夫人先反應過來，匆匆地走了出去，追上掩淚離開的女兒。

同樣的消息亦傳到了賀府，賀氏夫婦彼此對望一眼，均有些不敢相信，可一時又束手無策。皇上賜婚與否，非他們能控制的，端王瞧中了哪家姑娘，願娶哪家姑娘為妻亦然。

當日常家姑娘緊隨端王之後往岳梁而去，他心中便已有數，帝后只怕是更有意常家姑娘為正妃，自家女兒想來只能為側妃。

如今，對他們而言，不過是正妃換了個人而已。

「爹、娘，請聽女兒一言。」忽地，房門被人從外頭推了開來，夫妻兩人同時望過去，便見女兒賀蘭鈺走了進來。

「鈺兒……」見她一臉凝重，夫妻兩人心中頓時沒底，也不知她到底知道了什麼。

「爹、娘，女兒都知道了，女兒想說的是，如今的端王，絕非女兒良人。」賀蘭鈺溫柔卻不失堅決地道。

「這話是何意，端王人品貴重，朝野上下素有讚譽，怎地非妳良人？」賀大人首先表示了不滿。

「只衝他心有所屬這一條，他便非女兒良配。爹爹，端王側妃於女兒來說確實是個不錯的選擇，只是，前提是端王心裡分配給所有妻妾的情意必須是均等的。女兒有把握、有信心與常、呂兩人競爭，卻無把握與那位秦姑娘爭。」

「鈺兒莫非認得那位秦姑娘？」賀夫人問。

「不，女兒不認得，女兒只知道以端王的為人，既然敢冒著犯天顏之險，堅決要娶那秦姑娘，可見王爺用情已深。秦姑娘既已進駐王爺心房，女兒又拿什麼與她相爭？若是王爺將來另有所愛，如此薄情無義之人，女兒要他何用？若是王爺從一而終，女兒更何必橫插進去，誤己終生？」

賀氏夫婦對望一眼後，均沈默下來。

良久，還是賀大人嘆息一聲道：「還是鈺兒想得透澈，是為父疏忽了，待過些日子，為父再想個法子在皇上面前求個恩典，准我兒另擇良婿。」

「爹爹不必如此，只待靜觀其變便可，說不定王爺會替咱們解決此事。」賀蘭鈺微微一笑，不以為然地道。

賀大人捋著鬍鬚，若有所思地點了點頭。

秦若蕖不會想到，她雖不在京城，京城卻已有了她的傳言。

陸修琰一走便是數月，她初時確實是十分掛念，只是很快便沒空去想別的了，皆因秦澤苡婚期將近。

秦澤苡心中雖然仍對父親秦季勳有些疙瘩，但娶妻如此重要之事，他還是親自前往鄺陽，將秦季勳接了過來。

一年多不曾見到父親，乍一看，秦若蕖險些認不出來。

眼前的男子一身簡單的靛藍長袍，雖瞧來比當年消瘦不少，整個人卻添了幾分溫潤平和，臉色亦是從容平靜，嘴角含著一絲若有還無的笑容，恍惚之間，她竟有幾分看到空相住持的詭異感覺。

「爹、爹爹……」她結結巴巴地喚。

秦季勳微微笑著衝她點了點頭，這淺淺的一笑，看得她險些落下淚來。

彷彿半生之久，她已經再沒有見過爹爹的笑容了。

秦季勳亦有幾分酸澀，正想抬手輕撫她的髮，卻被秦澤苡生硬地打斷了。「阿蕖，去給我倒碗茶來。」

「嗯，好。」秦若蕖抹了抹眼中淚花，乖巧地轉身走開。

秦季勳張嘴想要說些什麼，可秦澤苡卻已別過臉去，渾身上下散發著一股拒絕的氣息。

他低低地嘆了口氣，卻是什麼話也沒有再說。

「公子、老爺，外頭來了幾位據說是從京裡來的人，領頭的那位說是有要緊信函要親手交給公子。」氣氛正有些僵，忽見良安急急忙忙地跑進來，喘著氣道。

秦澤苡眉頭輕皺。「請他進來。」

不過片刻的工夫，一名身材健壯的男子邁著大步走了進來，先是朝秦季勳父子兩人行禮，再衝著秦澤苡道：「秦公子，在下乃端親王護衛，這是王爺特讓在下轉呈公子之信，這是王爺恭賀公子大婚之喜之禮。」

正品著茶的秦季勳愣怔，驚訝地望向兒子，見他從容地接過對方遞到跟前的信函及一個精美的描金漆黑錦盒，將錦盒遞給良安，自己則拆開信函細細檢閱，神情瞧來卻是有幾分複雜，一時也抓不準他這是何意。

見秦澤苡摺好信重放回信封裡，又客氣地挽留欲離開的那人無果，親自送了對方出去後，終於忍不住問：「澤苡，你何時竟與端王有了私交？」

「端王？是陸修琰嗎？他回來了嗎？」正捧著茶進來的秦若蕖眼神一亮，順手將茶托塞到一旁的青玉手上，「噔噔噔」地邁著歡快的腳步走過來。

行至秦澤苡跟前，她四處張望，盼著能看到那個數月未見的身影，可是最終卻是讓她失望了。

「我方才明明聽到說有從京城來的人啊……」語氣含著明顯的失落。

秦澤苡恨鐵不成鋼地在她腦門上一敲。「敢情凡是從京裡來的人，都是陸修琰？妳也就這點出息！」

無端又被敲頭，秦若蕖委屈了，衝他重重地哼了一聲，用力跺了跺腳，就要轉身回屋。

「哪，妳的信，京裡來的，要不要？」兄長涼涼的聲音當即讓她止步，她急不可待地奪過那信函，緊緊地捂在心口的位置，對上秦澤苡無奈的目光，又看看秦季勳震驚的眼神，終是低著頭，邁著小碎步歡歡喜喜地回了自己屋裡。

「澤苡，阿蕖她……」秦季勳眼帶憂色。

秦澤苡沈默片刻，終是緩緩地將端王與妹妹之間的情意，以及曾為求娶妹妹而甘願立下字據之事一五一十地道來。

秦季勳聽罷，一言不發，雙唇緊緊地抿著，神色不明。

良久，他才緩緩地問：「那端王在信上說了什麼？」

秦澤苡垂眸須臾，慢慢地將手中信函遞到他跟前。

秦季勳接過閱畢，臉色一變。「這是何意？難道我秦家女兒還要如同商品般被他人挑來挑去，自動送上門去任人評頭論足？」

求娶、求娶，從來只有男兒求著娶，哪有姑娘趕著上前？

「讓阿蕖上京之事，我絕不容許！他若真有誠心，自去求來賜婚聖旨，風風光光地迎阿蕖進門，而不是似如今這般，讓她一個姑娘家千里迢迢進京給人評頭論足！」

最重要的是，秦家與京城無任何往來，秦若蕖無母親相陪，哪怕由父兄陪著上京，亦容易給人留下不安分、不檢點之感，否則端王又怎會不管不顧地要娶她呢？

世人對女子總是苛刻些，他不能容忍自己唯一的女兒有半點被人質疑、被人輕視的可能！

再說句不好聽的，空口無憑的保證又有何用，賜婚聖旨呢？端王再有權勢，真正能作主的卻不是他，而是當今皇上。聖旨未下，一切變故都有可能發生，萬一形勢有變，頭一個遭受衝擊的，只會是千里迢迢進京的阿蕖。

「此事休得再提，哪怕他是皇親貴胄，也斷無如此欺人之理！」秦季勳一錘定音，毫無轉圜餘地。

真正的原因還是他不願意與皇家人，甚至與京中權貴再有接觸，他的女兒，嫁個身家清白、簡簡單單的人家就好。

許久之後，秦澤苡抬眸，望著他氣得鬍子一翹一翹的臉，嘴角不知不覺間勾起了一絲笑意，忙低下頭去掩飾住，沈聲道：「爹爹說得極是！」

秦季勳猛地抬頭，頗為意外地望了回來。

秦澤苡掩唇輕咳，道：「阿蕖是我唯一的妹妹，難道我會不為她好？」

天之驕子果然是天之驕子，俯瞰眾生的恩賜之姿擺習慣了，仍是不能替人想得周全。誠然，他相信陸修琰必是已經打點好京城一切，方敢來信讓妹妹上京；可是，正如父親顧慮的那般，終究還是考慮不周。

秦府門第本就不高，這一點，無論他再怎麼不願承認，將來阿蕖嫁入皇家，出身必會容易引人攻擊；若是在嫁娶之事上哪怕再擺低半點姿態，只怕更會讓人看輕她幾分。

小丫頭不會在意這些，可身為她的至親，卻不能不為她想得周全。

端王既然待她有情，便將這情意徹底張揚開來，讓天下人都知道，他，端王陸修琰就是妻子最大、最堅實的倚仗！

所以，他的妹妹不嫁便罷，要嫁，必須要對方求著娶！

秦若蕖喜孜孜地笑著將信看了一遍又一遍，這才依依不捨地將它摺好，小心翼翼地收入百寶盒裡。

「四妹妹，妳瞧瞧這帕子怎樣？玲瓏她會喜歡嗎？」秦二娘推門而入。

秦若蕖接過她遞到面前的錦帕仔仔細細地看了看，點頭道：「喜歡，玲瓏姊姊必定會喜歡。」

「還玲瓏姊姊呢，再沒幾日便要叫嫂嫂了。」秦二娘笑著點點她的額。

秦若蕖掩嘴直笑，眼角眉梢全是說不盡的歡喜。

秦二娘被她的喜悅感染，臉上也不由自主地染上了笑容，只是當她不經意地望向窗外，入目之物盡是一片喜慶的裝扮，笑容不禁添了幾分苦澀。

若是一切都順順利利的，如今的她也早該出嫁了，親手縫製的嫁衣哪怕被壓到了箱底，也壓不住滿腹的怨惱及不甘。

「二姊姊，陸修琰、陸修琰給我來信了。」感覺袖口被人輕輕拉了拉，她斂起思緒望去，見秦若蕖臉蛋紅撲撲，眼眸更是異常晶亮，嗓音帶著害羞，又帶著一絲絲掩飾不住的甜蜜。

「他說我們很快便可以見面了……」秦若蕖說了些什麼，她也聽不大清楚，只覺得心裡那股苦澀更濃了。五弟成婚在即，連四妹妹都有了意中人，而她呢，她的良人又在何處？

「芋頭姊姊，我要看新娘子，我要看新娘子！」被人群擠到中間的小不點揪著秦若蕖的腰帶，踮著腳尖伸長脖子往外探，可大人們卻將他的視線擋得嚴嚴實實的，急得他汗都快要冒出來了。

秦若蕖艱難地轉過身來，抓著他肉肉的小手將他拉到身前。「能、能看到嗎？」

「送入洞房！」禮賓響亮的唱喏聲在大堂裡迴盪，無色興奮地叫了起來。「看到了、看到了，是新娘子！」

秦若蕖笑咪咪地望著新人的身影漸漸消失在眼前，手裡緊緊牽著無色，不讓他到處亂跑。

不遠處的廊下，奉陸修琰之命前來接秦若蕖與無色上京的護衛，皺著眉望著那一高一低的身影，沈聲對身邊的長英道：「廖二哥，王爺與聖上還在京裡等著呢！這日子拖了又拖，秦家父子都沒有讓秦四姑娘啟程的意思，你說他們打的什麼主意？」

長英撫著下頷想了想，斟酌著道：「或許他們是想留四姑娘參加完婚禮再說。畢竟是唯一的兄長成親，作妹妹的不在場未免說不過去。再過幾日吧，過幾日想必就可以了。」

「如今已比原定啟程日期晚了整整半月，王爺倒好說，只怕聖上那裡不好交差。」護衛一臉的憂色。

「家有喜事，延誤啟程也是人之常情，聖上想必也不會怪罪，只到時讓王爺稍解釋解釋便也罷了。」

「也只能如此了，只盼著秦家父子過幾日真的放人才好。」

「會的會的。」長英胡亂地安慰了幾句，其實自己心裡也是沒底。

又相隔數日，本放假娶親的秦澤苡甚至又回到岳梁書院授課了，卻仍未見秦府有放人的意思，一向沈穩的護衛再也忍不住了，衝著長英抱怨道：「廖二哥，如今婚也結了，秦少夫人也回過門了，秦公子更是已經回書院正常講課了，這秦老爺到底是什麼意思？難道秦公子沒有將王爺信中所言告知他？」

陸修琰的命令是讓他兩人親自護送無色、秦若蕖及其家人上京，最重要的自然是無色與秦若蕖兩人，至於其他「家人」什麼的，全看秦氏父子的意思。

長英也有些沈不住氣了。他獨自一人留在岳梁數月，早已歸心似箭，空相住持那裡已經打好了招呼，無色也已經哄好了，本以為很快便可以帶著小傢伙與秦若蕖上京，哪想到秦府那邊卻一拖再拖。

「待我去問問秦公子。」他扔下一句，匆匆忙忙地往岳梁書院方向走去。

正背著手、慢悠悠地踱著步的秦澤苡抬眸便見長英朝自己走來，止步挑了挑眉。

看來有人耐性告罄了。不錯，比他預料中還要沈得住氣。

兩人彼此見了禮，長英開門見山便道：「秦公子，如今將近一個月，是不是也該啟程了？」

秦澤苡如夢初醒般「哦」了一聲，下一刻卻又有幾分為難地道：「拙荊新進門，家中諸事尚未熟悉，全賴阿蕖幫襯著，家父昨日更是偶感不適……罷了罷了，王爺乃天家貴人，怎好讓他久等，我立即便回去讓人收拾行李，明日便親自陪著阿蕖上京。」

「公子留步。」長英忙叫住他離去的腳步，無奈地道：「既是府中有事，那便再等些日子。」

若是尋常人倒也罷了，管他誰病了，直接帶著人便走，可這家人卻不同，未來端王妃娘家人，怎麼也得顧忌幾分。

「如此，便煩勞崔護衛了。」秦澤苡笑咪咪地道。

呸，裝模作樣！

長英又哪會看不出他是故意如此，只恨得牙癢癢，想也知方才那番話也是多有水分，只是到底不敢反駁，唯有憋著滿肚子不滿回了萬華寺。

卻說陸修琰翹首以待地等著心愛姑娘的到來，可日子一天天過去，依舊不見蹤跡，他便有些坐不住了。

難道出了什麼變故，以至於誤了行程？只是，長英與萬磊兩人均是能獨當一面之人，尋常事根本難不倒他們。

「王爺，有岳梁來的書信。」正不解間，忽聽下人來稟，他心中一凜，忙道：「速速拿來！」

接過密函拆開翻閱完畢，他皺著眉頭，手指一下又一下地輕敲長案——

原來是秦氏父子有意拖延。只是，這又是為何？他不是已經向秦澤苡表明了誠意麼？連那樣的字據都立下了，還不能讓他們相信，他誠心求娶的心意麼？

還是說，他有什麼地方忽略了？

他百思不得其解，思前想後，認定許是秦季勳不相信自己的誠意，畢竟對方抵達岳梁是在他離開之後。

既然如此……沈思良久，他陡然起身，大聲吩咐道：「備馬！」

提起國舅，官員百姓頭一個想到的自然是紀皇后的親兄長、紀老大人長子，而能讓宣和帝叫一聲舅舅的，卻是懿惠皇后兄長晉寧侯許昌洲。

說起晉寧侯府，倒真是讓人覺得怪異，彷彿從先帝朝起至今都像隱形一般，府中人人深居簡出，除非是特別重要的日子方見侯爺及侯夫人現身，尋常日子想見一面都難。

尤其彼時母儀天下的中宮之主還是他們家的姑娘，懿惠皇后素有賢德之名，又得先帝愛重，論理晉寧侯父子兄弟等人應該春風得意，乘機加勁，使侯府更上一層樓才是，可偏偏他們卻像老僧入定般，越發少與人來往。

便是作為懿惠皇后唯一血脈的陸修琰，一年也見不得親舅幾回，倒不是他不常上門拜見，而是不敢打擾了侯府清靜。

而此時，他便坐在晉寧侯許昌洲的面前。

許昌洲長著一張嚴肅方正的臉，加上他那不苟言笑的氣質使然，越發顯得他整個人不易親近。

此刻，他皺著眉望向陸修琰，嗓音低沈，語速緩慢。「你是想讓我為你上門求親？」

陸修琰恭恭敬敬地道：「懇求舅舅成全。」

頓了頓又輕聲道：「舅舅乃修琰最敬重的長輩，婚姻大事，修琰還是希望舅舅能替我作主。」

許昌洲不疾不徐地呷了口茶，道：「你乃皇室中人，自有皇上為你作主，若瞧中了哪家姑娘，請皇上下旨賜婚便是，何須再搞求親那一套。」

「修琰希望能以尋常百姓身分，走尋常求親路子，鄭而重之地宣示我之決心與誠意，也讓世人明白，她嫁我非高攀，而是我執意求娶之故。至於賜婚聖旨，錦上添花便好。」

這也是他所能想到的秦季勳不肯許嫁的原因，或許對許多人來說，嫁入皇室是莫大恩賜，但於間接吃了不少皇族苦頭的秦季勳來說，絕非美事。

而他細思之後亦猛然醒悟，自己忽略了一件很重要之事——那便是秦若蕖以讓人絕對意外之勢成為端王妃後，朝野上下投諸她身上的異樣目光勢必會更苛刻。

他固然不在意旁人目光，卻不會讓心尖上的姑娘陷於那般境地。女兒家心思細膩敏感，他的姑娘性子再迷糊，可也不代表著她無知無覺。

許昌洲甚是意外，微不可見地點了點頭，嘴裡卻說：「我替你跑這一趟倒不是不可，只是你須知道，我若以你的長輩身分出面，那你的這門親事便須遵從我許氏家訓，齊人之福之類的美事，可是再不能享了。」

「修琰明白，早在立志要娶她時，修琰便已經決定了此生唯她一人。」陸修琰正色道。

許氏家訓，男子不得納妾，女子不得為妾。

許昌洲靜靜地看了他良久，對上那雙凝著堅定光芒的眼眸，少頃，低低地「嗯」了一聲，端茶送客。

陸修琰明白這是同意了，頓時便鬆了口氣，也不敢再打擾，忙起身告辭。

「王爺走了？」捧著茶點出來的晉寧侯夫人四下望望不見陸修琰身影，問道。

「走了。」許昌洲淡淡地應了聲。

「你可是應了他？他終究是皇室中人，與尋常晚輩不同，萬一宮裡不同意這門親事，你卻代表他上門求娶，這不是……」

「他又怎會陷咱們於那等境地？他敢來，這門親事想必已得了皇上默許，找咱們不過是為了給女方更多尊重，也向世人展示他對那姑娘的愛重罷了。」

「這孩子，終究是流著許氏一族血脈，有子如此，妹妹泉下有知，也該放心了。」

秦季勳父子又拖了一個月，見原本隔三差五來催的長英等人竟突然安靜了下來，心裡均有些奇怪，這是放棄了？可瞧著又不像。

兩人不得其解，再相隔大半月，父子兩人正就岳老先生給的議題辯論得面紅耳赤，忽聽下人來報，說是有位許侯爺上門求見。

許侯爺？父子倆面面相覷，均是不解。

「有請。」

許昌洲進來後，只簡單地表明了身分，朝著秦季勳作了個揖，語意誠懇地道明來意。

「我此次來，是為外甥修琰求娶貴府四小姐。我有外甥，年二十有三，一表人才，略有家財，自見令嫒，心生傾慕，願傾其所有，三媒六聘，迎娶為妻，結百年之好。」

秦氏父子還未從對方身分帶來的驚訝中回神，又被這話驚得險些合不攏嘴。

端王竟請來了晉寧侯！

第二十一章

他們雖不曾為官，亦知道今上對晉寧侯甚是敬重，加上懿惠皇后的關係，晉寧侯府於他來說，說是母族亦不為過。故而，但凡有眼色之人均清楚，表面看來京中周府名聲更盛，實則周氏一族在皇上心中的地位，卻是不及晉寧侯府的。

當然，這當中還有晉寧侯府行事低調知進退、不插足朝中政事的原因所在。

只是於秦季勳父子來說，什麼侯府地位倒不算什麼，最重要的是晉寧侯乃是端王的嫡親舅舅！

端王請最為敬重的長輩上門求親，足以看出他對女兒／妹妹的看重，而晉寧侯的插手，亦是堵住了悠悠之口。

再沒有人敢質疑秦家姑娘的品行，質疑她是否使了什麼不堪的手段才得以嫁入王府。因為這門婚事，是由雙方長輩作主，當今聖上賜婚。

「小姐小姐，端王請人上門提親了！」青玉氣喘吁吁地跑了進來，隨手抹了一把額上的汗漬，難抑興奮地道。

秦若蕖「噔」的一下從椅子上彈了起來，下一刻又害羞地低下頭去，絞著帕子扭扭捏捏地道：「知、知道了……」

「那小姐肯定不知王爺請了何人來？」青玉笑得一臉神秘。

「是何人？」秦若蘘好奇地問。

「王爺的嫡親舅舅晉寧侯爺。」

「哦，這也沒什麼，陸修琰爹娘都不在了，由舅舅作主也沒錯。」秦若蘘點點頭。

青玉一動不動地望了她片刻，忽地問：「小姐應該不清楚晉寧侯的身分地位吧？」

「我又不笨，怎會不知道？他是陸修琰的舅舅，還是位侯爺。」秦若蘘有些得意地晃了晃腦袋。

青玉張張嘴，終是洩氣地道：「小姐說得對，不就是王爺的一位長輩嘛。」

父兄與晉寧侯說了些什麼，秦若蘘不得而知，只是約莫半個時辰之後，她被秦季勳叫到書房裡。

「……阿蘘，妳、妳果真願嫁端王為妻？」秦季勳斟酌良久，問道。

秦若蘘羞澀地抿了抿嘴，卻是大大方方地脆聲回答。「願意啊！」

秦季勳胸口一窒，看著眼前仰著一張紅彤彤臉蛋的女兒，那雙明亮的杏眼眨巴眨巴幾下，越發顯得璀璨奪目。

他恍惚了一下，一時有些分不清今夕何夕，依稀間，彷彿聽到有人在他耳畔說著話——

「清筠，妳可願嫁我兒季勳為妻？」

「願、願意的。」

他低低地嘆了口氣，將書案上的錦盒遞到她眼前，啞聲道：「這是侯爺留下的訂親信物，乃是故老太君留給外孫媳婦之物。」

懿惠皇后生母留下來的東西作訂親信物、嫡親舅舅上門提親，端王已經盡了自己最大的努力向他表示誠意。

但凡他心中所顧慮，端王都盡力一一為他掃清，只這一份心意，便足以掩去這門親事帶給他的那些隱憂。

最重要的是，女兒明顯已經心繫端王，他又怎忍心再讓這雙明亮的眼睛沾染黯然。

秦若蕖好奇地打開盒蓋，只見裡頭放著一枝點翠金嵌紅寶石鳳簪，她雖對珠寶頭面無甚研究，但也能看得出這簪子價值不菲。

「王爺他……他在荷池沁芳亭等妳。」

秦若蕖當即又驚又喜地望了過來。「陸修琰來了?!」

言畢也不待父親回答，抱著錦盒歡天喜地地邁過門檻，恰好見兄長迎面走來，順手便將錦盒往他懷中塞去，匆匆地扔下一句。「哥哥先替我拿著，回頭我再來取！」

秦澤苡愣愣地望著她如鳥兒般歡快的背影，又看看懷中錦盒，無奈地搖了搖頭。

這丫頭，當真是一點女兒家的矜持都沒有了！

秦若蕖哪還有心思理會兄長怎麼想，提著裙襬雀躍地往沁芳亭飛跑過去，連險些撞上了素嵐也顧不得。

「妳倒是走慢些，小心摔著！」素嵐在她身後大聲囑咐。

「知道了知道了。」

秦若藻的回應從遠處飄來，素嵐聽得直想嘆氣。

穿過園中的一道圓拱門，踏上青石小橋，便見一個似是有些熟悉，又似是有幾分陌生的身影背著手立於沁芳亭處。清風徐來，捲起他的衣袂飄飄，翻飛似蝶。

她放緩了腳步，有些失神地朝對方走去。

那人似是心有所感，緩緩地回過身來，認出是她，歡喜的笑容綻於唇畔。

「若藻……」

秦若藻傻愣愣地望著他片刻，陡然揚笑，提著裙裾飛快地往他身上撲去。

「陸修琰！」

陸修琰笑著張臂接住她，霎時間溫香軟玉充斥懷抱，久違的芬芳縈繞鼻端，讓他不由自主地將她抱得更緊。

秦若藻抱著他的腰，在他懷中仰著臉笑得如春花般燦爛。

「陸修琰，你沒騙我，你果真回來了！」

「是，我回來了。」陸修琰含笑低語，低沈醇厚如美酒般的嗓音在她耳畔響著，不知怎地，竟讓她生出幾分羞意來。

她扭著身子掙脫他的懷抱，羞答答地側過身去，一張俏臉豔若海棠，眼角眉梢所含的那縷嬌羞，看在陸修琰的眼裡，煞是勾人。

他強忍著那股將她摟入懷的衝動，輕聲道：「好些日子不見，妳便打算一直這般背對著我，也不與我說說話麼？」

下一瞬間，秦若蕖便轉過身來，只是頭仍然微微的垂著，咕噥道：「你、你想說什麼呀？」

陸修琰按捺不住，伸出手去握著她的，感覺那柔柔軟軟的小手輕輕掙了掙，但很快便鬆了力度。他只覺心裡暖暖的，忍不住用上幾分力，將她拉近自己些許。

「說說這些日子妳在家裡都做了些什麼？」嗓音柔和喑啞，帶著明顯的誘哄。

「沒、沒什麼啊！哥哥要娶嫂嫂，爹爹從酈陽過來，因為原本住的院子太小，哥哥便又置了新房子，搬家都花了好些日子呢！」不知不覺地，她原本那點不自在便散去了，又再回復了往日嘰嘰喳喳的性子。

「……酒肉小和尚聽說我要搬走，硬是拉著不許，他的幾位徒孫勸了又勸都勸他不動，哪怕抬出了無嗔大師都不管用。沒法子，我只能拜託幾位師父代為稟報住持大師，准他讓酒肉小和尚跟我到新家裡住上幾日。」

嬌嬌軟軟的嗓音清脆動聽，說話間偶爾帶著的幾分苦惱、幾絲無奈的妥協，讓陸修琰心軟得一塌糊塗。

「……明明是雕得很難看嘛，還不讓人實話實說，我說了，他便硬是把那些雕得怪模怪樣的簪子往我髮上插，還威脅我不准取下來，不只這樣，還雕得一天一個樣不重複，什麼難看的簪子都往我頭上插。你說哥哥是不是很過分？」提及被迫成為兄長練手木簪試戴者的那段日子，她的聲音裡含著濃濃的抱怨。

「嗯，是很過分。」陸修琰忍著笑意，一本正經地回道。只聽這嬌憨的抱怨之語，他便能想像秦澤苡當初故意捉弄她的情形。

果然是能將「若蕖」叫成「小芋頭」的親哥哥！

「你不知，那幾日我都不敢出門，怕丟人，哥哥真的太過分了！」秦若蕖用力點了點頭，以示對兄長惡劣行徑的強烈不滿。

「不錯，真的太過分了。」陸修琰學她的樣子點了點頭。

秦若蕖眼睛眨啊眨，亮晶晶的，看得他心臟「撲通撲通」直跳個不停，卻突然聽她感嘆般道：「陸修琰，你真好。」

這般與她同仇敵愾的他，真是好！

陸修琰心尖輕顫，彷彿有根調皮的羽毛在裡頭輕輕地掃啊掃，癢癢的，酥酥麻麻的。他望向她的眼神越發溫柔纏綿，柔到似是能滴得出水來。

「妳，也很好……」凝望著她的視線含著脈脈情意，嗓音暗啞低沈。

秦若蕖歪著腦袋望了過來，那長而鬈的睫毛如同小扇子般搧動幾下，臉頰暈著片片紅雲，柔嫩紅粉的丹唇微微地抿著，直看得他心動不已。

下一刻，卻聽對方輕呼一聲。「啊，陸修琰，你怎麼黑了這般多？」

似是有一口氣被死死地堵在心口，陸修琰身子僵了僵，不過瞬間工夫，相當從容地接了話。「心裡盼著早日與妳相見，故而路趕得急了些，日曬雨淋的，難免黑了些許。」

「哦，原來如此。」秦姑娘恍然大悟。

「嗯，確實是如此。」端王殿下微笑頷首。

「不過，就算是黑了也一樣那麼好看。」秦姑娘捧著臉蛋，眼睛亮得像是能照亮他心底每一個角落。

陸修琰再忍不住輕笑出聲。

這姑娘怎就這麼討他喜歡呢！

良久，他執著她的手輕聲問：「那鳳簪妳可收到了？」

「收到了收到了。」

「那是我外祖母留給外孫媳婦之物，妳、妳可明白收下它的含義？」他斟酌著又問。

秦若蕖頓時便害羞起來，抽回被他握住的手，捂著臉蛋細聲細氣地回答。「當、當然知道。」

陸修琰含笑望著羞答答的姑娘，想是再與她說說話，只是餘光在看到遠處秦澤苡的身影時暗暗嘆了口氣。

「……我該走了，妳好生在家裡等著，等著我來迎娶妳。」低低地扔下這一句，他終於依依不捨地邁開步子。

「好。」很輕很柔的回答在他身後響起，瞬間便使得他的神情又柔了幾分。

翌日，陸修琰親自到萬華寺，鄭重地感謝寺內眾僧多年對無色的愛護與照顧，早已收到消息的眾僧不捨地望了望咬著手指、一臉懵懂的無色。

無嗔大師喉嚨哽了哽，卻是半句話也說不出。小傢伙是他與眾師弟們把屎把尿帶大的，平日雖讓他們操碎了心，但帶給他們的歡樂卻是數之不盡的，如今乍然要走，不亞於拿刀子往他身上割肉。

其他僧人們感覺亦是差不多。

無色看看這個，又望望那個，先是撲過去撒嬌地摟著空相住持直蹭。「師父師父，弟子不在了，您得天天想我。」

「好、好、好，天天想。」空相住持憐愛地揉揉他的小光頭。

小傢伙又蹭了幾下，望向幾位師兄們，忽地大笑著撲向站於無嗔身邊的那位，小手在他的大肚子上直拍，脆聲道：「二師兄，就算你生了小娃娃也不能忘記我。」

「小壞蛋，誰要生娃娃了！」無癡大師圓圓的臉上盡是無奈。

無色格格笑著又轉向另一人。

「三師兄，我不在了你要聽話，可不能再尿床了哦。」

「那是屋頂漏水、屋頂漏水！」氣急敗壞的聲音完全破壞了對方寶相莊嚴的形象。

師弟們一個個都跟小傢伙單獨道過別，無嗔大師靜靜地立著，眼裡卻有幾分失落。

「大師兄。」忽覺衣角被人揪住，他低頭一望，便對上一張仰著的小臉。

「大師兄，無色、無色最喜歡大師兄了……」小傢伙彆扭地絞著袖口。

無嗔一怔，隨即微微一笑，摟著他的小身子，聲音是難得的溫柔。「去吧，不論何時，萬華寺的門總會為你開著，師父與師兄們也會一直惦記著你。」

無色一下子便紅了眼睛，環著他的脖子嗚咽道：「師兄，我不想走……」

無嗔將他抱得更緊。

一直靜候著不作聲的陸修琰見狀嘆了口氣，上前拍拍他的小肩膀，彎下身去為他擦著淚，隨後正色對著眾僧道：「諸位大師請放心，本王在此保證，無論何時，都會全力護他周全！」

晨曦映照下，英偉挺拔的男子牽著一步三回頭的小身影，一步一步往山下走去，很快地便消失在青山綠翠當中……

「皇上，端王到了。」內侍進來稟報。

宣和帝先是一怔，繼而大喜，扔開手中的卷宗，忙道：「快請快請！」

不過一會兒的工夫，陸修琰的身影便出現在殿門之外，宣和帝的視線只往他身上一掠，便落到他身側那個小小的孩童身上。

那是一個約莫六、七歲，長得虎頭虎腦的孩童，腦袋光溜溜的，一雙黑白分明的大眼睛滴溜溜地轉著，小手緊緊地揪著陸修琰的袖口，跟著他的步伐走了進來。

他不禁微笑著頷首。

陸修琰正欲拱手行禮，卻覺袖口被小傢伙緊緊地抓著，他輕輕地握著那肉乎乎的小手，將自己的袖口解放出來，這才朝著上首的宣和帝恭敬地行禮。「臣弟參見皇上，願吾皇萬歲！」

無色撲閃著眼簾，歪著腦袋不解地望著他，又看看正朝自己微笑著的宣和帝。

他想了想，上前一步，雙手合什，一本正經地脆聲道：「貧僧無色，見過施主。」

宣和帝愣了愣，隨即朝他招招手，示意他過去。「過來。」

小傢伙抬頭望了望陸修琰，見對方含笑衝自己點了點頭，這才邁著小短腿「噔噔噔」地跑過去，仰著臉笑得眉眼彎彎地問：「施主叫我做什麼？」

宣和帝笑著摸摸他的腦袋瓜子，慈愛地問：「你叫無色？」

「對啊，我叫無色。」小傢伙用力點了點頭，略頓又補充了一句。「江湖人稱無色大師！」

宣和帝一個不小心險些嗆著，連忙背過臉去咳了幾聲。

底下的陸修琰亦是相當無奈，心知這小傢伙必是不知學了哪位施主的話。

「咳，原來是無色大師啊！」宣和帝強忍著笑意，放緩聲音又問：「那你今年幾歲了？」

「已經過了六大壽。」

「咳咳咳……」宣和帝再度背過身大聲地咳了起來。

小傢伙見狀，體貼地伸出小短手拍著他的背，稚氣地問：「施主你身子不舒服麼？」

陸修琰亦是忍俊不禁。倒沒想到這小傢伙居然將他當日戲謔之語記了下來。

宣和帝好不容易才恢復過來，望著小傢伙的眼神不由自主地便添了幾分柔和，眼角眉梢亦不自禁地帶了笑意。

誠然他早已不是初次當皇祖父，卻從來沒有哪個皇孫如眼前這小傢伙一般，帶給他這麼不一樣的感覺。

「施主，你也要看我的屁股麼？」見他眼睛眨也不眨地望著自己，想到連日來不時要看自己屁股的那些人，小傢伙有些害羞地揪緊了褲頭。

宣和帝愣了愣，隨即哈哈大笑，笑聲過後揉揉他的腦袋瓜子，輕聲道：「不，朕不必看。」

又何須他親自確認，他最看重的弟弟必不會拿皇族血脈之事來開玩笑。至於其他去確認小傢伙身世之人，也不過是依規矩辦事而已。

無色總算是鬆了口氣，小手拍著胸口道：「那就好那就好。」

只一會兒又有幾分委屈地道：「施主，你們城裡人真奇怪，怎地老愛看人家屁股，人家可是當師叔祖的人了……」

宣和帝笑著將他抱到膝上，不答反道：「怎麼會是施主呢？你應該叫朕一聲皇祖父。」

「皇祖父？你是我的祖父麼？」無色咬著小指頭地問。

陸修琰聞言，抬眸望了過去。

皇祖父……如此說來，皇兄這是承認了無色的身分？

「是，朕是你的祖父。」

「哦……」無色眨巴眨巴眼睛，下一刻卻又望向陸修琰。

陸修琰衝他笑著道：「還不叫皇祖父？」

「哦。」無色撓撓後腦勺，相當清脆響亮地喚。「皇祖父！」

中的驚訝。

宣和帝含笑點頭，正要說話，又見內侍進來稟道：「回皇上，二殿下到了。」

邁進來的陸宥誠乍一見坐到宣和帝懷中的小傢伙，腳步一頓，隨即略微低下頭去掩住眼中的驚訝。

「兒臣參見父皇。」

「你來得剛好。無色，這位便是你的父親。」後面兩句卻是低頭對懷中的無色道。

無色吃驚地張著小嘴，一時看看宣和帝，一時又望望陸修琰，得到肯定答案後，這才緊張地揪著衣角，一步步往陸宥誠跟前挪過去。

陸宥誠一臉激動地凝望著他，卻見他忽地轉了方向，直接撲到陸修琰身前，小身子躲在他的身後，探出半邊臉望向自己。

陸修琰有些意外。倒是頭一回見他這般怯怯的模樣，他拍拍無色的小臉，放輕聲音鼓勵道：「別怕，他就是你的爹爹，親爹爹。」

「孩、孩兒……」陸宥誠激動得眼眶微紅，啞著嗓子喚道。

無色張著小嘴，在宣和帝與陸修琰鼓勵的目光下，終於結結巴巴地喚了一聲。「爹、爹爹……」

「好、好、好……」陸宥誠搓著手，高大的身軀微微地顫抖著，似是想去抱抱他，可又怕驚了他。

宣和帝滿意地捋鬚點頭，骨肉團聚，也是上蒼眷顧。忽地，他想到某位同樣在岳梁之人，皺眉問陸修琰。「朕聽聞你此番去岳梁，還請了舅舅一起？」

「確實是如此，臣弟請舅舅他老人家作主，以外祖母傳下之鳳簪作訂，正式向秦四老爺提親。」陸修琰老老實實回稟。

宣和帝險些一口氣提不上來。「你當真好啊，朕讓你把那秦四姑娘帶回來瞧瞧，你倒好，反帶著舅舅上門。提親？虧你想得出來！」

「芋頭姊姊人最好了！」陸修琰還來不及回答，正被陸宥誠環著靠在懷中的無色突然插嘴。

「芋頭姊姊？」宣和帝不解。

「便是秦四姑娘。」陸修琰為他釋疑。

「好個七巧玲瓏心的秦四姑娘，連你身邊一小小孩童也不放過利用。」宣和帝冷笑一聲，本就對秦若蕖有幾分不滿的，如今對她的印象可謂差到了極點。

端王暫住萬華寺，無色又是萬華寺僧人，她若是想接近端王，必是透過利用無色。

陸修琰又怎會不明白他心中所想，輕咳一聲提醒道：「皇兄，四姑娘與無色相識交好在前。」

宣和帝頓時有幾分不自在。

「芋頭姊姊最好了，她會陪我玩，不管我怎樣捉弄她都不會生氣，還會給我做好看的小掛包，有了好吃好玩的也總記著我……」小傢伙不懂眼色，只聽到有人提及他的芋頭姊姊，當即滔滔不絕地數著芋頭姊姊的各種好。

宣和帝更不自在了，不過心裡對秦若蕖的不滿卻是不知不覺地消了不少。

小孩子心思最敏感，最能分辨真心假意，若真是這兩人相識交好在前，一個大家閨秀能耐心地陪伴照顧一個無父無母、身無長物的小和尚，品行必也不會差到哪裡去。

況且，舅舅都已經親自上門提親了，還彼此交換了訂親信物，這門親事已經成了定局。提親也好、賜婚也罷，不過是一種形式，既是他的幼弟看中的姑娘，他給她這點體面又算得了什麼？

陸宥誠若有所思地望著滿眼亮晶晶的無色。

能被父皇抱坐到懷裡，又能讓小皇叔這般關懷備至，還與未來的小皇嬸交好，這小子莫非是上蒼派給他的福星？

這日，當今皇上突然降下兩道旨意，一是正式宣佈失蹤五年之久的皇長孫陸淮鑫平安歸來；二是將益安秦季勳之女秦若蕖賜婚端王陸修琰為正妃。

旨意傳出，朝野震驚。

大學士府內，常嫣幾乎將身邊所有一切都砸了個稀巴爛，整張臉因為憤怒而變得扭曲。

「她是端王妃？她居然是端王妃?!」

而宣仁宮內，兩名宮女小聲議論著剛頒下的聖旨，捧著書卷的女官在聽到某個名字時腳步一頓，隨即便低下頭去。

秦若蕖？

至於二皇子府內，二皇子正妃曹氏沈著臉抿著唇，胸口一起一伏，顯示著她正努力壓抑著心中惱火。

「妳也聽我一句勸，皇上正式恢復了他皇長孫的身分，又是端王親自將他帶回來的，這孩子的價值便不僅僅是一個普通的皇孫。殿下欲爭取那個位置，少不了端王的支持，這孩子就是一個最好的契機。」坐到曹氏身邊年紀稍長的女子好言相勸著。

「娘相信，二殿下必也是有這樣的想法。妳把這孩子養到膝下，給他嫡子的名分與待遇，不僅二殿下心中高興，便是皇上與皇后娘娘也只有誇獎的分。再說，這孩子是殿下『長子』，不比東院那位生的居長更好？一舉數得，何樂而不為呢？若是這孩子將來爭氣，妳也算有個依靠，難道還想靠那幾個庶出子？」

曹氏想了想，也覺甚為有理，頷首道：「娘說得有理，是女兒目光短淺了，待殿下回府後，我便親自向殿下提出將這孩子養到膝下充當嫡子。」

「這就對了，這孩子妳得好好養著，就當他是親生兒子般對待，將來的好處必是有的。」曹夫人滿意地點了點頭。

曹氏勉強勾了勾嘴角。

將一個從卑賤侍女肚子裡爬出來的孩子視若親兒，於她來說，說是一種屈辱也不為過。可是沒法子，誰讓她的肚子不爭氣呢？若是她自己能生，又怎會讓別人的孩子占了嫡子的名分及待遇？

陸宥誠本想直接將無色帶回府中，奈何小傢伙一聽說要與陸修琰分開便抱著他死活不肯撒手，任誰怎麼勸都沒用。

陸修琰無法，只能懇請宣和帝同意讓他將小傢伙帶回端王府住幾日，以便讓他慢慢熟悉京裡的人與物。

宣和帝想了想也覺有理，小傢伙雖性子活潑，但讓他一下子便孤身處於陌生環境，難免會不安。

至於陸宥誠，更是樂見兒子與端王親近，又哪會不同意。

另一方面，賜婚聖旨抵達岳梁秦府時，秦氏父子神色相當平靜，倒是岳玲瓏與秦二娘按捺不住吃驚。

得了旨意的秦若蕖害羞地低著頭，站於身側的素嵐神情複雜難辨，便是青玉也有些悲喜莫名。

「……父親的意思，雖說成婚一切事宜都有宮裡打點，可咱們也不能什麼都沒有準備，尋常百姓嫁娶該有的也一樣不能少。」岳玲瓏挑了挑燈芯，屋內光線瞬間便亮了不少。

秦澤苡合上書卷，將妻子拉到身前抱著，懶洋洋地「嗯」了一聲。

「……昨日我整理嫁妝，發現裡頭有一座位於京城南大街的宅子以及百來畝良田，我想著這些空著也是空著，不如給阿蕖添妝，你覺得如何？」岳玲瓏伏在他懷中，柔柔地道。

秦澤苡把玩著她的長髮，搖頭道：「這是妳的嫁妝，是岳父岳母一番心意，怎能輕易送出？便是爹爹與阿蕖也不會要的。妳放心，咱們家雖然不是什麼大富大貴之家，可風風光光地嫁女兒倒也能辦到的。夜深了，咱們早些安歇吧！」

說罷也不待岳玲瓏再說，親了親她的臉蛋，直接便抱著她到了床上……

東邊院廂房內，對鏡輕順長髮的女子嘴角微微勾起，眼中光芒大盛。

端王府、京城，還有那隱藏的真相……

她早說過，她此生最不缺的就是耐性！

八月十八日，是欽天監擇定的黃道吉日，亦是端王陸修琰迎娶正妃的日子。

這日一大早，秦若蕖便被素嵐叫起，因昨晚緊張到翻來覆去、久久無法入眠，故而她仍是迷迷糊糊的，只知道屋裡來來回回腳步聲不止，臉上、髮上、身上都彷彿有好多雙手在忙碌著。她倦倦地抬眸，認出是一個月前宮裡派出來的女官們。

一個月前，皇后便指派了宮中得力女官前來她候嫁的府邸，有負責教導她宮廷禮儀規矩的，亦有負責她行禮當日妝容打扮的。此外還有許多雜七雜八之事，都分由不同的教習女官教導，直聽得她如墜雲裡霧裡。

待她終於清醒過來時，發現身上已穿戴整齊，她眨了眨眼，有些不敢相信鏡中女子便是自己。

但見鏡中女子身著一身莊重不失喜慶的大紅描金鳳紋通袖袍、團紋霞披，頭戴金鳳冠，冠底綴著紅綠兩色寶石及寶鈿花，前後用各式珍珠翡翠寶石綴成牡丹狀，冠頂插一對口銜珠結的金鳳。面若桃花，翦水雙瞳，遠山眉似黛，口若含朱丹，對鏡微微一笑間，神采飛揚。

「小姐當真好看極了！」青玉首先發出驚嘆。

其他女官宮女亦含笑地讚不絕口。

秦若蕖有幾分得意又有幾分害羞地抿了抿雙唇。

素嵐定定地望著她片刻，忽地別過臉，小心地擦著眼中淚花。當年那個軟軟的小姑娘終於長大了，自今日起，便會有另一個男子執起她的手，與她攜手走過餘下的人生。

夫人，妳在天之靈可看見了？小姐她終於嫁人了！

坐落喜轎內那一刻，秦若蕖突然心生慌亂，她努力睜著雙眼，入目是一片紅，紅得豔麗，紅得奪目，那感覺，彷彿是她整個人已經被鮮豔欲滴的紅色所緊緊包圍，掙不脫，逃不掉……

轎外是震天響的喜炮鳴放聲，可她彷彿什麼也聽不到，似是有一股寒意從她腳底板慢慢地升起，滲透四肢百骸，亦將她凍在了當場。

她的雙唇微微抖動，心裡似乎有個聲音在不停地響——快逃、快逃，快逃命去！

下一刻，彷彿又有另一個相當熟悉的溫輕聲音在她耳畔響著——小姐不要怕，也不用慌，我會一直陪著妳……

「我不怕我不怕，我什麼也不怕……」終於，她緊緊地閉上眼睛，再不去看那讓自己喘不過氣的大紅，喃喃出聲，不停地告訴自己不怕。

也許是心裡得了暗示，半晌之後，她的心跳竟漸漸地平復了下來。

喜轎停下來，外頭人說些什麼，她也聽不清楚，只知道有人上來扶著她前行，不時還有人在她耳邊輕聲提醒著她應該怎樣做。

她渾渾噩噩，也不知身在何方，唯有聽從身邊人的指示，直到感覺掌心被人輕輕撓了撓，她還未來得及反應，對方便又飛快地縮了回去。

她只愣了片刻，隨即低下頭去，嘴角微微彎出一絲歡喜的弧度。

是他，他就在身邊！

緊懸著的心一下子便又落回了實處，她抿著嘴，在儐相那一聲聲的唱喏中拜過天地，最後在此起彼伏的恭賀聲、笑聲中被簇擁著進了洞房。

門房關起的那一刻，亦將熱鬧之聲關到了外頭。坐在舒適的床上，她的心跳又開始失序。

胸口裡像是揣了隻小兔子不停地奔跑跳躍，撲通撲通，一下又一下，越跳越急，越跳越響亮。

屋內響著喜娘那帶笑的恭賀之聲，她也聽不清楚，尤其是感覺身前站了一個人，她的臉「騰」的一下便紅得更厲害了。

突然，眼前一亮，原本覆在頭上的紅蓋頭被人掀開，她下意識地抬頭望去，便撞入一雙閃耀著喜悅之光的眼眸裡。

只一眼，她便害羞地低下頭去，雙手揪著袖口不停地絞動著。

陸修琰心中歡喜，看著羞答答嬌滴滴的新娘子，再忍不住滿懷的喜悅，雙臂一展，摟著她的纖腰，重重地在她臉蛋上親了一口，無比溫柔地喚。「若蕖……」

秦若蕖羞得腦袋都快垂到了胸口處，聞言也只是咕噥「嗯」了一聲，兩朵可疑的紅雲飛快地爬上了耳根處。

陸修琰柔情無限地笑睇著她，少頃，起身往屋中圓桌走去，取過兩只空酒杯，再斟上了美酒，一手一只端了過來，重坐到她的身邊，含笑道：「當日我曾說過此生只會請妳吃交杯酒，如今王妃可賞臉相陪？」

秦若蕖抬眸望了過來，臉蛋還是紅彤彤的，一雙烏溜溜的眼睛似是含著兩汪春水，下唇輕輕地抿著，伸出手接過當中的一杯，與他手臂相交，仰頭將酒一飲而盡。

陸修琰將兩只空酒杯放了回去，回身一望，卻見原本羞答答的姑娘正衝自己甜甜地笑著，一雙美目更似是要滴出水來。

「陸修琰，你這樣打扮可真好看！」嬌憨清脆的聲音。

陸修琰有些意外，卻又歡喜她的變化，輕輕摩挲著那軟嫩幼滑的臉蛋，啞聲問：「醉了？」

「沒有沒有，我怎麼會醉呢，我現在可是清醒得很。」秦若蕖搖頭。

他低低地笑了起來，雖是沒有醉，人卻有幾分迷糊了。這丫頭酒量可真淺，不過一小杯，還不是什麼烈酒，便能把她喝迷糊了。

見她搖頭間，頭上的鳳冠發出一陣陣珠子相撞的響聲，他伸出手去，將那鳳冠摘了下來，扔到一旁的梳妝檯上。

「那是我的鳳冠……」見他如此粗魯地扔掉她的鳳冠，新上任的王妃娘娘不高興地噘起了嘴。

陸修琰在她唇上輕啄一口，笑著道：「好好好，是妳的鳳冠。」

「哦。」秦若蕖懵懵懂懂地應了一聲，越發讓他愛極。

「小皇叔，雖說春宵一刻值千金，可也不能忘了咱們啊！」突然，帶著揶揄的男子聲從外頭傳了進來，讓正要一親芳澤的陸修琰無奈止了動作。

有些不捨地親親她的額頭，啞聲囑咐。「我先出去應付他們，等我回來。」

「好。」

端王大婚，皇室中能來的幾乎全來了個遍，尤其是小一輩的陸宥恒等人，更是抓著這千載難逢的機會，使勁地向陸修琰灌酒，誓讓這個號稱「千杯不醉」的小皇叔喝趴下不可。

陸修琰哪會不知他們心裡打的什麼鬼主意，若是往日他必定拿出本事來陪他們好生飲一回，只是如今心中掛念著新房裡嬌美的新婚妻子，哪有心思陪他們鬧，喝了幾盅便裝出一副不勝酒力的模樣。

圍觀的眾皇子眾朝臣見海量如端王都被灌醉，忍不住笑了出來，大有一出這些年被對方灌倒之氣。

唯有大皇子陸宥恒挑了挑眉，不著痕跡地將東倒西歪的陸修琰解救出來，笑著衝眾人道：「小皇叔不勝酒力，諸位大人便饒過他吧！」

見大皇子解圍，眾人也只是打趣了幾句便讓出一條路，任由陸宥恒扶著步履不穩的陸修琰離開了。

「小皇叔，今日你要怎麼謝我？」待遠遠拋開身後喧鬧之聲後，陸宥恒才鬆開他，抱臂笑道。

陸修琰拍拍衣袍，不以為然地道：「大恩不言謝，不送！」一言既了，邁著大步便朝新房位置走去，直看得陸宥恒氣到不行。

「過河拆橋，你這是過河拆橋！」

回到房中，便見他的新婚妻子披著長髮、雙手捧著茶盞小口小口地喝著茶。

聽到腳步聲，秦若蕖抬眸望來，見是他，不知怎地突然手足無措起來。一旁的青玉見他進來，含笑退了出去，順便輕輕地關上了門。

「沐浴過了？」

「沐、沐浴過了。」秦若蕖結結巴巴地回答，對上那張柔情滿滿的眼眸，心跳得更快了。

陸修琰微微一笑，聞了聞身上的酒味，唯有按下想抱抱她親親她的衝動，扔下一句「我先去洗洗」便匆匆地進了淨室。

見他離開，秦若蕖才鬆了口氣，小手拍著胸脯。

她環視屋內一切，龍鳳雙燭、大紅喜被，處處盡是喜慶，不知不覺間，嘴角便揚起了甜蜜歡喜的笑容。

今日是她與陸修琰大婚的日子呢！

當那個帶著沐浴過後清新氣息的身影出現在她眼前時，她眨眨眼睛，呆呆地任由對方將她牽到床上坐下來。

「阿藻。」陸修琰環著她的腰，下頷抵在她的肩窩，輕聲喚。

秦若蕖只覺得耳邊一陣暖暖的氣息，癢癢的，不由自主便縮了縮脖子，整個人掙了掙，想要從那雙有力的臂膀中逃開。

陸修琰知道她害羞，想了想便挑起話頭。「折騰了一整日，可累壞了？」

秦若蕖點點頭，又搖搖頭，雙頰暈紅著，就是不敢抬頭看他。

小姑娘就是小姑娘，平日再怎麼迷糊，一到關鍵之時還是免不了害羞。

他笑了笑，又在她臉上親了親，無比耐心地道：「以後這裡便是咱們的家了……」

「咱們的家？」秦若蕖終於仰起小臉望向他。

「是，咱們的家。」

「那、那我可以隨意擺動這屋裡的東西麼？」少頃，他便聽懷中姑娘結結巴巴地問。

「自然可以。」

「真的？那我就把屋裡的東西重新擺置了哦？」秦若蕖大喜。

見她終於不再用頭頂對著自己，又恢復了平日的活潑，陸修琰心中愛極，又哪有不允之理，笑著點了點頭。

秦若蕖這下樂了，一下子便從他懷中掙開，提著裙襬率先走往一側的百寶櫃前，將放於左側的青瓷花瓶取下，放到另一邊的黑漆描金牡丹花紋長桌上，口中唸唸有詞。「左三寸，右三寸，往前移兩寸……」

一會兒又「噠噠噠」地走過去，將白玉四柱式爐移至百寶櫃中間層，將裡面的霽藍釉盞托取出，與另一格的葫蘆瓶放於在一起。

陸修琰始終面帶笑容地看著她來來回回擺弄那些東西，只覺得這法子真是再好不過，能消減他的姑娘的拘束不安。

只是……

一刻鐘過去後，他臉上笑意依然。

兩刻鐘過去後，笑容稍減。

半個時辰過去後，笑容已退。

一個時辰將過，他望了望窗外天色，再看看依然興致勃勃地擺弄著屋內擺設的秦若蕖，濃眉緊緊地皺了起來。

如此良辰美景，他的小妻子好像將注意力放錯了地方。

「這個白釉瓶應該放哪呢？我想想……」秦若蕖手裡捧著一支白釉瓶，秀眉微微蹙著沈思。

陸修琰再也忍不下去，大步流星地朝她走過去，二話不說地奪過她手中瓶子扔到一旁的圓桌上，也不顧她的驚呼，將她打橫抱起，直接抱到床上，翻身欺了上去。

「夫人，洞房花燭，妳莫非是想讓為夫獨守空房？」

「等等等等……」秦若蕖慌了，可陸修琰根本不讓她再說，直接便堵住了她的嘴。

唇舌交纏間，她只覺得全身嬌軟無力，整個人像是要融化在那豐沛的男子氣息當中。直到她感覺快要窒息，對方才意猶未盡地鬆開了她。

陸修琰氣息不穩，俊臉微紅，可看著身下女子一副意亂情迷的懵懂樣子，心中一緊，再度親了上去……

屋內溫度漸漸攀高，嬌吟輕喘聲不絕，陸修琰正要用力扯下她身上那件早已經鬆垮垮的中衣，忽地聽她「唉呀」一下驚叫出聲，他還不及反應，本被他親得軟綿綿的姑娘突然用力將他推開，連衣裳也來不及整理便跳下床，「噔噔噔」地朝屋中圓桌跑過去，將上面那支白釉瓶抱起，快走幾步將它放到百寶格上，對著它左擺右擺，終於滿意地點了點頭。

「我就知道，這瓶子應該放在此處。」

陸修琰臉上仍帶著潮紅，看著她這番舉動，雙唇微微抖了抖。

這丫頭，是存心打擊他的不是？

第二十二章

看著秦若蕖擺好那白釉瓶不算，還逐一檢查每一件擺設的位置，一時又左移一寸，一時又右移兩寸，忙得不亦樂乎。

他深深地吸了口氣，赤足下床，三步併成兩步地朝那個纖細的身影走去，雙臂一伸，直接便將她扯落懷中，緊緊地固定著她掙扎著的身子。

「阿蕖，妳是不是忘了些什麼，嗯？」低沈喑啞的嗓音響在她耳畔，一下便讓秦若蕖止了掙扎，她伸出手抵在他的胸膛，觸感溫熱細滑，卻讓她「騰」的一下鬧了個大紅臉。

這人身上的衣裳居然是敞開的。

陸修琰微微一笑。很好，還懂得害羞。

這回他可再不管她羞不羞了，直接將她重抱回床上，牢牢地壓在身下，薄唇覆在她耳廓處，曖昧地低語。「壞丫頭，今晚可是咱們的洞房花燭夜。」

溫熱柔軟的唇碰著她的耳垂，如同一道電流經過，一下子便讓她全身脫力。「陸、陸……」

陸修琰根本不讓她回神，在她身上肆意點火，誓要讓這丫頭再想不起別的。

秦若蕖原本抵在他胸口的手不知何時便失去了氣力，身體裡像是有一把火在燃燒，她的腦子裡一片空白，只有身上那人帶給她的強烈感覺。

身上單薄的中衣終究還是被扯落地上，如瀑般的長髮灑了滿枕，肌膚相貼間，她感覺到對方劇烈的心跳，突然間，一股心安的感覺洶湧而來，她忍不住抬臂，輕輕環住了那勁瘦的腰。

「陸修琰……」她喃喃地喚。

陸修琰親親她的臉，看著懷中雙眸泛著水氣，臉頰泛著醉人桃花，嬌喘吁吁的女子，只覺渾身的血液都在燃燒著。

「準備好了麼？」他啞聲問。

秦若蕖懵懂地眨了眨水霧濛濛的眼睛，氣息不穩，卻感覺他忽地輕輕執起她的雙手，十指交纏，隨即一聲沙啞的「阿蕖」，她只覺一陣撕裂般的痛楚襲來，直痛得她緊緊地繃著身子，俏臉亦痛苦地皺了起來。

「疼疼疼……」她再忍不住呼起痛來。

陸修琰亦不比她好過多少，額上大滴的汗珠滾落下來，他親著她的臉，喃喃地安慰著、道歉著，身體卻只是略微放緩，待覺她痛苦漸消，當下再按捺不住動作起來。

兩側原被挽起的帷帳緩緩地垂落，掩住滿室的旖旎，輕輕搖晃著的金鈎，發出細細的、清脆的撞擊聲，與那嬌吟輕喘漸漸交織一起……

天邊一輪明月高掛，柔和的月光鋪灑大地，夜風徐徐，吹動滿院的紅綢帶微微舞動。

紅燭高燃的新房內，陸修琰心滿意足地摟著新婚妻子，早已陷入沈睡當中。

突然，他忽覺胸口一痛，還未反應，便似有一股力度重重地朝他推來，只聽得「啪」的一個重物落地聲，再睜開眼睛時，他已從那溫暖舒適的大床上摔到了地上。

他倒抽一口冷氣，也顧不及身上那股痛楚，難以置信地望向已經在床上坐了起來的女子，卻見對方似是愣了愣，隨即「啊」了一聲，繼而一臉同情地道：「陸修琰，你睡癖真怪！」

陸修琰險些一口氣提不上來，他雙掌撐地站了起來，大聲喝下聽到聲響欲進來的下人，這才恨恨地瞪向一臉無辜及同情的罪魁禍首。

秦若蕖不明所以，衝他討好地笑了笑，然後上前輕扯扯他的袖口，關切地問：「可是摔疼了？我讓人取藥來……」

「不必！」陸修琰連忙制止她。真要讓她出去喊人，他這輩子也不用見人了。

見她仍是一副不放心的模樣，他嘆了口氣，有幾分不甘，又有幾分報復地掐了掐她的臉蛋，恨恨地道：「這一點小意外，摔不到我！」

「哦。」秦若蕖揉揉被他掐得有點疼的臉，雖有些委屈，但也相當體貼地不與他計較。男人都是好面子的嘛，這般狼狽丟人之事讓她看了個正著，難免心裡有些憋屈，她是大度體貼的好妻子，自然能包容他的一切。

陸修琰看著她那一臉「我很大度，我很包容」的表情，心裡頓時更堵了，若非明日一大早須要進宮謝恩，他必要再狠狠地讓這丫頭哭著求饒不可！

翌日，秦若蕖是被臉上的酥痲弄醒的，她迷迷糊糊地睜開眼睛，便對上一張放大的俊臉。

「陸修琰？你怎會在這？」她呆呆地問。

陸修琰輕笑出聲，只覺得她這迷糊的樣子真是說不出的可愛，響亮地在她臉上親了一記，笑道：「本王的王妃可是睡迷糊了？」

「哦……」秦若蕖終於回神，撓撓耳根，一時有些不適應自己的新身分。

「起來洗漱更衣，皇兄皇嫂在宮裡等著咱們呢！」

在青玉的伺候下洗漱梳妝更衣，一回身，卻發現陸修琰仍是穿著那身中衣坐在榻上，懶洋洋地望著自己。

「你怎地還不更衣？不是說宮裡有人在等著咱們麼？」見他不動如山，秦若蕖連忙上前去拉他。

陸修琰順著她的力度站了起來，伸著雙臂，朝她挑了挑眉，見她傻傻地站著無甚動作，只能提醒道：「夫人，該伺候為夫更衣了。」

「哦。」秦若蕖總算明白，纖指解開他的衣帶，頃刻間，男子那光滑的上身便大剌剌地露了出來，驚得她一下子便轉過身去。

陸修琰低低地笑了起來。「怎麼了？怎麼不繼續？」

下一刻，女子扭扭捏捏的聲音便響了起來。「人家、人家害羞嘛……」

陸修琰笑得更響亮了。

害羞？敢情以為他分不出她是真害羞還是假害羞是吧？要是真的害羞，應該是雙手捂臉沒臉見人的模樣，這般捧著臉蛋不時偷偷回望過來的，分明是賊心起。

只是，這種賊心他甚是喜歡！

「不用偷偷看，全是妳的，本王允許妳大大方方地看。」他湊到她耳畔，戲謔地道。

「誰、誰偷看了？」秦若蕖羞得耳根泛紅，雙手捂臉，細聲細氣地道。

陸修琰再忍不住哈哈大笑，本想再逗逗她，到底怕誤了時辰讓兄嫂久等，唯有遺憾地暗嘆一聲，自己動手更衣。

夫妻兩人從屋裡出來時，均已經穿戴整齊。

「王爺，車駕都已經準備好了。」候在外頭的下人連忙上前稟報。

陸修琰點點頭，率先邁出一步走出一段距離，微不可見地望望身後，察覺妻子落得遠了，便不動聲色地放緩腳步。

「王爺，酒肉小和尚不在這府裡麼？」秦若蕖快走幾步跟上他，悄悄地扯了扯他的袖口，壓低聲音問。

王爺？陸修琰意外地望著她。方才在屋裡還左一句右一句「陸修琰」地喚，出了門便叫王爺了？

「他如今已經隨他親生父親回去了，很快妳便能看到他了。」

「哦，這般久不見，還怪想念的。」

兩人上了車駕，秦若蕖長長地吁了口氣，歪在他的懷裡軟軟地問：「陸修琰，皇上與皇后娘娘是什麼樣的人？他們會喜歡我麼？還有宮裡的其他人，他們也會喜歡我麼？」

這回又陸修琰了？

陸修琰挑挑眉，環著她的腰將她固定在懷抱裡，親親她的臉蛋道：「皇兄與皇嫂都是很和氣之人，他們必會喜歡妳的。至於其他人，阿蕖，妳記住，妳是我唯一的妻子，朝廷的端親王妃，妳不須要討任何人的好。」

秦若蕖撲閃撲閃睫毛幾下，隨即綻開了笑顏。「我明白了，正像青玉說的，我又不是金銀財寶，不可能人人都喜歡，只要我喜歡之人也喜歡我便好了。」

「青玉這話說得很對。」陸修琰讚許地頷首。

邁過龍乾宮門檻，首先映入秦若蕖眼簾的，不是上首威嚴尊貴的皇帝陛下，也不是他身側端莊雍容的皇后娘娘，更不是站於兩旁的眾皇子，而是這當中一道小小的身影。

酒肉小和尚！

數月未見的小傢伙乍然出現在眼前，秦若蕖頓時便揚起了歡喜的笑容，小傢伙此時亦發現了她，眼睛一亮，邁著小短腿就要跑過來，卻不料身側的二皇子手快地抓住他的小胳膊將他拉了回去，不贊同地衝他搖了搖頭。

小傢伙倒也聽話，乖乖地重站好，只是視線始終落在秦若蕖身上，一雙大眼睛笑得彎彎的好不歡喜。

這兩人旁若無人地衝著對方笑的舉動自然瞞不過宣和帝。他若有所思地望了仍舊帶著久別重逢歡喜笑容的秦若蕖一眼。

看來此女確實是與鑫兒相交甚好，而且瞧著倒像個簡單純真的女子，若果是這般，他好像有些明白幼弟為何會這般喜歡她了。

將視線從無色身上收回，便見陸修琰正朝著上首兩人行禮，她想了想，便依著女官曾教的動作，學著他的話做了一遍。

宣和帝也沒有難為她，簡單地勉勵了幾句便讓他們起來了。

兩人又拜見了皇后，紀皇后歡喜地離座走了過來，親自扶起她，拉著她的手上上下下地打量一番，笑著道：「好個標緻若人憐的姑娘，莫怪六皇弟，便是本宮瞧著，心裡也喜歡得很。」

秦若蕖害羞地低下了頭。

紀皇后知她臉皮子薄，打趣了幾句便也放過了她。

以陸宥恒為首的眾皇子本就是打著瞧瞧新嬸嬸的主意來的，誰讓一向眼高於頂的小皇叔突然堅持要娶此女，他們心中自是好奇，猜測著那秦家女許是長得天香國色。

如今瞧來，雖確實是好模樣，但也不算相當出眾，嬌嬌柔柔的，原來小皇叔喜歡這一類女子。

「小皇叔，小皇嬸。」眾皇子一一行禮，秦若蕖被人叫嬸嬸，心裡確實是有幾分不自在，只是很快便拋在腦後了。

「鑫兒，給皇叔祖父和皇叔祖母叩頭。」

「啊？姊姊怎地成祖母了？」無色一聽，當即哇哇叫了起來。

道。

「我不要當祖母，我還很年輕……」秦若蕖更是委屈，扯著陸修琰的袖口可憐兮兮地道。

陸修琰忍俊不禁。當初為了讓小傢伙儘快熟悉京中的人與事，他並沒有強行糾正他的稱呼，只讓陸宥誠將當年梅氏身邊舊人送到端王府，由他親自挑選可靠之人伺候小傢伙，直到他漸漸與身邊人及不時過府的生父熟悉起來，這才讓陸宥誠將他帶回二皇子府。

後來他又忙於婚事，雖亦時常關小傢伙，但似今日這般正經八百的見面，倒是頭一回，故而，這個皇叔祖父他也是頭一回聽到。

身前是哇哇大叫的小無色，身側是扁著嘴好不可憐的新婚妻子，他再忍不住笑出了聲。

小傢伙當初總愛持著「師叔祖」的身分欺負人，如今，現世報可不就來了麼？

皇叔祖父，這稱呼怎麼就聽得那麼順耳呢！

見兒子如此不懂規矩，二皇子頗為不悅地輕喝一聲。「鑫兒！」

小傢伙見父親惱了，到底不敢再鬧，只是不甘心自己平白無故地跌落孫輩，努著嘴嘀咕道：「人家可是當師叔祖的人……」

總算明白他在鬧些什麼的宣和帝哈哈大笑，朝著小傢伙招招手。「鑫兒，到皇祖父這兒來。」

無色當即邁著小短腿朝他跑過去，動作索利地爬上他的腿，一屁股坐了上去，小臉對著他委屈得直癟嘴。「皇祖父，我覺得我虧大了，在萬華寺，人家可是當師叔祖的人，怎地到了這裡，連芋頭姊姊都成了我長輩。」

宣和帝樂不可支。這小傢伙原本占盡了輩分的便宜，如今驟然打回原樣，自然會心裡不痛快。

見小傢伙這一副委屈得不行的模樣，他連忙忍著笑安慰道：「三十年河東，三十年河西，你這小娃娃都當了人家的師叔祖，也是時候做回晚輩了。」

「人家還沒做了三十年師叔祖呢！」無色更委屈了。

宣和帝頓時放聲大笑，下首眾人見狀亦笑了起來。

饒是秦若蕖與無色再怎麼不樂意，可輩分就是輩分，不容混淆，最終一個心不甘情不願地叫了聲「皇叔祖母」，一個彆彆扭扭地應下了。

陸修琰笑盈盈地捏了捏小傢伙鼓鼓的臉蛋，誇道：「鑫兒真乖！」

無色當即氣呼呼地瞪他。壞蛋！

鬧了這麼一齣，殿裡氣氛自是添了幾分隨意，紀皇后摟著沮喪的無色在懷中，不時低下頭輕聲安慰幾句。

「皇上，太妃娘娘請端王妃到仁康宮一見。」內侍進來稟道。

宣和帝下意識地望向陸修琰，只見他的全部心思都落到身側的新婚妻子身上，聞言似是怔了怔，隨即笑道：「身為晚輩，自是該親自拜見長輩，讓太妃娘娘傳話過來，卻是本王的不是了。」

言畢躬身行禮告退，就要帶著秦若蕖離開。

「朕也正打算去向母妃請安，不如便與你們夫妻一道去吧！」宣和帝起身走了下來。

「聽聞怡昌皇妹也進了宮，臣妾也有好些日子不曾見她了，不如隨皇上一同前往？」紀皇后輕輕捏捏無色的小鼻子，將他放了下來，也笑著道。

「既如此，那便走吧！」宣和帝頷首。

陸宥恒兄弟幾個都是人精，哪會不知道康太妃來意不善，而明顯的，父皇與母后是站在小皇叔夫婦這邊的，他們這些小輩自然不好去湊這個熱鬧，故而幾人便相繼告退。

無色被陸宥誠牽著走在最後，一步三回頭地往外走，視線始終落到秦若蕖身上，眼中是掩飾不住的留戀。

秦若蕖想了想，快走幾步上前拉住他，湊到他耳畔輕聲許諾。「明日我便讓陸修琰接你來玩。」

無色眼神頓時一亮。「當真？」

「當真，不信打勾勾。」

「好，打勾勾，騙人是小狗。」小傢伙伸出肥肥短短的小手指。

「不敢勞小皇叔，明日我便親自把鑫兒送到端王府，只是怕叨擾了小皇嬸。」陸宥誠笑咪咪地插嘴道。

「不叨擾不叨擾，他能來我很高興。」秦若蕖連連擺手。

早已停步回頭看著這一幕的宣和帝等人，均戲謔地望向一臉無奈的陸修琰。

陸修琰直想嘆氣。這丫頭當真沒有一點新婚的自覺，明日？好歹他們如今還是新婚燕爾，他難得地得了假期，還打算好好地陪她些日子。

「好了好了，太妃娘娘還等著呢！」藉著寬大袖口的掩飾將那柔若無骨的小手抓在手中，他道。

秦若蕖有些害羞地掙了掙，掙不脫，便也隨他了。

康太妃的臉色在看到宣和帝時當即便沈了下來，冷笑一聲，不陰不陽地道：「如今我這仁康宮倒成龍潭虎穴了。」

「龍潭虎穴也擋不住大夥請安的腳步，可見母妃福澤。」怡昌長公主見狀，連忙笑著打圓場。

女兒的面子，康太妃自然還是給的，聞言也只是淡淡地笑了笑。

宣和帝與紀皇后也不放在心上，向她請了安後，夫妻兩人各自落坐，陸修琰方帶著秦若蕖上前，恭恭敬敬地朝康太妃行了禮。

「這便是端王妃了？果然好模樣，難怪端王連常、呂、賀三家的姑娘都瞧不上。只是如今既進了皇家門，那一言一行自當遵從皇家規矩，早日為夫家開枝散葉，綿延子嗣才是。」

「多謝太妃娘娘提點。」陸修琰還來不及說話，秦若蕖已盈盈福身回道。

他有些意外地望了她一眼。

見她一副軟弱可欺的模樣，康太妃懶得再理會，轉頭衝著宣和帝道：「我聽說盧家那老匹夫帶著他那孽子到你跟前請罪，可有此事？」

宣和帝輕咳一聲，望了望瞬間僵了身子的怡昌長公主，無奈道：「確有此事。」

「讓他們父子死了這條心，不將那賤婢母子處置乾淨，休想怡昌再跟他們回去！」康太妃惱道。

「母妃……」怡昌長公主難堪地喚了一聲。

陸修琰識趣地起身告辭，秦若蕖自是連忙跟上。

走在青石路上，秦若蕖左手習慣性地揪著他的袖口，邁著小碎步寸步不離地跟著他，不知怎地想到方才答應無色之事，不禁壓低聲音問：「我讓酒肉小和尚到咱們家來，你是不是不高興？」

「咱們家」這三個字如同寒冬裡一碗熱酒，瞬間便讓陸修琰暖入心肺。

他笑著道：「我疼他都來不及，怎會不高興他來？只是……」稍頓了頓，他不自在地掩嘴佯咳。「我好不容易得了幾日假，原想好好陪陪妳……」

秦若蕖心裡像是喝了蜜般，甜滋滋地道：「以後日子還長著呢，也不急在這幾日，倒是酒肉小和尚我許久不見，心裡著實想念得緊，也不知他在二皇子府過得可好。」

「是，日子還長著呢！」陸修琰含笑望著她。

秦若蕖被他看得有幾分害羞，彆扭地別過臉去。

行經一處路口，忽見前頭一名女官打扮的女子抱著幾本書迎面走來，那女子同樣發現了他們，連忙避讓路旁躬身行禮。

直到夫妻兩人越行越遠，女子才緩緩地抬頭，望著那並肩而行的儷影雙雙，眼神複雜難辨。

同樣是失了生母又不得生父疼愛的嫡出女兒，為何秦若蕖便能堂堂正正地嫁入端王府為正妃，而她只能拋開身分、投身宮廷伺候貴人，幾經艱難才有如今這立足之地？上蒼何其不公！

她緊緊地咬著唇瓣，良久，深呼吸幾下，這才轉身往相反方向離開。

坐上回府的車駕，秦若蕖突然輕呼一聲。「原來是她，我怎麼就覺得有些面善呢！」

陸修琰不解。「什麼她？」

「就是方才那位抱著書的姑娘，我認得她，她好像是什麼知府陳大人家的大小姐，芳名叫、叫……」她皺著眉努力想。「毓筱，她叫陳毓筱！」

陸修琰在記憶裡搜尋一通，確認自己不曾聽過這個名字，也不在意。

秦若蕖有些得意地又道：「嵐姨總是說我迷迷糊糊的，不長記性，可那位陳姑娘我之前只見過兩回，今日不也一眼便認出她來了麼？她怎會在宮裡？難道她也是娘娘麼？瞧著倒是不像，難道是宮女？可她不是知府大人的千金嗎，怎地會進宮當了宮女？」想了想，她有些不解，仰著臉問。

陸修琰搖搖頭，將她拉入懷中，環著她的腰懶懶地道：「她不是娘娘，也不是普通宮女，瞧那服飾打扮，應是宮中女史。」

「原來是這樣。」秦若蕖恍然，不再追問，把玩著他環在腰間的手。

片刻，忽聽身邊人問：「妳方才說曾見過那女史兩回，是哪兩回？」

「一回是陪祖母到寺裡上香時遇到的，當時她穿了一身與我顏色款式相似的衣裙，所以我印象頗深；第二回是楊知府家的小姐生辰，那會兒還有她的一個妹妹一起，她的那個妹妹好像叫……叫毓昕。」秦若蕖心不在焉地回答。

楊知府家的小姐生辰……陸修琰不自禁地回想起那日，正是那日他打消了初時對她的懷疑，而事實證明，他初時的懷疑是正確的。

只是……他若有所思地望望懷中的小妻子，想到昨夜那一場意外，眸色漸深。

若他沒有記錯，純真嬌憨的小芋頭可是不會武的，昨夜雖是睡得沈，可憑他的反應及身手，是絕不可能會被一個手無縛雞之力的弱女子推下床的。

而且……他努力回想那一幕，心口一跳，下一刻又皺起了眉。

也許是他眼花了。

「陸修琰，陸修琰……」臉頰突然生起的一絲痛楚讓他回過神，無奈地望望掩嘴偷笑的妻子，伸手揉揉被掐得有些疼的臉，沒好氣地道：「妳這壞ㄚ頭，簡直無法無天了，連夫君都敢作弄。」

「就准你掐人家臉，還不准人家掐你了？霸道！」端王妃不樂意了，輕哼一聲道。

陸修琰輕笑，討好地在她臉上親了親，一臉寵溺地道：「好好好，王妃想怎樣都行。」

罷了，自認識她起，他便知道她是怎樣的人，冷漠狠戾也好，單純率真也罷，於他來說，不過是性情比常人古怪些罷了。

他看中的姑娘，性子有些特別，僅此而已。

只是……身為她的夫君，他是無論如何做不到讓她一個人涉險的。

二皇子府書房內，二皇子妃曹氏正體貼地為夫君按捏著肩膀。

「日後莫要拘了鑫兒的性子，只教他些必要的禮儀規矩，不教他人前失禮便可。」陸宥誠忽地道。

曹氏愣了愣，一時不明白他這是何意，斟酌著道：「鑫兒畢竟在山野中長大，性子難免跳脫了些，若不嚴加管教，怕是……」

「無妨，我瞧這孩子倒不是全然不懂事的，況且，皇室當中規規矩矩的皇子、皇孫還少嗎？父皇說不定就是喜歡鑫兒這般性子跳脫的孩子。」

且看今日父皇的態度便知，鑫兒那般自然而然地爬到他膝上坐著，他在下頭都捏了一把汗，孰料父皇卻是瞧著甚喜他這般對待。放眼皇族當中，便是皇兄的那個嫡子——曾經的皇長孫陸淮睿亦不曾這般隨意地被父皇抱坐在膝上。

他的兒子既然已經是特別的了，為何不繼續讓他特別下去？父皇喜歡，小皇叔護著，小皇嬸寵著，又有何不可？

曹氏點點頭。「妾身明白了，不會再過於拘著他便是。」

「妳做事我自是放心的，先回去吧，我到西院瞧瞧去，蓉兒這幾日瞧著精神不大好。」陸宥誠拍拍她手背，起身道。

「是。」曹氏應下，望著他離去的背影，冷笑一聲。

精神不大好？矯情爭寵才是真！折騰吧，她倒要瞧瞧同樣有孕在身的李側妃可會容她在眼皮底下蹦躂！

二皇子陸宥誠膝下三子一女，長子自然便是曾經的無色大師如今的陸淮鑫，五歲的次子陸淮哲乃東院側妃錢氏所出，三子陸淮昆今年才兩歲，生母是東院庶妃張氏，唯一的女兒則是西院側妃李氏所生，數月前剛過四歲生辰。

如今李側妃與同居一院的庶妃姚氏一同有孕，彼此都憋住一口氣想生個兒子，同樣地，亦使勁持孕爭寵，故而西院隔三差五便會鬧出點事來，今日李側妃頭疼，明日姚庶妃胃口不好，妳來我往各不相讓，真真好生熱鬧。

出了書房門，她也懶得去看西院的熱鬧，繞著後花園的荷池緩步而行，忽聽一陣低低的說話聲，她止步細聽，認出說話的是東院的張庶妃。

「……我是替姊姊不值，明明哲兒才是長子，卻莫名其妙地成了次子，倒被一個不知從哪蹦出來的野孩子壓在頭上。」

「妹妹這話在我跟前說說倒也罷了，人家可是皇上親口承認的皇長孫，可不是什麼野孩子；再說，長變次，大殿下夫妻倆也沒說什麼呢！」是錢側妃的聲音。

兩道聲音越來越遠，漸漸地再聽不見，曹氏緩緩地從假山後走出，嘴角微微勾了勾。

是了，陸淮鑫的回歸，皇長孫身分的重獲，最受影響的應該是大皇子妃所出長子，原本的嫡長孫身分如今被人生生壓了一頭去。

另一個心裡不痛快的，自然是東院錢側妃。她的兒子陸淮哲當了二皇子府將近五年的大公子，在張氏生下陸淮昆前的三年，這個孩子就是二皇子府的獨苗，集萬千寵愛在一身，連他的生母錢側妃亦氣勢變盛，不將她這個正妃放在眼裡。

接著陸淮昆的出生分去了陸淮哲的寵愛，再到如今陸淮鑫的歸來，連她引以為傲的長子生母身分都被奪了，教她怎不惱！

抬頭望望湛藍的天空，曹氏心想，這府邸的天也該變一變了……

如今的她可再不是無子正妃，她有兒子，她的兒子還是得了聖寵的皇長孫！

卻說陸修琰夫妻兩人回了府，因為知道此處便是自己日後的家了，秦若蕖歡歡喜喜地拉著夫君到處走，美其名是認認新家。

陸修琰也隨她，任由她拉著自己這裡看看、那裡瞧瞧，只覺得平日瞧來無甚特色的府中景色，如今有了身邊人的陪伴，瞧著竟像是亮了起來。

「陸修琰，那個院子是何人住的？」見一座相當別致的小院掩於花木當中，秦若蕖不禁好奇地問。

「那是無色大師暫住之處。」陸修琰望了一眼回答。

「那院子裡肯定有種著果樹，要不就是果樹種的地方離它非常近！」秦若蕖的語氣相當肯定。

陸修琰輕笑出聲，輕捏了捏她的臉蛋。「本王的王妃果然聰慧有加，一猜便中。」

秦若蕖得意地抿嘴一笑。「酒肉小和尚那貪吃鬼，難道我還不了解他嗎？」

陸修琰啞然失笑。

這倒也是，過去一年多時間，這兩人大多數時候都湊到一處，估計他的小妻子了解那小傢伙比了解他這個做夫君的還要多。

走走停停不知多久，秦若蕖終於覺得累了，見前方有座涼亭，遂拉著陸修琰三步併成兩步地走過去。

在亭中石凳坐下，背靠著石柱總覺得有些不舒服，她乾脆靠在身側男子的身上，瞇著眼睛感受清風拂面的愜意。

陸修琰無奈地摟著她，讓她靠著自己的胸膛。時值秋之季節，正是疾病多發之時，這丫頭貪涼的習慣可不好。

半晌，一陣淺淺的均勻呼吸聲從懷中傳出，他低頭一看，發覺對方竟不知何時睡了過去。

他低嘆一聲，摟緊她四下望望，見此處離自己的書房不遠，乾脆將她打橫抱起，抄小路而行，很快便到了書房。

將熟睡的妻子安置在書房內間自己往日歇息的床上，又為她蓋好錦被，見她睡得臉頰紅彤彤，唇邊含著一絲甜絲絲的笑容，心中一軟，低下頭去在她臉蛋上親了親。

走出外間，一時閒來無事，他乾脆翻出往日卷宗察看。

一宗宗記載詳盡的人命官司看過去，他的眉頭漸漸蹙緊，正有些失神間，一聲「啪」的落地聲讓他回過神來。

他低下頭一望，原來一卷薄薄的卷宗掉到地上。

彎下身便要去撿，手觸及卷宗之時，他一下便僵住了。

少頃，他抿著雙唇將那卷宗撿了起來，放在書案上，眼睛一眨也不眨地盯著那無字的封面，久久沒有動作。

時間一點一點過去，終於，他緩緩地伸出手去，輕輕翻開。

劉梁氏，周氏之僕婦，死時衣衫無破損之處，喉嚨之傷乃致命……

他陡然合上卷宗，閉著眼睛深深地吸了口氣。

只一眼，他便知道當中所記何案，那是周氏主僕及那呂洪死亡的記載，也是他自執掌刑部以來唯一一樁沒有破的案，甚至不自覺想將其塵封的案件。

可是如今他卻不能再刻意無視，只因不知道什麼時候，他的妻子會再追查此事。這幾人之死是何人所為，他心中沒有底，有一點卻非常肯定，那人必然能讓他顧忌幾分，否則以他對長義的了解，若非不得已，他是絕不可能背著自己或參與、或放縱那幾人之死。

「陸、陸修琰，陸修琰……」突然，裡間傳出女子似是帶著哭腔的聲音。

陸修琰一驚，立即扔下手中卷宗，大步往裡間走去。

「阿蕖。」

「陸修琰……」還未行至床邊，原本在床上安眠的新婚妻子便已撲到了懷裡，他連忙抱著她，感覺懷中的女子在他胸膛上蹭了又蹭，似是要確認他的氣息。

「怎麼了？」他親親她的頭頂，輕聲問。

「我方才作了個惡夢，夢見你不要我了。」帶著幾分委屈、幾分後怕的嬌軟嗓音。

陸修琰愣怔，隨即搖頭失笑，將她抱到床上坐了下來。

他雙手撐在她的身側，如墨般的眼眸緊緊地鎖著她，無比溫柔地道：「我千辛萬苦求來的妻子，又怎會捨得不要？夢都是反著呢！」

秦若蕖依戀地環著他的脖頸，嫩滑的臉蛋貼著他的，軟軟地道：「你不知道，夢裡的你可嚇人了，不管我說什麼都不聽，轉身就走，也不管人家在後頭拚命地追，拚命地叫。」說到後面，她的聲音裡不自禁地添了幾分委屈。

陸修琰輕聲安慰了片刻，見她一個勁地往自己懷裡鑽，緊緊地抱著他不肯撒手，分明是餘悸未消的模樣，心思一轉，側過頭去無比憐愛地含著她的唇瓣，輾轉吸吮，柔情密愛……

本想淺嚐輒止，可一觸及那柔軟的唇舌，內心的渴望便如潰堤的河水洶湧而出，只想緊緊地抱著她，將懷中嬌小柔弱的身子揉入自己懷中。

他親得又深又重，讓秦若蕖幾乎透不過氣來，整個人暈暈的，環著他脖頸的手也漸漸變得虛軟無力。

此時此刻，什麼惡夢、什麼害怕、什麼委屈再想不起來了……

當兩人衣冠整齊地從書房出來時，秦若蕖的臉已經紅得似是要滴出血來，一路上都是低著頭不敢看人。

陸修琰莞爾，看著她這嬌羞無限的勾人模樣，只覺得心裡癢癢的，險些忍不住將她再摟入懷中恣意品嚐。

只是，白日宣淫終是有失莊重，今日已是過了。

不知怎地又想到她方才那個惡夢，濃眉微微蹙了蹙，可很快便拋在腦後。

她是他二十多年人生當中唯一想擁有之人，是他耗費無數心思才得以名正言順地攬入懷中的人，他連對她生氣都不捨得，又怎捨得不要她……

夢，總是相反的。

第二十三章

瞧過了府中各處景致，自然還得要認認府裡的人。用過膳後，自有前院後宅各管事領著人前來拜見女主人。

端王府的下人說多不多，說少也不算少，人人都有差事在身，並無閒暇之人，唯獨讓素嵐青玉奇怪的，便是端王貴為親王之尊，身邊居然連個貼身伺候的丫鬟都沒有。

陸修琰靜靜地坐在一旁喝茶，看著小妻子居然有模有樣，還懂得恩威並用地一一見過眾人，一時嘖嘖稱奇。

這丫頭莫非是大智若愚？若是她果真有此管家之能，他會非常樂意將府中一切交託於她；若她不願費心思倒也無妨，他自會將一切安排得妥妥當當，不教她為難便是。

手一揚讓眾人退去後，接過青玉遞過來的茶飲了幾口，秦若蕖眨著亮晶晶的眼睛望著他一臉討賞地問：「我是不是很厲害？」

陸修琰直接笑了出來，捏捏她的臉蛋毫不吝嗇地誇獎道：「本王的王妃自然厲害。」

端王妃瞬間笑出一臉花。

陸修琰心中愛極，瞧著沒人留意，突然探過身去飛快地在她唇上啄了一記，當即便讓她羞得低下了頭。

陸修琰微微一笑，又道：「府裡原還有兩人，不過我讓他們隨著鑫兒到二皇子府去了，明日他們也會跟著鑫兒一齊過來。」

無色大師在端王府住了那般久，自然少不了撥些人去伺候，想到小傢伙那跳脫的性子，他特意挑了一名有些武功底子的小廝陪他四處跑，另撥了一名侍女與梅氏兩名舊人一起照顧他日常起居。

秦若蕖羞意難消，紅著臉「嗯」了一聲，表示知道了。

陸修琰笑著牽過她，夫妻兩人回了正房。

進了屋，秦若蕖便掙開他的手，快步朝那花梨木雕龍紋長桌走去，將上面擺放著的玉瓶往左邊移了移，末了還退後幾步，認真地觀察片刻，而後環顧一周，「噔噔噔」地走出幾步，將一處的青釉蘭花圖案的玉瓶左左右右地移幾寸，下一刻又將百寶格的四柱式爐往裡頭推了推，來來回回忙得團團轉，口中還唸唸有詞嘀咕不止，直看得陸修琰目瞪口呆。

這丫頭是怎麼回事？怎地就這般喜歡擺弄這些東西？

不知多久，見她終於停了下來，滿意地望著重新歸位的各式物品點了點頭，他正要上前，忽又聽她「啊」了一聲，隨即又是「噔噔噔」的腳步聲，待他回神時，已見她正撫著下頜、一臉為難地望著寬大的床上那兩個並排放著的枕頭。

「……有兩個，應該怎樣放呢？」好不苦惱的語氣。

以往她的床上都只放一個枕頭的，如今有兩個，每個應該離床邊、床頭多遠呢？還有它們之間距離應該隔幾寸呢？

眼角餘光看到陸修琰施施然坐在圓桌旁，端著茶盞呷著茶，將茶水飲盡後，隨意地把茶盞那麼一放。

她忍了又忍，終於忍不住提醒道：「陸修琰，那茶盞應該往裡頭再移三寸。」

「咳咳咳……」陸修琰當即被嗆了個正著。

秦若蕖無奈，只能暫且放下枕頭擺放的問題，朝他快步走過去，先是抬手將那茶盞往裡推了三寸，這才拍著他的背，好不關切地問：「可嗆著了？慢些喝嘛，又沒人跟你搶。」

陸修琰輕輕推開她的手，拭了拭嘴角，問：「方才妳在做什麼呢？為何要擺弄那些東西？」

「它們全都離了各自位置啊，我就把它們移回去。」秦若蕖一臉理所當然。

要不是嵐姨曾再三叮囑過她，說嫁了人便再不能只顧著自己的喜好，她還想把這屋裡的桌桌櫃櫃箱箱甚至連床都換個位置呢！

不過，誰讓她是會顧及夫君喜好的妻子呢，陸修琰既然喜歡這樣擺便算了，她只管小件的。

「各自位置？什麼位置？何來位置？」陸修琰糊塗了。

「喏，你瞧，這茶盞呢就應該放在離這邊半尺兩寸，那玉瓶呢，應該放置在左右正中央離後邊五寸，還有那……」盡責的妻子立即滔滔不絕、無比詳盡地向他解釋說明屋內每一物應該待的位置。

「……就是那兩個枕頭，我得再想想它們應該怎樣放，以前我床上只有一個的。」最後，王妃娘娘還是有些愁。

陸修琰簡直嘆為觀止。這丫頭當真了不得，昨夜才擺弄這些，今日便已經全記下了？

「還有你坐的這繡墩，記得到時候把它放到離左邊那桌腳一尺距離。」想了想，她又不放心地叮囑了一句。

陸修琰被堵得險些岔氣。

一番動作過後，端王妃望著屋內回歸原位的各式擺設，終於心滿意足地展露了笑容。

陸修琰無奈搖頭，正想伸手去取茶壺給自己倒杯茶，想了想又放棄了。

鬼知道這茶壺又該放離桌邊幾寸啊！

他重重地嘆了口氣，突然覺得頭有些疼。看來他得花些時間與心思把這屋裡大小物品的位置記下來，只是，他可以做到嗎？

望著滿屋大大小小、零零散散數之不盡的擺設，他突然有些不確定了。

「阿蕖，妳以往在家中，屋子都是何人收拾的？」

「多是青玉，偶爾會是嵐姨，其他人太不長記性了，總是記不全東西的位置。」一提到這，秦若蕖便難掩抱怨。

一院子的丫鬟沒一個有青玉那樣的好記性，可愁死她了。

陸修琰沈默，有一種很快自己也會淪落成她口中「不長記性」那種人的強烈感覺。

他可是曾有「過目不忘」美譽的端親王啊！

「阿蕖。」

「嗯？」

「我覺得這屋裡放的擺設多了些，簡單是美，多了便給人凌亂之感，那些什麼壺啊瓶啊之類的放著也是占地方，不如全收入庫房裡存著吧！」

「……陸修琰。」

「在呢！」端王殿下微笑。

「你記性也不大好吧？」端王妃一臉「看透你了」的表情。

陸修琰笑容一僵，佯咳一聲。「妳若喜歡，那便留著吧！」

秦若蕖格格笑著撲入他懷中，摟著他的脖子得意地脆聲道：「你就是哥哥常說的打腫臉充胖子——死要面子活受罪。」

不待陸修琰再說，她又相當好心地補充道：「放心，人家自然會幫你的，你記不住也沒關係，還有我嘛！」

說完，倒在他懷裡直樂個不停。

陸修琰又好笑、又好氣，這壞丫頭就這般喜歡取笑他？

陸修琰雖貴為親王，但貼身之事均是親力親為，便是這後院，他往日也甚少回來，多是宿在前院的書房處。

如今有了妻子，自然一切都不同了，但凡貼身的，他必定要讓秦若蕖來伺候，當然，還是故意逗弄她的用意居多。

這會兒用過晚膳，兩人又到院子裡閒步消食半個時辰，回到正院，素嵐早已命人準備了乾淨衣物供兩人沐浴後更換。

「你先洗，夫君為先嘛！」秦若蕖頗為大方地朝他揮揮手。

陸修琰輕笑。其實他不介意與她一起洗，不過這話若說出來，這丫頭的一張臉只怕要紅好長一段時間了。

端王府座落的位置是宣和帝親自擇定的，府中正院淨室砌一石池，池水引自宮中承恩殿，乃是天然熱泉水，據聞頗有奇效。只因當年有好長一段時間陸修琰醉心武學，身上大大小小的傷不斷，宣和帝心疼不已，便特意引了這泉水。

「那便多謝夫人了，只是，夫人可不能偷看哦。」他忍著笑，一本正經地提醒。

「誰、誰要偷看了，盡、盡會誣衊人！」秦若蕖用力跺了跺腳，氣呼呼地大聲反駁。

陸修琰朗聲笑著繞過屏風，不一會兒的工夫，窸窸窣窣的脫衣聲便傳了出來。

聽著那陣聲音，不知怎地便想到白日書房裡的那場旖旎，她的頰畔漸漸地升起了紅霞。

秦若蕖捧著紅撲撲的臉蛋，心臟「撲通、撲通」地跳得越來越急促。

片刻之後，脫衣聲停了下來，水聲卻久久沒有傳出來。

她愣了愣。怎麼回事？難道出什麼事了？

她再忍不住急步衝了進去，偌大的淨室內，竟然空無一人。

「陸修琰、陸修琰，你在哪兒？陸修琰、陸——」聲音戛然而止，整個人被人攔腰抱離了地面，背後貼著熟悉的溫度，一下子便讓她鬆了口氣。

下一刻，陸修琰戲謔的低沈嗓音便在她耳畔響著。「壞丫頭，還說不偷看？」

「誰偷看了?還不是你作弄人家，壞透了！」她拍著腰間大手，嬌嗔地道。

陸修琰笑著也不反駁，抱著她踏下池子石級，嚇得她在他懷裡直掙扎。「不不不，我還穿著衣裳呢！」

「無妨，本王甚是樂意代勞。」陸修琰將她放在池中石級上，伸出手就要解她的衣帶。

秦若蕖拍開他的手，顧不得已經被水弄濕了的裙襬便急急地跑了上去，一面跑還一面紅著臉回頭啐道：「想得美，壞蛋！」

望著一溜煙跑掉的妻子，陸修琰再忍不住哈哈大笑。

芙蓉帳裡春意濃，好不容易雲收雨歇，鴛鴦交頸而眠。

月光透過紗窗一點一點照入，溫柔地給地面鋪灑一層淺淺的銀紗，越發顯出夜的寧靜。

佈置喜慶的大床上，原本枕在男子臂彎處好眠的女子緩緩地睜開了閉著的眼睛，乍一對上男子的臉龐，臉色一變，立即就要伸手去推，卻在手掌即將觸到男子胸膛前止住動作。

端王……是了，她險些忘了，秦四娘已經嫁入端王府，是名正言順的端王妃，自然不會再如以前那般獨自一人就寢。

她強忍著想將眼前人推開的衝動，在心裡一遍遍地告訴自己要早些適應，畢竟秦四娘與他已經是夫妻，共臥一床是最尋常不過之事。

可是，鼻端縈繞著的是男子特有的氣息，那健壯的手臂霸道地環著她的腰，將她摟向他的胸膛，動作是那樣的理所當然，彷彿她天生便應該在他的懷中，卻讓她越發不自在，似乎空氣裡也飄著身邊這人的氣息，將她團團包圍，讓她逃脫不得。

這樣的感覺，很陌生，也讓她非常不安。

她是在夜幕之下行動的復仇者，已經習慣了孤清冰冷，如今卻彷彿置身於一團火爐當中，熱得她幾乎透不過氣來。

她想掙開他的束縛，或許是感覺到她睡得不安分，陸修琰甚至還將臉貼著她的額頭蹭了蹭，大掌似哄著孩子般在她背上輕拍了幾下。

她身體僵直，臉色白了青，青了又白，尤其是感覺自己胸前柔軟緊緊地貼著對方的胸膛，臉「騰」的一下便紅了；更有甚者，身體某處隱隱的痠痛襲來，那種難受非常陌生，卻使得她臉色幾經變化……

下一刻，眼眸冷光褪去，取而代之的是懵懂不明，而後眼眸緩緩地又再度閉上，身子亦往那厚實溫暖的胸膛依偎過去，臉蛋貼著他的心口蹭了蹭，不一會兒的工夫，女子淺淺的均勻呼吸再度發出。

她發誓，再不在秦四娘與端王獨處時出現了，尤其是夜間！

一夜好眠，陸修琰準時在平日醒來的時辰睜眼，望望仍舊睡得香甜的妻子，嘴角微微上揚，在那嫣紅的唇瓣上輕啄了啄，小心翼翼地掀被趿鞋下床。

秦若蕖迷迷糊糊地醒來時，偌大的床上已經只剩下她一人了。聽到腳步聲，她抬頭一望，神清氣爽的陸修琰正朝她走過來。

「醒了？」練完武又沐浴過，他的身上帶著皂角的淡淡清香。

秦若蕖偎在他懷裡蹭了蹭，聞著那令人安心的熟悉味道，含含糊糊地應了一聲，小小地打著呵欠問：「怎麼這般早便起了？」

這人昨晚折騰了她大半宿，今日又是一大早起來，當真是鐵打的不成？

「都習慣了。」陸修琰心滿意足地摟著她，在她軟綿綿的身上這裡揉揉、那裡捏捏，神情是說不出的舒爽。

晨起習武是自幼便養成的習慣，長年累月下來，早已刻入骨子裡。

秦若蕖一個激靈，連忙推開他在自己身上作惡的手，靈活地從床上跳了下來，連鞋也來不及穿便衝著外間喚了聲「青玉」。

話音剛落，青玉便已捧著洗漱的溫水走了進來。

陸修琰微笑著坐到一旁，順手給自己倒了杯茶，不時抬眸看看對鏡理妝的妻子。

左右看看鏡中的自己，秦若蕖滿意地點點頭，扶簪回眸問：「好看嗎？」

「好看。」陸修琰笑著誇讚，當下便見她那雙明亮杏眼彎成了兩輪新月。

秦若蕖相當自然地將手遞到他的掌上，兩人攜手走出幾步，她忽地回頭，叮囑正在收拾屋子的青玉。「枕頭之間不必留距離，其他照舊。」

青玉一愣，隨即笑道：「王妃放心，青玉都明白。」

不必留距離？瞄了一眼那兩個緊緊地挨在一起的枕頭，陸修琰微微一笑，將手中柔若無骨的小手握得更緊幾分。

不錯，他們是彼此最親近之人，實在不必再分出一段距離來。

兩人剛用完早膳，便有府中下人來稟，說是二殿下與皇長孫到了。

秦若蕖眼睛頓時一亮，渴望的眼神望向身邊人。

陸修琰慢條斯理地取過一旁的帕子拭了拭嘴角，不疾不徐地道：「請他們到前廳裡候著。」

「是。」

「酒肉小和尚都來了，你怎麼還慢吞吞的呀！」秦若蕖不滿他的慢動作，鼓著腮幫子瞪他。

「急什麼，還怕他會跑了不成？剛用過早膳，得慢走消食方是養身之道。」端王的道理總是一套套的。

秦若蕖嘀咕幾句，只是也拿他沒辦法，唯有放緩腳步跟著他。

沒耐性的無色大師等了好一會兒便不耐煩了，若非父親在身旁，他必會自己跑進去找人。想當初在岳梁，他還不是一個人溜到秦宅裡找芋頭姊姊的，甚至連門都不走，直接攀著窗櫺爬進去，也沒見秦施主與芋頭姊姊說什麼呀！

城裡人就是麻煩！他暗自嘀咕。

終於，端王夫婦一高一矮的身影出現在廳裡，陸宥誠正欲起身見禮，忽覺眼前一花，便見兒子如同小炮彈般直直往端王妃衝去，一把抱著她的腰，一聲喚得比一聲響亮。「芋頭姊姊、芋頭姊姊……」

秦若葉一個不察被他撲個正著，身子下意識地往後退了幾步，虧得陸修琰眼明手快地扶穩她。

「大師，你可是當師叔祖的人，怎能這般不穩重？」沒好氣地瞪了正撒嬌的無色大師一眼，陸修琰臉上布滿了無奈。

秦若葉笑咪咪地摟著那圓滾滾、暖呼呼的小身子，一會兒又伸出手在他的腦袋上摸了摸，滿是遺憾地道：「酒肉小和尚，你長了頭髮我好不習慣啊！」

以前光溜溜的腦袋瓜子多好看啊！哪像如今這般，摸著都嫌扎手！

「我要剃頭，嬤嬤不讓，母親也不許，爹爹更不肯，我也沒法子啊！」無色心裡更委屈。

陸宥誠想喝斥的話在看到端王夫婦的表現後，一下子便嚥了回去，輕咳一聲上前幾步。

「鑫兒，休得無禮。」

無色努著嘴「哦」了一聲，乖乖地回到他身邊站好，學著他的模樣老老實實地行禮。

「鑫兒給皇……請安，給皇……請安。」

陸修琰好笑，哪會不知道這小傢伙是故意模糊了那兩個稱呼，說來說去，無色大師就是拉不下臉。

「給誰請安？本王怎麼聽不清楚呢？」他裝出一副狐疑不解的模樣，存心逗他。

無色的嘴噘得更高了，磨磨蹭蹭的就是不肯清楚明白地叫出來。

還是秦若葉心疼他，直接拉過他到身邊，順手從桌上拿起一塊飄著誘人香味的糕點塞進他嘴裡，笑咪咪地問：「好吃嗎？」

「好吃。」小傢伙吃得眉開眼笑。

陸修琰無奈笑笑，便也隨他。

陸宥誠嘴角帶著笑意，朝他拱了拱手道：「讓小皇叔見笑了。」頓了頓又識趣地道：「姪兒還有要事在身，便不久留了，晚些再過來接他。」

「不急，你有事便忙去吧！」陸修琰不在意地擺擺手。

叮囑了兒子幾句，又吩咐身後一男一女兩名下人好生伺候大公子，陸宥誠方告辭離去。

端王府後花園涼亭內，秦若蕖與無色坐在石級上，兩人當中隔著一只精緻的食盒，食盒裡卻是空空如也，餘下的縷縷甜香順著風飄送向遠方。

「芋頭姊姊，妳來京城之前可曾見過我師父與眾位師兄他們，他們可還好？可有天天想我？」無色摸了摸圓滾滾的小肚子，抹了一把嘴巴問。

「住持與幾位大師都挺好的，至於他們有沒有天天想你，這個我就不清楚了。」秦若蕖老老實實地回答。

無色托著腮幫子，小大人般嘆了口氣。

「舊人又哪及新人，師兄他們想必又收了不少徒弟，想來也沒時間想我了。」聲音有些悶悶的。

秦若蕖撓撓耳根，一時不知該如何安慰他。

「芋頭姊姊，我真想他們……」小傢伙也不在意，滿懷惆悵地又道了句。

「你爹爹他們待你好嗎？」秦若蕖摸摸他有些扎手的腦袋，關心地問。

「爹爹很少在家，母親整日忙，也沒空陪我，每回見了我都要考我學問，我又不想當酸秀才，做什麼要學那些？早知這樣，當初說什麼也不答應跟陸施主到這兒來了，不只天天要寫字唸書、學這個、學那個，還成了所有人當中輩分最小的，連妳也成了我叔祖母，太過分了，人家可是當師叔祖的人！」說到後面，小傢伙的聲音越發響亮，越發不滿。

這回進城，當真是虧大了！

「我也虧啊，人家還很年輕呢，就要當祖母了。」秦若蕖同樣很不滿，癟著嘴，相當委屈地接了話。

正走過來的陸修琰聽到兩人這話，又是好笑、又是無奈，他停下腳步，定定地望著那一大一小的兩道身影，看著秦若蕖體貼為小傢伙擦手，不時還為他拂去飄落肩頭的葉子，眼神越來越柔和。

他的小妻子，將來必定會是一位很好的娘親。

「那你的弟弟呢？可陪你在一起玩？」片刻，又聽秦若蕖問。

「他？嬌裡嬌氣的跟屁蟲，一點都不好玩。」小傢伙一臉嫌棄。

跟屁蟲？聽到這裡，陸修琰險些笑出聲來，明白他說的必是陸宥誠的次子，五歲的陸淮誠然，對被搶了兒子長子身分的錢側妃來說，確實相當不喜無色，可孩子卻不如大人複哲。

雜，陸淮哲雖然任性，但面對這麼一個好像什麼都會、什麼都敢做的哥哥，簡直崇拜到不行。

只可惜無色嫌棄他動不動就哭，嬌裡嬌氣的，還不如身為姑娘家的芋頭姊姊，故而一點都不樂意帶著他玩；加上這個愛哭鬼弟弟還有一個每回見了自己都陰陽怪氣的娘親，他便越發不愛與他一起了。

在陸修琰的記憶當中，那個孩子的確是被嬌寵得過了些，想來也是因為前些年二皇子府只得他一根獨苗的緣故。

「王爺，大理寺楊大人有要事求見。」他正想上前，忽見前院管事急急上前稟道。

他愣了愣，腳步已轉了方向，走出幾步忽又停了下來，轉頭吩咐一旁的侍女。「若是王妃問起，便說我有事外出，一會兒便回。」

「是。」

京中人人皆知他正值新婚假期，若非真有要事，以他對那楊大人的了解，必不敢上門來尋。

而楊大人會找他的，唯有關係一人之事——被幽禁的平王陸修琮。

「……已經病了好些天，燒得一日比一日厲害，大夫也請過了，只是仍未好轉，下官無法，唯有求到王爺跟前。」楊大人一面走，一面低聲稟道。

「怎不請宮裡太醫來瞧瞧？」陸修琰皺眉，下一刻便嘆了口氣，明白楊大人的左右為難。

平王被幽禁的前幾年，一切待遇還是如同親王，不過五年前平王妃劉氏藉著母喪之機向宣和帝討了恩典祭母，途中卻突然襲擊二皇子府車駕，連累剛滿周歲的皇長孫失蹤，引得宣和帝龍顏大怒，不但下旨賜死了她，連平王的親王待遇亦一併取消，僅保留他平王的名號。

正因為如此，如今平王突然大病，民間大夫請了一個又一個均無用，奉命看管他的楊大人才頭疼不已。

雖說這位已經等同廢人了，到底是皇族血脈，萬一真的病死……

昏暗的燈光下，形容消瘦的中年男子臉色紅得異常，呼吸聲一下重似一下，陸修琰沈默地站在一旁，神色難辨。

「太醫，如何？」見太醫診完脈，楊大人忙問。

「有些麻煩，但性命卻是無憂，待下官開張方子，大人命人按方煎藥讓他服下便可。」頭髮斑白的太醫沈聲回道。

楊大人連聲道謝，親自送了太醫出門。

陸修琰一言不發地望著病床上的兄長，良久，聽見一個沙啞的聲音。「……是修琰嗎？」

「二皇兄，是我。」

平王掙扎著欲起來，卻覺渾身無力，唯有苦笑地望向他。

「除了你，我也想不出還有誰會來此處。」

陸修琰嘆了口氣，上前一步扶著他靠坐在床上。

「聽說你成了親，恭喜了，只是如今兄長我阮囊羞澀，連個像樣的賀禮都拿不出來了。」平王笑了笑，語氣輕鬆。

「你我兄弟，何須客氣。」陸修琰低聲道。

「如今怕也唯有你還認我這個兄長。」平王自嘲地道。

陸修琰一時無話，良久，輕嘆一聲道：「我已經請太醫為你診過脈了，你，好生養病……」

平王不置可否。「難為你費心，我也不過苟延殘喘熬日子罷了。」

陸修琰張張嘴，卻不知該從何勸慰。

平王也不在意。

兩人沈默半晌，陸修琰正要告辭，卻聽對方啞聲道：「我這輩子，勝也好，敗也罷，從不曾服過任何人，唯一人除外。」

「能得皇兄佩服，此人必有過人之處。」

平王並沒有接話，眼睛失神地望著前方，少頃，方低低地道：「那個人，便是懿惠皇后，你我的母后。」

母后？聽到這個意外的答案，陸修琰一時有些愣怔。

可此時平王已閉上眼睛，一副不願再說的模樣。他想了想，也不再打擾，靜靜地告辭離開。

直到關門聲響起，平王才緩緩地睜開眼睛，望向緊閉的房門，神情恍惚。

若是他也有一位清醒睿智、一心一意為他打算的生母，他的人生路是不是就會好走許多？又或者，如果當年成為母后養子的是他，如今那寶座上坐的人是不是也應該是他？

可這些都已經無法得到答案了，一切早已成了定局，他也淪為階下囚……

坐在回府的車駕上，陸修琰思緒仍有幾分混亂。

據聞，當年母后生他異常艱難，整整痛了兩日兩夜才將他生下來，而他落地幾個時辰之後，母后便因生產血崩而亡。

他對母后的印象，多是從父兄口中及史書記載中得來，知道她是一位舉國稱頌的賢德皇后，父皇愛重非常，兄長們敬重有加，幾乎所有讚美的詞語都落到了她身上。

她留給自己的，唯有在孕期時親手為他縫製的幾套小衣裳及兩雙虎頭鞋。拳拳愛子之心，便從那一針一線中體現出來了。

他想，不能承歡母后膝下，大概是他這輩子最遺憾之事。

走在府中花園的鵝卵石小路上，遠遠便見秦若蕖朝自己快步走來，走得近了，揪住他的袖口嘶著嘴道：「你怎地才回來？酒肉小和尚都走了，人家還想留他在家裡住些日子呢！」

將扯著袖口的小手拉下來包入掌中，他好脾氣地笑著道：「兩府離得又不遠，不過幾刻鐘的路程，妳何時想他了，讓人把他接過來便是。」

陸宥誠是個人精，哪會這般不識趣地將兒子留下打擾他夫妻的新婚生活。

秦若蕖遺憾地嘆了口氣，悶悶地道：「我怎麼突然覺得京城還不如岳梁好，酒肉小和尚也不能像在寺裡那樣自由了。」

「他快七歲了，以後也會慢慢長大，自然不能像幼時那般輕鬆自由。況且……」他捏捏她的臉蛋，沒好氣地道：「難道在妳心裡，我的地位還不如無色大師？」

秦若蕖蹙著眉頭，一副認真思索的模樣。

見她居然真的要思考對比，陸修琰頓時氣得笑了。

「沒良心的壞丫頭！」氣不過地瞪她一眼，他故意板著臉，背著手一言不發地朝前走。

秦若蕖撓撓耳根，連忙邁著小碎步跟上，亦步亦趨地跟在他的身後進到屋裡，見他仍舊板著臉，想了想，上前環著他的脖頸，坐到他的膝上。

「陸修琰……」拖長尾音撒嬌地喚了一聲。

美人主動投懷送抱，陸修琰心裡舒暢得很，大掌搭在她的後腰處固定她的身子，聞言「嗯」了一聲。

見他仍是無動於衷的模樣，秦若蕖抿了抿嘴，飛快地在他臉上親了親，然後害羞地將臉貼在他的頸窩處。

陸修琰怔了怔，在她看不到的角度勾起了笑容。

少頃，他又聽懷中的小妻子軟軟地道：「酒肉小和尚是朋友，你是夫君，我喜歡酒肉小和尚，但是更喜歡夫君……」聲音越來越低，竟是又害羞了。

陸修琰輕撫著她的背，眼角眉梢盡是掩飾不住的溫柔笑意，心裡暖洋洋、軟乎乎的。

他覺得這輩子真的栽在這丫頭手裡了，對她的喜歡，一日深似一日，他懷疑這樣的喜歡會不會有到盡頭的一日。

不過也無妨，她是他的妻子，愛她、寵她、呵護她，本就是夫君應該做的。

他溫柔地將埋在自己懷中的臉蛋捧起，果不其然，那白玉般瑩潤的一張俏臉早已豔若海棠，一雙明亮的杏眼泛著水氣，嬌豔的櫻唇緊緊地抿著。

他嘆息一聲，含著她的唇瓣淺淺地品嚐，引誘著它為自己開啟。

秦若蕖被他親得暈眩，整個人嬌軟無力地伏在他的懷中，任他予取予求。

良久，陸修琰方依依不捨地鬆開了她，彼此的臉均泛著熱度，四目相接，情意繾綣，下一刻，相視而笑。

「陸修琰。」秦若蕖臉蛋貼在他的心口處，聽著裡頭有力的心跳聲，唇角帶著甜甜的淺笑。

「嗯？」陸修琰親親她的頭頂，輕聲應道。

「你真好。」有些害羞，又有些甜蜜的嬌語。

「不，還不夠好……」他嘆息著摟緊她。

這般柔順、這般可人疼的小妻子，再怎麼寵也不為過；而他，做得還不夠好，搆不上她帶給自己的幸福與歡喜那麼濃烈，那般深重。

秦家在京城並無半點根基，秦季勳父子雖有功名，但均無一官半職在身。為了秦若渠的婚事，秦氏父子額外在京中購置一座三進的宅子、數百畝良田及十來間鋪子作為嫁妝，雖然比起皇室及端王府的聘禮，這些不值一提，但多年傾力積攢下來的嫁妝，足以與京城任一世家貴胄小姐的相提並論。

故而，當日秦若蕖出嫁，說是十里紅妝亦不為過。

如今，秦氏父子便暫住在岳玲瓏名下的宅子裡，等候著秦若渠三朝回門。

秦若蕖由內侍引著到了中堂，甫一抬頭，便對上父兄激動的神情，眼圈一紅，快走幾步上前。

「……爹爹、哥哥。」

「好、好、好。」秦季勳眼中淚光閃耀，抖著唇道。

在內侍的引導下，秦若蕖勉強按下激動，朝著端坐上首的父親行四拜禮，又與秦澤苡彼此見禮，陸修琰方含笑過來牽著她落坐。

下一刻，以秦叔楷為首的秦氏族人魚貫而入，一張張熟悉又陌生的面孔乍然出現，讓毫無準備的她險些驚呼出來。

秦府幾房人早已分家，而陸修琰與秦若蕖的親事從正式下訂到成婚，短短不到一年時間，加上秦若蕖又是從岳梁出嫁，而後直接到了京城，這當中根本沒什麼機會見到這些親人，故而今日是她跟隨兄長到岳梁後頭一回見到他們。

「這……」她望向一旁的父兄，見他們神色如常，再看看那些許久未見的親人。

長輩唯有秦叔楷夫婦，其餘的便是各房堂兄弟姊妹，至於秦老夫人、秦大夫人及秦仲桓夫婦這四人則不見身影。

陸修琰心知肚明，看來那位大夫人及二房夫妻還是有些廉恥之心的，只是那位老夫人……憶起當年在秦府所見所聞，他暗地嘆了口氣。

撇去秦老夫人在秦衛氏之死中扮演了什麼角色不提，至少這麼多年來，她確實是真心實意地疼愛秦若蕖這個孫女兒，否則當日長英又怎會藉故將張五公子之事捅到她跟前去；若非她真心為孫女兒著想，為了秦府前程，張家的親事應當應下，而不是大發雷霆痛斥了大房夫妻兩人，強硬拒絕了與張家的親事。

「三伯父、三伯母，大堂兄、二堂兄……」一一見過久未謀面的親人，秦若蕖歡喜得眉眼彎彎。

陸修琰的視線始終落在她身上，見她便是對著秦澤耀、秦三娘等秦伯宗的兒女亦無半分異樣，若有所思。

看來這丫頭仍是記不得那晚之事……如此也好，他的妻子只須無憂無慮地過好每一日便可。

男女各自分開，陸修琰與秦叔楷、秦季勳兄弟兩人到了書房談事，秦澤苡則負責招呼秦澤耀等兄弟去了前廳，而秦若蕖與三夫人等女眷則由岳玲瓏引著到後院正堂。

三夫人拉著秦若蕖的手落坐，見她似是有話單獨與秦若蕖說，岳玲瓏想了想，便引著秦二娘眾姊妹到園子裡賞花。

三夫人眼神溫和地上上下下打量了盛妝的女子一番，這才滿意地點了點頭道：「氣色不錯，看來王爺待妳甚好。」

「三伯母……」秦若蕖害羞地低下了頭。

「有什麼不好意思的，妳如今過得好，妳娘泉下有知也該放心了。」三夫人笑著拍拍她的手背。

秦若蕖頭垂得更低了。

三夫人為她扶了扶髮上鳳簪，頓了頓，接過一旁侍女抱在懷中的錦盒，遲疑片刻，輕輕地塞到她的手上。

感覺手上一沈，秦若蕖驚訝地望向偌大的錦盒，抬眸不解。「三伯母，這是……」

「這是妳祖母留給妳的嫁妝，臨行前她特意囑咐我帶來的。」

秦若蕖喉嚨一哽，黯然垂眸，悶悶地道：「祖母……她、她身子可好？」

「前幾個月病了一場，老人家年紀大了，身子自是大不如前，只是精神還好，聽說妳要嫁人，又從妳二姊姊口中得知王爺待妳甚好，這段日子氣色都好了不少，連飯都比從前多吃半碗。」三夫人一五一十地道。

見秦若渠低著頭不知在想什麼，她暗地嘆了口氣，卻是不知該從何處勸說。

秦府那夜驚變，誰也不敢再提，後來遭遇的一連串報復及打擊，秦叔楷也不准任何人告知秦季勳一房人；若非秦二娘被拒婚後，整日以淚洗面，鬱鬱寡歡，他也不可能將她送到岳梁去。

如今秦府出了個端王妃，什麼報復、打擊自然而然便停了下來，族中不乏有想藉端王之勢謀前程的，均被秦叔楷罵了個狗血淋頭，連他的兒子也不例外。

她只知道自己的夫君放話，誰敢打著端王府的名號在外頭行不軌之事，立即逐出家門，如此一來，幾房人也漸漸歇了這心思。畢竟，族長都放出話，表明了態度，誰也不敢去觸這個霉頭；更何況，他們雖未必清楚當日分家原因，但亦隱約聽到風聲，似乎是說他們幾房人有負四房一家。

此時的書房內，陸修琰問及秦叔楷在官場上之事，見他神情坦蕩，公私分明，更是絕口不提當初被人刻意打壓，不禁暗自點頭。

秦氏兄弟四人當中，為官者三人，除卻死了的秦伯宗、辭官的秦仲桓，唯有眼前這位是個踏踏實實、真真正正為百姓謀事的。

秦府在益安被人刻意打壓報復之事，他一清二楚，冷眼旁觀了這般久，甚至默許、放縱，也有替妻子出氣之意。

將近兩年的打壓，早就將秦府的驕傲、意氣打擊得七零八落，唯有這個秦叔楷始終不言不語，默默地盡著自己的職責，一個人支撐起風雨飄搖的秦門。

未來秦叔楷在官場上能走到哪一步，他不會干涉，但若他能一直保持這份態度，總有一日，他會在朝堂上重遇他。

與秦叔楷兄弟、父子等人用過了午膳，自然有府中下人引著他往秦若蕖歇息的屋子去。

「……二姊姊，妳也不用在此炫耀自己與她的親近，我知道，她是今非昔比，親王妃嘛，咱們拍馬也趕不上，有本事，妳倒是讓她給妳說門好親事啊，至少也要弄個誥命夫人來當當，如此方顯得妳倆是好姊妹嘛！」不陰不陽的聲音從假山石後傳來，陸修琰腳步一頓，眉頭不由得皺了起來。

「三妹妹，妳又何必說這些戳心窩子的話，我何嘗有這個意思，不過是……」是秦二娘的聲音。

「夠了！我不管妳是什麼意思，妳如今身分不同，有個當族長的爹，被人拒親又算得了什麼，說不定還是件好事，也不耽誤日後另嫁豪門……」

陸修琰聽得眉頭越發皺得緊，再也聽不下去，大步流星地離開了。

回到屋內，見妻子一臉茫然不知所措的模樣，他愣了愣，連忙走過去抱著她，親親她的臉蛋。「怎麼了？」

秦若蕖依偎著他，指向對面桌上的偌大錦盒。「祖母託三伯母給我的嫁妝。」

陸修琰只掃了一眼。「妳不喜歡嗎？」

秦若蕖搖搖頭，摟著他的腰悶悶地道：「陸修琰，我好像有些奇怪，心裡似乎很惦記著祖母，可又像一點也不想她。」

陸修琰眸色微暗。自己多少能明白這其中原因，四姑娘惦記祖母，可蕖姑娘卻對祖母心存怨惱，自然會強力壓制四姑娘的那份思念之情。

可這些，他卻不能對她直言。

他嘆息著將她抱到膝上，輕聲道：「妳若是想她，我陪妳到益安探望她。」

秦若蕖在他懷裡搖了搖頭。「我也不知道是想還是不想，反正、反正我有你就夠了……」

陸修琰胸口一窒，隨即輕笑出聲，心軟得一塌糊塗。這丫頭說起甜言蜜語來，簡直能要他的命啊……

第二十四章

回門後的次日，秦若蕖便得到了父親將啟程返回酈陽，以及兄長受命為國子監監丞的消息。

對於兄長能留在京城，她自是異常高興，只是聽聞爹爹將要離開，又有些悶悶不樂。

「爹爹為什麼不留下來呢？酈陽除了一座空空的宅子，什麼也沒有。」

陸修琰安慰地拍拍她的背，想到那日秦季勳的原話——

「澤苡已經成家，阿蕖終身亦有所依靠，我這輩子也沒什麼放心不下的了，也是時候回到自己該去的地方。」

什麼是他該去的地方？想來便是他與原配妻子一起生活的酈陽秦宅了吧！在那裡，有他此生最美好的回憶，摯愛的妻子、聰明伶俐的兒女，如今雖然一切物是人非，但回到那裡，何嘗不是抓住隨時光漸漸流逝的過往回憶。

至於秦澤苡會同意留京，他是一點也不意外。唯一的妹妹遠嫁，身為兄長又怎可能放心得下？況且，任職國子監與留在岳梁書院任教，其實也並無過多差別，一樣可以安心地教書育人、做學問。

秦若蕖並沒有去送離京的父親，並非她不想，而是秦季勳不許。她因此悶悶不樂了大半日，陸修琰心知肚明，不願看她這模樣，牽著她在後花園裡散心，還不時挑些趣事哄她，很快地，便又見她露出燦爛的笑容。

他的小妻子真的是一個非常容易滿足的姑娘。

愛戀的眼神落到身側的姑娘身上，看著那明媚的笑靨，他忍不住伸出手去輕撫著，感受那幼滑細膩的肌膚。

秦若蕖歪了歪腦袋，長而鬈的睫毛撲閃幾下，不解地望著他。

陸修琰微微一笑，長指一曲，在她鼻端輕點了點，又牽著她緩步園中。

婚後的日子平淡甜蜜又幸福，沒有繁忙的政事打擾，每日睜眼醒來第一個見到的便是身側睡顏甜美的妻子，白日陪著她或賞花、或閒逛，又或者心血來潮與她對弈一番，看著臭棋簍子撒嬌耍賴的模樣，越發引得他開懷大笑。

有時甚至什麼也不做，只是靜靜地相擁著坐在一起，感受彼此的心跳聲，也能聞到幸福的氣息縈繞周遭。每個夜晚恣意憐愛著似水般的嬌嬌姑娘，看著她在身下綻放出別樣的嫵媚風情，忍不住將她抱得更緊，直到徹底饜足，這才心滿意足地摟她入懷，沈沈睡去。

閒暇的日子總是會過去的，彷彿不過眨眼間，宣和帝許他的七日假期便已經過去了。

這日醒來不見熟悉的身影，秦若蕖一時還有些反應不過來，只是一聽青玉回稟，說王爺上朝去了，她才愣愣地「哦」了一聲。

往日都是他早早醒來，練完武、沐浴過後才親自將她從夢鄉中喚醒，摟著她半哄半強迫地親手伺候她更衣洗漱，直到她徹底清醒。

這段日子一直同進同出，同桌而食、同榻而眠，她已經習慣了身邊有那麼一個待她體貼入微，會哄她笑，也會逗她的人，如今只剩下自己一人，便是對著滿桌色香味俱全的膳食也覺得索然無味。

「唉……」她托著腮撐在桌上，望向窗外重重地嘆了口氣。

正在一旁整理屋子的青玉聞言回頭，也忍不住嘆道：「王妃，再嘆下去，妳都快要把王府都嘆塌下來了。」

「人家無聊嘛！陸修琰又不在，家裡什麼事也不用我做。」秦若蕖委屈地噘起了嘴。

那個人將一切打理得妥妥當當的，根本什麼也不用她操心。

「若是無聊，不如到園子裡逛逛？方才經過園子，見那秋海棠開花了，遠遠看去可美極了！」青玉誘哄道。

「有什麼好看的？一點兒意思都沒有！」秦若蕖撇撇嘴。

「就昨日妳還誇那園子有趣極、好看極了，怎麼這會兒就覺得一點兒意思都沒有了？」青玉驚訝。

「那不一樣，那會兒陸修琰陪著我嘛！」秦若蕖相當誠實地將心裡想法道出。

青玉怔了怔，隨即無奈搖頭。

「妳這是想王爺了，還怪園子沒意思。」

秦若蕖頓時有幾分不好意思，很快又理直氣壯地道：「他是我夫君，我就是想他又怎麼了？」

「這才分開幾個時辰啊？妳就這般、這般……」青玉簡直嘆為觀止。

秦若蕖有些彆扭地扭扭身子。

青玉扔掉手中擦布，拉過繡墩在她面前坐下，學著她的樣子雙手托腮道：「王妃再這樣懶洋洋下去是不行的，尋常百姓家的懶媳婦都要遭嫌棄呢！為人妻子要好生伺候夫君，如今妳倒是反過來了，都是王爺在伺候妳。」

秦若蕖聞言，一下子便坐直了腰，難得地皺起眉反省。

對啊，她可是要做賢慧妻子的，怎地倒變成了懶媳婦？憶起往日陸修琰待她的種種，越發心虛起來。

哪有妻子起得比夫君還要晚，便是起床也要夫君抱著哄著的？

只是很快地，她又為自己找了理由——誰讓他前一晚總是那般折騰她，讓她不能早些就寢的！不錯，就是這樣，都怪他！

心裡安慰著自己，一抬眸便對上青玉不贊同的眼神，她心虛地別過臉去，結結巴巴地道：「知、知道了，人家、人家會好好地做個賢慧妻子的……」

「……此事便照你的意思去辦吧！」將手中奏摺合上，宣和帝一錘定音地道。

「臣弟領旨！」陸修琰躬身拱手行禮。

「如今也到了該用膳的時候，不如便留下與朕一塊兒用了晚膳再回去。」抬頭望望窗外天色，宣和帝道。

「謝皇兄好意，不過家中有人盼歸，臣弟不便久留。」陸修琰微笑謝絕了他的好意。

宣和帝愣了愣，隨即沒好氣地笑罵。「果真是有了媳婦忘了兄長，只如今想讓你陪著用回膳竟也是難了。」

「宮中盼著、念著與皇兄用膳之人想必不少，臣弟便不湊這熱鬧了。」陸修琰挑挑眉道。

「走吧、走吧，回去見你媳婦去！」宣和帝懶得再與他說，如同趕蒼蠅般朝他揮了揮手。

「臣弟告退！」陸修琰相當乾脆地告辭離開。

抬眸望著那大步離去的挺拔身影，宣和帝無奈地搖了搖頭，片刻，笑嘆一聲。

美人鄉果真是英雄塚，連他這個一向冷情的弟弟亦逃不過，瞧瞧那模樣，哪還有半點當初冷面王爺的痕跡。

這便是兩情相悅婚姻的威力嗎？能將百鍊鋼化成繞指柔？

家中有人盼歸？心愛的人兒在家中盼著自己歸來，那會是一種怎樣的幸福？

宣和帝有些失神，恍恍惚惚間似是有一道俏影在眼中浮現，那人蓮步輕移，飄然而去，卻忽地止步回頭，衝他嫣然一笑……

他下意識地伸手去抓，卻是抓了個空。心，霎時變得空落落的，雙眼亦落寞地垂了下來。

兩情相悅的美好滋味，他這輩子都不可能品嚐得到了——

卻說陸修琰歸心似箭，大步流星地出了宮門，正要坐上回府的轎輦，忽聽身後有人喚。

「下官參見王爺。」

他止步回頭，認出正朝自己行禮的中年男子是鴻臚寺卿呂大人，跟在呂大人身後盈盈福身的是錦衣華裳的中年婦人及一名年輕的姑娘。

「呂大人免禮。」他無心去理會，客氣地回了句，隨即大步跨上了轎。

「回府。」

「王──」呂大人話音未落，只能眼睜睜地看著端王府的儀駕漸漸遠去。

「娘……」呂語媚委屈地扯了扯呂夫人的衣袖。

呂夫人安慰地拍拍她的手，母女兩人無奈地上了回府的馬車。

「娘，除了端王，女兒誰也不願嫁。」呂語媚低著頭，蔥白的手指絞著錦帕，輕聲卻堅定地道。

「娘明白，可如今皇后娘娘也沒個準話，端王又剛娶了王妃，怕是一時半刻也無心提側妃之事。」呂夫人哪會不知女兒心事，雖有心成全，但此事卻根本不在她的掌握。本想著找賀家一同進宮探探皇后的意思，豈料賀家卻是不動如山。

本朝慣例，正室進門三個月內不納妾，端王便是要立側妃，也得等三個月之後。三個月說長不長，說短卻也不算短……

陸修琰並不將這段小插曲放在心上，想到家中嬌媚的妻子，足下步伐越發快了。

長英望著他匆匆忙忙的步子，嘆了口氣，朝身後侍衛揮揮手。「都散去吧！」

後院內宅，自然不是他們能隨便進去的。

跨進正院，陸修琰先是止步拍了拍身上並不存在的灰塵，這才抬腿邁進正房。

「你回來了！」剛進門，便見笑靨如花的妻子迎上來，嗓音清脆動聽，聽入他的耳中，如同天籟。

他滿意地伸臂摟著她纖細的腰肢，頭一低偷了個香，引來對方一記嬌瞋。

他微微一笑，鬆開她，淨過了手，又由著她伺候著自己換上常服，這才將她拉到膝上坐下，摟她在懷，輕聲問：「今日在家裡都做了什麼？」

秦若蕖軟軟地靠著他的胸膛，聞言精神一振，在他懷裡轉過身，衝他笑得好不得意。

「我親自下廚，做了晚膳，正等著你回來呢！」見他回來，她歡喜得連忙了大半日的成果都險些忘了。

陸修琰怔了怔，笑道：「王妃親自下廚，本王確實是有口福了。」

秦若蕖抿著嘴笑得眉眼彎彎。

不一會兒的工夫，青玉臉色古怪地帶著幾名捧著食盤的侍女進來。

陸修琰愣愣地望著滿桌……嗯，特別的菜餚，一時無話。

秦若蕖揮退侍女，親自給他布菜，發現他定定地坐著也不動筷，撓撓耳根，解釋道：「雖、雖然這些菜都、都長得不那麼好看，可、可是味道、味道應該還是不錯的。王嬤嬤說了，萬事起頭難，先保證了味道再慢慢圖外形。」

陸修琰想了想，也是這個理，外表不好看，可不代表內在也不好啊！

想明白了之後，他拿起銀筷，在白瓷碗裡挾起一塊不知是何物的東西往嘴裡塞……

「怎樣、怎樣？味道可好？」秦若蕖一臉期待地望著他，眼眸閃亮。

陸修琰勉強將那物嚥下去，望望她紅撲撲的臉蛋，一雙黑白分明的眼眸眨啊眨的，釋放出「快誇我、快誇我」的意思。

他斟酌了一下用詞，緩緩地道：「味道挺……表裡如一的。」

不過，表裡如一是褒義詞，是誇獎的話，他這算是在誇她嗎？她蹙起彎彎的秀眉思忖。挺表裡如一的？味道可以這般形容的嗎？秦若蕖疑惑地撓了撓耳根。

陸修琰笑瞥她一眼，對她親自下廚為自己做晚膳的行為雖然心裡甚是熨貼，只是著實不敢再折磨自己的味覺。

「啊！」下一刻，聽見妻子一聲恍然大悟的輕呼，他微微一笑，看來這傻丫頭總算是反應過來了。

「什麼嘛，不好吃就說不好吃，還表裡如一呢！人家又不是小雞肚腸，若是不喜歡，日後改進便是。」秦若蕖噘高了嘴，不滿地嘀咕。

「不錯，嘴巴都可以掛個油瓶了，看來王妃今日確實是學得相當用心。」陸修琰笑著摟過她。

秦若蕖嬌嗔地輕捶他的胸膛。「不許笑話人家！」須臾，又皺起了眉。「奇怪了，我明明是按王嬤嬤教導的步驟做的呀，為什麼味道卻相差那麼遠呢？」

每一步該做什麼，調味該放多少都沒有錯啊，怎地就是做不出那樣的味道來呢？

陸修琰正想再安慰她幾句，眼角餘光卻瞄到素嵐帶著幾名侍女捧著食盒走了進來。

「王爺、王妃，請用膳。」

望著這一桌對比強烈的菜餚，看看素嵐望向妻子那不贊同的眼神，再低頭瞧瞧秦若蕖心虛的小模樣，他挑挑眉，看來這丫頭廚藝之差是已經過認證的。

用過晚膳，看著秦若蕖被打擊得蔫蔫的模樣，陸修琰心疼不過，摟著她安慰地親了親，輕聲道：「阿蕖，妳能為我做這些，我很開心。」

秦若蕖不解地抬眸。

陸修琰卻不再說，輕輕撫著她的臉，不時湊過去偷香，那愉悅的神情卻是怎麼也掩飾不住。

秦若蕖被他親得癢癢的，嬌笑著躲避，那密密麻麻的親吻如雨點般落下，讓她逃脫不得，她乾脆一頭撲進他的懷裡，小手在他腰間擰了擰，嗔道：「壞蛋！」

陸修琰哈哈大笑，愉悅的笑聲傳到外頭，讓正要進門的素嵐止住腳步。

她無奈地搖頭，臉上漾著欣慰歡喜的笑容。

良久，笑容漸漸斂去，取而代之的是一抹淺淺的憂色。

這樣平靜幸福的日子，會一直持續下去吧？

這一晚，秦若蕖同樣被折騰得連動一動手指頭的力氣都沒有，只能任由饜足的某人抱著她到池裡清洗，又親自伺候她換上乾淨的衣裳，其間當然免不了被吃吃豆腐，只是她也沒力氣阻止，只能咕咕唧唧地表示不滿。

陸修琰好脾氣地摟著嬌軟無力的姑娘溫柔地哄，望著那暈紅的雙頰、迷濛的眼眸、嫣紅欲滴的雙唇，以及領口處隱隱現出的朵朵紅梅，這些都是他今晚的成果，不禁心滿意足地將她抱得更緊。

翌日一早醒來，他照舊是練完武沐浴更衣過，回到內室，見床上的妻子好夢正酣，心中溢滿柔情，忍不住俯低身子，含著她的唇瓣溫柔地吮吸，在她發出一陣哼哼的不滿後依依不捨地鬆開，又叮囑了青玉等人不可打擾她，這才放心地上朝去了。

天邊霞光漸濃，府中忙碌的身影漸多，青玉正低聲囑咐著小丫鬟，忽聽裡間傳來一陣細細的響聲，當即轉身掀簾而入，果然見到原本安眠的秦若蕖醒了過來。

「今日醒得可比往常早了些，王爺已經上朝去了，吩咐不讓人打擾，王妃可要——」青玉一面熟練地挽起床幔，一面道。

「青玉，是我。」坐在床沿上的女子紅唇輕啟，清清冷冷的嗓音，瞬間便讓念叨不止的青玉僵了身子。

「蕖、蕖小姐？」她僵著脖子回頭，啞聲問。

秦若蕖冷冷地點了點頭，掀被趿鞋下地。

「蕖小姐怎地會在這時候——」青玉疑惑不解，想要問的話在對上那張無甚表情的臉時嚥了回去。

秦若蕖緊鎖著眉頭。並非她刻意挑這個時候現身，實在是迫不得已；端王與秦四娘整日膩在一起，簡直稱得上是形影不離，夜裡更是糾纏得厲害，讓她根本毫無現身的機會。

本來昨日端王婚假期滿重回朝堂，她可以挑個時候現身的，豈料秦四娘一整日都興致勃勃地在後廚跟人學作菜，連個歇晌的時候都沒有，教她毫無辦法。

少頃，陸陸續續有捧著臉盆、乾淨棉巾等洗漱用品的侍女魚貫而入，青玉垂眸不敢再說，一言不發地低著頭整理著床鋪。

秦若蕖由著下人們伺候自己更衣洗漱後，又用了些早膳，這才揮退眾人，留下青玉詢問她端王府之事。

青玉自然明白她想問的是王府守衛。

「蕖小姐，端王府的守衛森嚴，各個門都佈置了至少兩班巡邏的侍衛，若想避人耳目自由出入，怕是有些難度。」

端王府又豈是秦府所能相比的，在秦府，憑著她兩人的身手，當然能神不知、鬼不覺地進進出出；可端王府不同，哪怕一時好運躲過了巡邏的侍衛偷偷溜了出去，若再想毫無聲息地回來，怕是難了。

最重要的是，如今蕖小姐的身分是端王府內深受王爺寵愛的女主人，再不是秦府裡無人問津的四姑娘，想要自由地外出而不讓人察覺，難！

秦若蕖也明白這些，眉頭皺得更緊了。

凡事都有兩面，她想借端王妃之勢，卻忽略了這個身分帶來的關注目光，寸步難行就是她如今的狀況。

「王妃，仁康宮徐公公求見。」正為難間，忽聽侍女進來稟報。

仁康宮？她心思一動，揚聲吩咐道：「知道了，請徐公公到廳裡稍候片刻，我隨後便到。」

「藻小姐……」青玉有些不安地輕喚，卻見秦若藻對鏡理了理鬢髮，又整了整身上衣裳，逕自往外頭走去。

她想了想，連忙跟了上去，卻在門外撞上聞聲而來的素嵐。

素嵐一把抓住她的臂，將她拉到一旁壓低聲音問：「是藻小姐？」

青玉沈默須臾，輕輕點了點頭。

素嵐暗暗嘆了口氣，她果然沒有看錯，那樣的神情、那樣的眼神，只有藻小姐才會有。

正在廳內等候的徐公公聽見腳步聲，抬頭一望，連忙起身恭敬行禮。「奴才給王妃娘娘請安。」

「公公免禮。」秦若藻得體地做了個免禮的手勢，在上首落坐，含笑問：「不知公公到來所為何事？」

「奴才奉太妃娘娘旨意，特請王妃往仁康宮一趟。」徐公公躬著身恭敬地道明來意。

秦若藻先是一怔，繼而暗喜。

這算不算是瞌睡有人送枕頭？她正為眼前一抹黑而發愁，如今便有了機會。

仁康宮……謀殺周氏主僕及呂洪的幕後人，既然能讓端王有所顧忌，說不定與皇家有些關聯，是與不是，總得她親自探查探查。

同樣得知康太妃欲見端王妃的消息的素嵐，眉間憂色更濃了。蓁小姐若是留在王府倒也不怕，可進宮……宮裡人生地不熟的，是敵是友都分不清，王爺又不在身邊，萬一有個什麼事，不知該如何是好！

她憂心忡忡地看著秦若蓁帶著青玉坐上進宮的轎輦，手中的帕子緊緊地絞在一起。

跟著秦若蓁進宮的青玉同樣提心弔膽，一會兒怕自己禮儀不周讓人笑話，一會兒又怕蓁小姐做出什麼超乎意料之事，整顆心七上八下，人也有些六神無主了。

尤其是到了仁康宮，見滿殿錦衣華服的貴人，心頓時便跳得更厲害了。

她僵著身子候在殿外，聽著裡頭來來往往、請安行禮的聲音，袖中的雙手緊張得死死握成拳頭。

「看座。」康太妃一揚手，自然有宮女搬來椅子放到秦若蓁身後。

秦若蓁謝過了她，施施然落坐。

「都說端王爺娶了位佳人，如今看來果真如此，莫怪王爺寵愛，臣妾瞧著心裡也喜歡得很。」秦若蓁抬眸循聲望去，認出是方才行禮見過的江貴妃。

她略思忖一會兒，害羞地低下頭去，完全一副嬌羞的新嫁娘模樣，實際上卻是不動聲色地留意著殿內眾人。

康太妃，當今皇上生母，瞧來對端王不善；江貴妃，在後宮的地位僅次於皇后，深受皇帝寵愛，從當日江府出事而她卻毫髮無損便可得知；任淑妃，表面看來溫柔嫻靜、不言不語的，卻不知為人到底如何；還有……

「端王深受皇上器重，朝事繁忙，妳身為他的王妃，理應全心全意伺候夫君，打理家宅，免他後顧之憂。」正想得入神，忽聽康太妃語重心長地細細道來。

她連忙起身，朝她福了福。「多謝太妃娘娘教導，妾身銘記於心，必會好生侍奉王爺，不教他被家中雜事煩擾。」

康太妃點點頭。「妳能這般想便好，只是……」略頓了頓，接著道：「端王身邊唯妳一人，終究是少了些，王府雜事繁多，讓妳一人操勞也是難為妳了。先前皇上與皇后為了端王婚事幾番費心，更為他挑選了三位品貌上佳的大家千金，只待端王從中擇其一為正妃，另兩人為側妃；如今端王既娶了妳，而三人中又只剩兩人，論理也該早些定下名分才是。」

秦若蕖愣愣地抬眸，下一刻，心思微微一動。

端王若是立了側妃，分給秦四娘的時間自然便會少了，更不會夜夜宿在秦四娘處，如此一來，她豈不是有機會去做自己要做的事了？

忽地，素嵐的臉龐在她腦中閃現，當日字字誓言更是響在耳畔，她身子一僵，那些異樣心思一下子便被壓了回去，只是低著頭一言不發，既不說好，也不說不好。

「太妃娘娘想必糊塗了，本朝慣例，正室進門三月內不得納妾。」江貴妃嬌笑著道。

「這倒不算什麼，先下了聖旨，三月期滿再進門也無妨。」康太妃不以為然地道。「端王妃意下如何？」再度將問題拋給低著頭不作聲的秦若蕖。

秦若蕖心中微惱，簡直欺人太甚！

她是不介意端王納不納妾，更不介意他日後會立幾個側妃，只是，她不介意不代表著要被人逼著同意。

「母妃，六弟妹進宮來，您怎地不告訴女兒一聲。」有幾分撒嬌的聲音從殿外傳來，秦若蕖望過去，認出是那位怡昌長公主。

「妳身子未癒，這時候天氣又涼，這般亂跑，萬一再著涼可如何是好！」見寶貝女兒進來，康太妃的心思立即轉移，心疼地責怪道：「妳身邊那些個奴才都是怎麼伺候的？」

「不關她們的事，況且，來拜見母妃怎能說是亂跑？」怡昌長公主笑著道。

「妳呀！」康太妃沒好氣地戳了戳她的額。

殿中眾人自又是一番見禮。

怡昌長公主並未落坐，而是走至秦若蕖身旁，挽著她的手臂，對康太妃笑道：「前些日子聽鑫兒說六弟妹女紅了得，女兒一直尋不到機會求教，如今六弟妹既進了宮，母妃便暫且把人借給女兒吧？」

康太妃哪會不知道她是在為秦若蕖解圍，心裡雖有些不悅，但也不願拂了女兒的面子，唯有頷首表示應允。

「既如此，女兒便謝過母妃了。」說罷，不待秦若蕖反應，她直接拉著她的手，與她並肩走出了殿門。

秦若蕖任由她拉著自己一路走，殿外的青玉見狀忙跟了上去。

「六皇弟成婚得晚，母妃本就性急，又操心著子嗣之事，難免就更急了些，妳莫要放在心上。」牽著秦若蕖並肩落坐，怡昌長公主的聲音溫溫軟軟的，語調不疾不徐，極易讓人心生好感。

「長公主言重了，妾身不敢。」敵我未明，秦若蕖自然戒備，聞言也只是得體地輕聲回道。

「按輩分，妳應該與六皇弟一般叫我一聲皇姊。」怡昌長公主微笑地道。

秦若蕖略頓了頓，順從地喚了聲「皇姊」。

怡昌長公主又拉著她說了好一會兒話，語重心長，字字句句都顯示出關心愛護之意。秦若蕖不動聲色地留意著，一時半刻也找不出什麼破綻，只是她向來防備心強，自然不會輕易便相信對方。

怡昌長公主乃康太妃唯一的女兒，當今皇上胞妹，自幼體弱，性子卻極是溫柔可親，雖有生母及兄長的萬般疼愛，也從不恃寵而驕，皇室中的小輩多喜與她親近，便是宮人亦願意到她身邊伺候。

八年前，宣和帝下旨將她許配給平寧侯嫡次子為妻，婚後夫妻舉案齊眉、相敬如賓，乃京城一段佳話，只可惜因身子不好，以致成婚至今無所出。

這些都是秦若蕖這些日子道聽塗說得來，也不過聽聽，她向來習慣凡事親力親為，更相信眼見為實、耳聽為虛，加上因為周氏之事，她對皇室中人又添了幾分防備，莫說是怡昌長公主，便是陸修琰，她也未必完全信任。

「六皇弟如今想必是在御書房議事，片刻之後我便派人告知他妳在我這裡，如今還煩六弟妹陪我多聊一會兒。」怡昌長公主拉著她的手，柔柔地道。

「萬事自以國事為重，進宮請安原就是晚輩本分，若是耽誤了王爺公事，反倒是妾身的罪過了，還請皇姊莫讓人擾了他。」秦若蕖忙道。

怡昌長公主含笑讚道：「還是六弟妹想得周全，六弟妹事事以夫君為先，六皇弟能得如此賢妻，當真是天大的福分。」

「皇姊說笑了，能嫁王爺為妻，才是妾身最大的福分。」秦若蕖害羞地低下頭，眼中卻閃過一絲不耐煩。

「至於呂家與賀家兩位姑娘，妳不必太在意，她們倆我也見過，都是本分賢淑的好姑娘。」片刻，她又聽怡昌長公主道。

「多謝皇姊提點，時候不早了，妾身不敢再打擾，告辭了。」秦若蕖含笑謝過了她，起身告辭。

怡昌長公主也不多留，又說了幾句客套話，親自將她送出宮門，直到看見兩人的背影漸行漸遠，她臉上的笑意才漸漸地斂了下來。

「奴婢看太妃娘娘的意思，是打算成全呂家小姐的，否則也不會特意宣了端王妃進宮來說這事。不過這都是王爺內宅之事，況且，還不知王爺的心意是怎樣呢！公主這會兒幫了端王妃，平白惹得太妃娘娘不高興不說，萬一與端王心裡意思反了過來，這豈不是……」扶著怡昌長公主的綠衣宮女壓低聲音道。

「無妨，助她不過舉手之勞而已。母妃是什麼性子難道妳我還不清楚？依我看來，她這回又是被人當槍使了，六皇弟豈是那等輕易被人左右之人？至於呂家姑娘……她終究是心急了些，反倒不如賀家姑娘沈穩；如今人盡皆知她心悅端王，若是將來六皇弟娶了她倒也罷，不過成全一段佳話，若是六皇弟不娶……」怡昌長公主淡淡地道：「先提親事，本就落了下乘，再將心意拋出，這是斷了自己的退路。這個呂姑娘啊，我不知該說她被情迷了心智呢，還是該誇她一句勇氣可佳。」

「……也許呂家小姐真的對端王用情至深，方才不管不顧。」綠衣宮女遲疑地道。

怡昌長公主垂眸，半晌，不疾不徐地道：「對男子動真情，那是自尋死路。」

秦若蕖不著痕跡地打量著周遭環境，默默地記住途經的每一處，行經一處拐角，忽覺腦子裡像是被重錘砸了一下，隨即看見一道白光，她暗道一聲「不好」，可白光卻以迅雷不及掩耳的速度向她襲來——

一言不發地走著路的青玉突然見跟前的身影搖搖晃晃，眼看著就要一頭栽到地上，驚得她連忙伸手去扶。「小姐小心！」

下一刻，就見靠在自己肩上的女子緩緩地睜開了眼睛，眼神卻是一片茫然。她愣了愣，還未來得及說話，便見對方疑惑地喚了聲。「青玉？」

是四小姐，不，是王妃！青玉大吃一驚，怎會這樣？王妃怎會突然現身？蕖小姐呢？她的腦中一片混亂，這樣的情況著實是頭一回出現。

「王妃娘娘怎麼了？」引路的內侍聽到身後異樣，連忙快步走了過來，關切地問。

「沒、沒事。」秦若蕖納悶地撓了撓耳根，只是一見到身邊的青玉，頓時便放下心來，聽見內侍問，連忙道。

有青玉在此便沒什麼事，左不過是老毛病又犯了，無事、無事，反正已經習慣了。

她捏捏仍愣怔的青玉的手，提醒她該回神了。

肯定是她許久不犯病了，事隔這般久突然又犯，這才把青玉給嚇住了。

青玉臉色仍有幾分發白，但也知道此處不是走神的地方，連忙壓下滿腦子凌亂思緒，勉強衝她勾了勾嘴角。

見端王妃無事，內侍鬆了口氣，躬身做了個請的姿勢，再度引著兩人往宮外方向走去。

「原來是端王妃，可真是巧了。」走出一段距離，突然從路的另一側傳來女子的笑聲及一陣陣細細的腳步聲，秦若蕖望過去，認出走在前面的是江貴妃，而跟在江貴妃兩側的則是一對面容有幾分相似的女子。

「貴妃娘娘。」

「端王妃。」

兩人彼此見過禮，江貴妃介紹身側的兩人，笑容瞧來有幾分意味深長。

「這位是鴻臚寺卿呂大人的夫人，這位是呂姑娘。」

「給王妃娘娘請安。」呂氏母女連忙行禮。

「夫人、小姐免禮。」秦若蕖笑咪咪地道。

呂語媚輕咬著唇瓣，偷偷抬眸望向身前那個一身親王妃品級服飾的女子，見她長就一張芙蓉臉，柳眉明眸，容貌確實是相當出色，可也達不到讓人驚豔，甚至一見傾心的地步，至少，眼前的江貴妃容貌便比她要出色得多了。

他喜歡的竟是這樣的女子嗎？

京中傳聞，端王在岳梁偶遇書院先生秦澤苡之妹，一見傾心，故而懇請母舅晉寧侯許昌洲上門求親，又再求得賜婚聖旨，錦上添花，三媒六聘地將秦家姑娘迎娶進門。

「如今看來，王妃與呂姑娘確實是有緣，方才還在太妃娘娘那提到呢，這會兒可巧便遇上了。誠如太妃娘娘所說，王府雜事繁多，讓王妃一人操勞也是難為了，若將來有個人分擔，王妃也能輕鬆些。」江貴妃笑容親切，字字句句聽來均是為秦若蕖著想一般。

秦若蕖愣了愣，隨即連連擺手，笑盈盈地道：「一點兒都不操勞，府裡諸事都安排得妥妥當當的，平日我一人還嫌閒得慌呢！」

她說的是事實，可這事實聽在旁人耳中，卻是別有深意。

呂語媚的臉色一下子便變了，難堪地低下頭，眼圈立即便紅了。

便是江貴妃等人亦被她這番話驚住了。

端王妃此話是明言拒絕了嗎？原本以為她會如方才那般嬌羞不語，最多也不過是避而不談，豈料竟是如此直白駁回了話。

江貴妃僵著笑臉，被這出其不意的回應打了個措手不及，只得再度抬出康太妃。

「太妃娘娘有話，王爺身邊只王妃一人伺候，終是少了些——」

「不少、不少，他有我一個人就夠了。」秦若蕖笑咪咪地接話。

這一下，在場眾人臉色大變，望向她的眼神滿是不可思議。有她一人便夠了？如此有違婦德之話，虧她還是堂堂親王妃呢，竟也說得出來！小門小戶出身的終究上不了檯面，山雞就是山雞，再怎麼裝飾也成不了鳳凰！

一時間，震驚、鄙視、妒恨、無奈等種種視線齊齊向秦若蘽射來。

秦若蘽無辜地眨了眨眼睛，正想再說，又聽見身後有人喚她。「六弟妹。」回身一望，便見花木遮掩之下，身著鳳袍的紀皇后款款走來。

「皇后娘娘金安。」眾人齊齊行禮請安。

紀皇后免了禮，視線掃到呂氏母女時略有停頓。「原來呂夫人與呂姑娘也進了宮。」

呂氏母女連忙見禮。

紀皇后微微笑了笑，伸出手去牽著秦若蘽的，笑著道：「六弟妹可讓本宮好找，快隨本宮回去，六皇弟可等急了。」

陸修琰？秦若蘽眼神一亮，反手牽著她的，忙道：「既如此，那便走吧！」

紀皇后輕笑出聲，好笑地在她額角上點了點，動作自然又親近，彷彿已經做了許多遍，讓一旁的呂氏母女呼吸一窒。

紀皇后可不管她們怎樣想，朝她們點了點頭致意，與秦若蘽攜手離開了。

秦若蘽步履輕快地跟著她的步子，紀皇后含笑瞥向她，眼神溫柔又有幾分憐惜。

確實是個單純的姑娘，卻是不知這種單純能保持多久，只盼著六皇弟不要辜負了她才好。

突然，見遠處殿門外立著一個挺拔頎長的身影，背對著她們正朝一名內侍揮手，那內侍躬身離開，他亦緩緩回過身來，乍一對上她的視線，溫柔的笑意便漾於臉上。

陸修琰！

秦若蕖眼睛霎時更亮了，若非手被紀皇后牽著，只怕是立即便要跑上前去。

「好了、好了，完璧歸趙，本宮也不做那討人嫌的，都回去吧，改日再把弟妹帶進宮陪本宮說說話。」兩人旁若無人的眼神互動落到紀皇后眼中，讓她好笑不已。

陸修琰有些不好意思地衝她做了個揖。「讓皇嫂見笑了。」

「回去吧！」紀皇后笑著衝他擺了擺手。

夫妻兩人謝過了她，這才告辭回府。

回府的車駕裡，秦若蕖愛嬌地膩在他的懷中，甜甜地問：「今日可以這般早便回家了嗎？」

陸修琰撫著她的臉，不答反道：「聽說妳方才在貴妃娘娘跟前說了些話。」

秦若蕖笑意斂下，坐直身子，皺著小臉認真地回想了一番。

陸修琰含笑注視著她，等待著她的回答。

良久，才聽到身側的妻子有幾分不安地問：「陸、陸修琰，我是不是說錯話了？」

否則當時大家看她的眼神怎麼那麼奇怪？

「妳認為自己說的話錯了嗎？」陸修琰笑問。

秦若蕖撫著下巴想了想，搖頭道：「沒有，我說的話又沒錯，家裡確實是什麼都安排得妥妥當當的，你也只有我一個人就夠了呀！」

他說過不會待別的姑娘比待她更好，那自然是有她一個便夠了呀！

話音剛落，腰間突然被緊緊的力道抱住，她愣住了，下一刻，整個人被摟入一個溫暖厚實的懷抱中。

「是，妳的話沒有錯。」耳畔響著男子低沈醇厚卻又無比堅定的話。

第二十五章

見他認同自己這番話，端王妃霎時露出甜蜜蜜的笑靨。

「我就說嘛，我又沒說謊，都是她們大驚小怪的。」含著掩飾不住得意的嬌脆軟語。

陸修琰愛極地在她唇上親了親，眼中溢滿柔情。「是，都是她們大驚小怪。」

對上那柔得彷彿能滴出水來的眼睛，看著裡頭映出兩個小小的自己，秦若蕖不知怎地突然生出幾分羞意來，暈紅的雙頰羞答答地靠到他的頸邊，小手緩緩伸出去環住他的腰。

陸修琰心裡熨貼至極，抱著這軟軟香香的嬌軀，不時側過臉去親親她的臉。

有這麼一個既乖巧又甜蜜的小妻子，早已足夠，他的心很小，他身邊的位置也很少，僅能容得下這麼一個人。

他並非只會付出而不求回報之人，他喜歡了，甚至愛上了，便一定要得到相應的回報，單方面的愛對他而言，是腐肉，他寧願忍著錐心刺骨之痛，也必定要將它挖下來狠狠地扔掉，哪怕一輩子都帶著那刻骨的傷痕。

幸運的是，他喜歡的姑娘信任他、依賴他，他付出的情意得到了回報，真心換來了對方的真心，還有什麼比這更幸運、更讓他感到幸福的？

「阿蕖。」

「嗯？」嗅著心安的氣息，秦若蕖只覺得整個人暈乎乎、暖洋洋的，像是泡在溫泉裡頭，通體舒暢。

陸修琰只是叫著她的名字，一遍又一遍，一聲比一聲低沈，一聲比一聲纏綿，似是要將它刻入骨子裡。

「陸修琰。」懷中姑娘忽地抬眸，表情相當認真地喚他。

「嗯，怎麼了？」陸修琰噙笑低聲問。

「陸修琰。」

「嗯？」好耐性地再應了聲。

「陸修琰。」

「在呢，可有事？」好脾氣地輕撫她的臉問。

「沒什麼，就是想叫你，難不成只准你有事、沒事喊我，就不准人家有事、沒事喊你了？」端王妃唇邊帶著狡黠的笑意。

陸修琰啞聲失笑，輕輕在那挺俏的鼻子上咬了一口。「不解風情！」

雖然莫名其妙地進了皇宮一趟，久未再犯的老毛病再度出現，但是能讓本是早出晚歸的夫君陪伴自己回府，秦若蕖樂得直掩嘴笑個不停。自回了府便一直寸步不離地跟著陸修琰，見他提筆，便乖巧地為他磨墨；見他看書，便體貼地為他按捏肩膀。

陸修琰笑著扔掉手中書卷，將她抱到膝上，含著那如花唇瓣親了片刻，滿意地見對方暈起兩抹酡紅，一雙滴溜溜的眼睛含著兩汪春水，整個人猶帶著稚子的懵懂，那柔軟的唇瓣更是晶瑩水亮，豔麗無比。

秦若蓁在他懷中平復了一下心跳，小手輕捶他的胸膛，嬌嗔道：「又欺負人！」

陸修琰低低地笑了起來。「本王身邊只有妳一人，不欺負妳還能欺負誰去？」

秦若蓁抿抿嘴，難得地不與他計較，臉蛋貼著他的胸口，靜靜地聆聽那一陣陣有力的心跳聲。

素嵐相當意外地見兩人一同而歸，只是，她很快便發現出去的與回來的不是同一個人，疑問的眼神投向兩人身後的青玉。青玉衝她搖搖頭，再朝另一方向努了努嘴。

「這到底是怎麼回事？難道是蓁小姐在宮裡出了什麼事？」匆匆忙忙地拉著青玉避到無人之處，素嵐忙問。

青玉皺著眉，將宮裡發生的事一五一十地告知，末了擔憂地道：「往年不曾發生過這樣的事，好好走著路，怎麼突然間王妃便回來了呢？」

素嵐同樣吃驚不已，沈思片刻，道：「一直以來，蓁小姐多是在夜間出現，又或是在王妃遇險之時現身，這兩個時候不是王妃意識最薄弱，便是情緒驟然起伏之時，相反地，也是蓁小姐力量最強大的時候。」

「而今日卻恰恰相反，王妃經過一夜安眠，清晨正是精神最好時，蓁小姐便搶先現了身，想必也難敵王妃……」青玉想了想，覺得這個解釋比較容易接受。

「還有，王妃在貴妃娘娘面前說的那些話……」素嵐只想嘆氣。「妳怎麼也不阻止她？妳可知道這些話傳出去，會給王妃的名聲造成多大的影響嗎？」

「我、我這不是來不及嗎？況且，那裡是皇宮，站在我面前的可是位分僅次於皇后的貴妃娘娘，我、我又怎敢輕、輕易插嘴？」青玉結結巴巴地道。

說到底，她也不過是尋常百姓人家出身的女子，頭一回到只在戲文裡讀過的皇宮裡頭，見到了真正的天家娘娘，自己心裡都七上八下、步步謹慎的，哪還想得了那麼多。

素嵐頭疼地揉揉額角，繼而重重地嘆了口氣。

端王府不管前院還是內宅諸事，確實是安排得妥妥當當，而她自秦若蕖回門過後，便在內宅大管事的指導下開始接觸府內諸事。

她很清楚，這當中必是王爺的意思。王妃雖為府中女主人，卻不擅家事，更不願意掌事，久而久之，難免不會被另懷心思的下人所矇騙；而她是王妃最信任的人，一定程度上代表著王妃，由她插足，也是漸漸將內宅實權一點點集中到正院。

王爺是以自己的方式為王妃積攢底氣，讓她成為王府名副其實的女主人。

見她久久不說話，青玉有些心虛地又道：「應該、應該不要緊吧？王爺好像聽說了那番話不只不生氣，反倒看起來挺開心的。」

素嵐瞪了她一眼。「王爺不惱，那是因為他待王妃情深意重，可這不能掩飾妳失責之罪。」

青玉慚愧地低下了頭。

此時的宣仁宮內，江貴妃若有所思地輕撫著手上玉鐲。

端王妃是過於天真才說出那番話，還是端王給了她莫大的底氣？只有她一個人便夠了？

這樣的話，普天之下哪個女子敢眾目睽睽說出來，名聲還要不要了？

「毓筱，今日之事妳怎麼看？」她抬頭望向正整理著書案的女子。

陳毓筱停下手中動作，沈吟須臾，緩緩地道：「毓筱以為，對於呂姑娘之事，娘娘還是莫要插手為好。端王力排眾議終娶得王妃，可見他待王妃必有真心，如今又值新婚燕爾，正是情濃之時，又怎會有心再納新人？」

「妳說得也有理，此事是本宮想得不周；只是……那端王妃到底是怎樣的人，那番話她是無心還是有意？」江貴妃皺眉。

「端王妃未嫁之前，毓筱曾與她有幾面之緣，瞧著是個頗受家中長輩寵愛，生活無憂無慮，心思純淨的女子。」陳毓筱回道。

「頗受寵愛，心思純淨？若果真如此，想來也不過是草包美人，既如此，本宮靜觀其變便是。」江貴妃冷笑道。

她的同胞兄長折在端王及秦家人手中，江府更因此大受打擊，再不現昔日榮耀，皇上表面看來雖仍對她寵愛有加，可帝王的寵愛又能持續多久？沒有得力的娘家扶持，她又憑什麼與後宮中其他嬪妃爭？

一時半刻她是奈何不了姓秦的，可不代表著她會輕易讓他們好過。

陳毓筱垂著眼一言不發，心裡卻是五味雜陳。這一刻，她甚至想，若是當日秦若蕖果真在那兩人手上失了貞潔，想必端王再看不上她，更不可能會娶她了吧？若果真如此，以她的心智，想來過得還不如如今的自己。

只是，可惜了……

日子一天天過去，陸修琰照舊早出晚歸，尤其最近這些日子甚至忙到連晚膳都來不及回府用，每晚均是踏著月光歸來，這一晚更是比以往晚了一個時辰才抵達家中。

走進正屋，見妻子坐在軟榻上腦袋一點一點的，明顯是在等他，眼神不由自主地柔了下來，他大步邁過去，將她摟在懷中親了親，見她迷茫地睜開了眼睛，認出是他，立即揚起歡喜的笑容。

「陸修琰，你回來了，我等你好久了。」有些撒嬌，又有些抱怨的語氣。

「睏了怎麼不先去歇息？」陸修琰溫柔地撫著她的鬢髮，輕聲問。

「你不在家，我睡不著。」秦若蕖打著呵欠往他懷裡鑽，下一刻又猛然醒來。「我的衣服！」

陸修琰將滑落地上未曾完工的衣裳遞到她手中。「可是這個？」

秦若蕖如獲至寶地接了過來，小心翼翼地將它收好。

「可是做給我的？」只一眼便認出那是男子著的中衣，陸修琰噙笑問。

「嗯，還未做好，等我做好了再給你。」秦若蕖並不瞞他。

陸修琰嘆息著抱緊她，心裡有些異樣的溫暖。

這輩子，他只收到兩個人親手做給他的衣裳，一個是他從未謀面的母后，另一個便是他愛若生命的妻子。

見懷中的姑娘腦袋又再一點一點的，他忍不住將她打橫抱起，逕自將她抱到床上。

正要起身前去沐浴更衣，忽覺袖口被一股力量揪住，他止步回頭，見已經沈入夢鄉的秦若蕖，小手仍舊緊緊地抓著他的衣袖，一副生怕他溜走的模樣。

他笑著在那蔥白的手指上親了親，溫柔地將衣袖從她手中解救出來，又將腳踏上那雙精緻的繡鞋擺放整齊，這才往淨室走去。

沐浴更衣過後，他本想直接回房陪伴床上的妻子，想了想，足下步子一拐便出了房門，逕自往書房方向而去。

「王爺。」一直在書房久候的長英見他過來，連忙上前行禮。

「本王要你查之事查得怎樣了？」陸修琰落坐，問道。

「大哥他……仍是什麼話也不肯說。」長英慚愧地低下了頭。

「那你自己呢？可有查到些蛛絲馬跡？」

長英的頭垂得更低了。「屬下只知道當日大哥與那黑衣人戰了數十回合不分上下，大哥或許是從對方武功路子上猜測到他的身分，故而後面才……」

陸修琰沈默片刻，淡淡地道：「無妨，再慢慢細查，不管怎樣，也不管你用什麼方法，本王必要一個真相，不只是為了給死者一個交代，更是本王為人夫的責任所在。」

「……是。」

就知道一切都是為了王妃……

「還有，雲鷲自明日起撥至內宅伺候王妃，她原本職責你再重新分派。」

長英愣住了。雲鷲撥去伺候王妃？是不是有些大材小用了？

「下去吧！」陸修琰卻不願多說，揮手道。

雲鷲乃他暗衛當中唯一的女子，擅變裝、性機敏，多一個能人在她身邊，尤其是她外出時，有雲鷲跟著，也能讓他放心幾分。

他始終對洞房那晚的那一掌未能全然放下，總覺得心裡有些不安，答案隱隱浮現，卻又瞬間消去，快得讓他抓不住。

將得力手下派到她的身邊，其實，更多的是求個心安。

回到正房，坐到床沿上望著妻子的睡顏，片刻，他伏低身子在她臉上親了一記，而後彎腰脫鞋，卻在看到腳踏上擺放凌亂的繡鞋時頓了頓。

他記得臨出門前親手擺放整齊的，為何……

正房的內室，除了夜晚臨睡前及早上起床時會有下人進來收拾外，其餘時候下人是不敢隨意進入的。

想到這裡，他眸光微閃，拿起其中一只鞋子翻看鞋底……

有泥？還是濕的。

他垂下眼簾，不動聲色地將鞋放回原處，若無其事地睡在妻子的身邊。

「……阿蘗。」他啞聲輕喚。

回應他的只有淺淺的均勻呼吸聲。

他若有還無地嘆了口氣，探出手將軟綿綿的小妻子摟入懷中，在她額上親了親，定定地注視她片刻，這才緩緩地閉上眼眸。

他的決定是對的，無論是私下讓長英探查周氏主僕及呂洪之死一事，還是將雲鷲調入內宅。

不管她打算做什麼，他都會竭盡全力去幫助她，但是她一定得好好地保重自己，絕不能將自己陷入危險當中。

翌日是朝廷休沐之日，難得地一早醒來能看到陸修琰出現在眼前，秦若蕖又驚又喜，摟著正撐在自己身側的陸修琰，湊過去響亮地在他臉上親了一下。

「陸修琰，你今日要留在家裡陪我嗎？」

一大早便有如此美好的待遇，陸修琰欣慰地抱過她，笑道：「不，今日咱們到外頭走走。」

「真的嗎？」秦若蕖瞪大了眼睛。

「自然是真的。」

端王妃霎時笑得如春花般燦爛。

嫁來京城也有好些日子了，整日不是待在家中，便是到宮裡向皇后請安問好。都說京城繁華，大街小巷均是熱鬧非凡，可她一直不得空去體會體會，如今乍聽到陸修琰這般說，她又怎會不歡喜！

「咱們先到晉寧侯府拜見舅舅與舅母，然後再到西大街那邊走走，那裡有許多特色商鋪，天南地北各色商品都有。」陸修琰笑著將自己的計劃道來。

秦若蘿歡喜得險些找不著北，一骨碌地從床上爬起來，赤腳便跳下床，正要伸手去扯架子上的衣物，卻被陸修琰攔腰抱了起來，下一刻，整個人便被抱坐到他的膝上。

「地上涼，可不能再光著腳到處亂跑。」陸修琰責怪道，手中動作卻不停，溫柔又熟練地為她穿上繡鞋。

指尖不經意地觸到鞋底一處，觸感沙沙的，低頭望了一眼腳踏上那幾不可見的乾泥，他略頓，飛快地抬手拭去。

「好了。」將秦若蘿放在地上，他笑著道。

秦若蘿快步朝捧著水盆進來的青玉走去，動作輕快地洗漱、更衣、梳妝。

陸修琰耐心地等候著她，見她對鏡描眉，想了想，上前奪過她手中眉筆，含笑道：「都說畫眉之樂，成婚至此，本王竟未曾享過此樂，王妃不如今日便成全了本王，也讓本王體會一番這畫眉之樂如何？」

秦若蘿呆呆地望著他，好一會兒才結結巴巴地道：「你、你要為我畫、畫眉嗎？可、可是、可是你、會嗎？」

「王妃不如讓本王一試？」

秦若蘿想了想，也好，畫得不好看她再擦掉重畫便是。

「好啊！」

得到允許，陸修琰微微一笑，隨手拉過繡墩在她身邊坐下，凝視著她那兩道秀眉，沈吟片刻，緩緩落筆……

「陸修琰，你真厲害，畫得比我還好！」望著銅鏡內那兩道形象美好的眉毛，秦若蕖驚喜地叫了起來。

陸修琰嘴角微勾，對她的誇獎甚是受用。

「王爺，雲鷲姑娘到了。」氣氛正好間，侍女進來稟報道。

陸修琰點點頭表示知道了。

「雲鷲姑娘？」秦若蕖驚訝。

「是我特意挑來伺候妳的丫鬟……妳若是不喜歡，便讓她回去。」終究還是捨不得逼她，陸修琰遲疑一陣，又加了一句。

「我身邊有青玉和嵐姨便已經足夠了，不過，若是她也有青玉那樣的好記性，留下來倒是很好。你不知道，青玉有時候也會搞錯，明明記得牢牢的位置還會放錯。」說到後面，秦若蕖的聲音不自禁地添了幾分抱怨。

陸修琰好笑，這丫頭挑人的標準可真夠特別的。

夫妻兩人攜手出了外間，秦若蕖一眼便見青玉眼中發光，一臉欣喜地望著垂手恭敬站立在房間中央的藍衣女子。

「雲鷲見過王爺、王妃。」見兩人出來，藍衣女子忙上前見禮。

「妳就是雲鷲？妳與青玉認得？」秦若蕖好奇。

雲鷲遲疑片刻，回道：「認得。」

所幸秦若蕖並沒有追問她兩人如何認得，只是點點頭笑盈盈地道：「既然妳們是舊識，那妳便留下幫青玉的忙吧！」

陸修琰笑瞥她一眼，這丫頭任人唯親啊！

雲鷲與青玉怎會不相識，當年這丫頭在他的別莊裡養傷，正是雲鷲偽裝成她的模樣，跟隨青玉回到秦府，順利為她做掩護，想必也是那個時候這兩人結下了情誼吧！

「王爺，車駕與東西都已經準備好了。」素嵐走進來稟報。

「有勞。」對這個當年拚死救下妻子，又數十年如一日地照顧妻子的女子，陸修琰是充滿了感激與敬意的，平常也不將她視作普通下人。

素嵐連道幾聲「不敢」，正要退出，腳步卻在看到雲鷲時略有遲疑，但很快便又回復如初，靜靜地退了出去。

一早便聽說王爺親自挑了丫鬟到正院裡伺候，看來便是那位雲鷲姑娘了。將雲鷲放到王妃身邊，王爺這是已經起了疑心嗎？

一想到這個可能，素嵐便覺一陣寒氣從腳底板慢慢升起，很快便蔓延至四肢百骸。

秦若蕖自是不知素嵐的擔憂，用過早膳後，她便與陸修琰坐上往晉寧侯府的馬車。

此次出行，陸修琰並沒有使用有王府標記的馬車，更不打算驚動旁人。前往晉寧侯府，只是以晚輩的身分去拜見長輩。

秦若蕖有幾分緊張地抓緊他的袖口，問：「陸修琰，舅舅與舅母會喜歡我嗎？」

「會的，舅舅雖然看起來嚴肅，對小輩卻是極好的；舅母更是仁厚慈愛，若見了妳，必然會喜歡。」

只要是他真心喜歡的，舅舅與舅母怎會不喜歡。

「哦。」聽他如此說，秦若蘩才稍鬆了口氣。

要真說起來，當初在岳梁家中，她是遠遠見過許昌洲一面，印象中確實是個不苟言笑的人。陸修琰親自帶著她前去拜見，足以見得他十分敬重這位長輩，她自然也希望能得到對方的認可。

晉寧侯府雖長年累月閉門謝客，但對端王陸修琰卻是例外。

正如陸修琰所說的那般，晉寧侯夫婦對他們夫妻的到來表示了無限的歡迎，總是沈著臉的許昌洲見到秦若蘩時，甚至微微勾了勾嘴角，讓秦若蘩頓生受寵若驚之感。

「他們舅甥倆總愛說些旁人聽不懂的話，咱娘兒倆也尋一處去說說話。」晉寧侯夫人牽著她的手笑道。

秦若蘩下意識地望向陸修琰，見他朝自己笑著點了點頭，這才跟著晉寧侯夫人往後院走去。

「……那裡是醉月樓，每年中秋時節，家裡人都會在那兒擺上幾桌，今年你們來得不巧，否則大家也能聚一聚。」一邊走，晉寧侯夫人一邊向秦若蘩介紹著府中景致。

「那裡呢？那又是什麼地方？」秦若蘩來了興致，指著不遠處的一座精緻院落問。

晉寧侯夫人順著她的指向望過去，回答道：「那裡……那裡是懿惠皇后出嫁前所居院落，娘娘進宮後，便一直空置下來。」

原來是陸修琰娘親居住之處。

秦若藁恍然。

「夫人，侯爺問前些日子剛得的新茶放哪兒去了？他怎麼也找不著。」正說話間，府中侍女過來道。

「不是放在他那百寶箱裡頭嗎？」晉寧侯夫人皺眉。

「都找過了，沒有。」

「沒有？」晉寧侯夫人想了想，轉頭對秦若藁道：「我先去一趟，少頃便回來，妳……」

「舅母有事便先去忙吧，我一人在此即可。」秦若藁體貼地道。

晉寧侯夫人笑了笑，吩咐侍女好生伺候王妃，這才舉步離開了。

偌大的園子，雖然環境清幽、景致宜人，奈何著實冷清了些，少了晉寧侯夫人柔和的聲音在耳畔響著，那冷清之感更甚。

晉寧侯府本就人丁凋零，許昌洲夫婦育有兩兒一女，女兒好些年前便已出嫁，兩個兒子亦各自婚娶，長子月前帶著妻兒前往老丈人家中作客未歸，次子一大早便陪著妻子到廟裡還願去了。

「……卻是不知是端王待王妃好呢，還是長樂侯待夫人更好些？」突然，女子的聲音從花叢後透出來，直傳入她的耳中。

「要我看來，還是長樂侯待夫人更情深意重些，端王畢竟正值新婚，自然千般好，天長日久的可就說不準了；可長樂侯不一樣，這麼多年來，待夫人始終如一，得嫁如此良人，長樂侯夫人當真是福澤深厚。」

「聽說當年長樂侯與周家三小姐有婚約在先，可周家三小姐瞧上了別人，硬是退了親。」

「這周三小姐可真是有眼無珠。」

「我倒有個不一樣的消息，據聞當年長樂侯本來就非常不滿意與周家的親事，只是礙於父母之命不得不從。依我看來，周家三小姐好歹也是大戶人家小姐，能有那般輕易見外男嗎？連見個面都難，又談何瞧中了？說不定是長樂侯設下的圈套，好擺脫這門親事。」

「聽妳這般一說，倒是甚為有理。」

「可不是嘛……」

說話聲越來越遠，秦若蕖整個人如同定住了一般，一動也不動地站著，神情呆滯，連身側的侍女喚了她好幾聲都不知反應，驚得對方險些掉下淚來。

陸修琰得到消息匆匆趕來時，秦若蕖仍舊是毫無反應，任憑身邊的人又拉又喚，瞧來像是失了魂，又似是被寒冰凍住了無法動作一般。

「阿蕖、阿蕖、阿蕖……」陸修琰大急，一連喚了她幾聲，可她卻仍是那呆滯的表情。

他驚懼萬分，猛地將她抱了起來，一面大聲叫著請大夫，一面邁著大步就要往外走。

走出一段距離，忽覺懷中的妻子「呀」的輕呼一聲，他當即停下腳步，目光緊緊地鎖著她的臉，聲音又輕又柔，似是怕驚了她一般。

「阿蕖？」

秦若蘽摸摸自己的臉，滿頭霧水。「是我，怎麼了？你不認得我了嗎？」

下一刻，卻發現自己被他抱在懷中，晉寧侯夫婦關切的眼神正落到自己的身上。

她窘迫萬分地掙扎著要下地，陸修琰生怕會摔到她，連忙小心翼翼地將她放下來。

「我、我……」秦若蘽羞得耳根發紅，還是晉寧侯夫人反應過來，吁了口氣般拍拍她的手。「沒事就好，沒事就好……」

沒事就好？她方才出什麼事了嗎？秦若蘽不解。

陸修琰上上下下、仔仔細細地打量了她一番，看她確實不像有事的模樣，心裡略略放下心來，只想著回府再請太醫給她把脈。

許昌洲眼神若有所思，隱隱可見憂色。

本是想著早些告辭，帶妻子到外頭逛逛的，如今陸修琰卻改變了主意，趁著晉寧侯夫人拉著秦若蘽說話的時機，著人查明了方才之事。

當侯府下人一五一十地將那幾名女子的對話道來時，陸修琰臉色微變。

許昌洲自然沒有錯過他的神色變化，暗地嘆了口氣，道：「那三位姑娘是你二表嫂家中表妹，這些日子正在府上作客。」略頓了頓，兩道濃眉微微皺緊，語氣沈重地道：「……我瞧著，外甥媳婦似乎有些不對勁？」

否則好端端的人，怎會突然便如失了魂魄一般，任人怎麼也叫不醒。

陸修琰緊抿著薄唇，片刻，啞聲道：「阿蘽很好，性子單純率真，只是有時候比較愛較真，乍聽到與父母相關之往事，一時呆住了不知反應也是有的。」

許昌洲定定地看著他良久，終是不疾不徐地道：「若是如此，那就再好不過。」陸修琰迎著他的視線，語氣堅定。

「是，確實是如此，舅舅請放心，我與她很好，也會一直這般好好過下去。」

許昌洲微微頷首，能夠不離不棄自然極好。

因心中有事，陸修琰也無心久留，略坐片刻便與秦若蕖起身告辭了。

許昌洲知他心事，也不多留。

「咱們要到西大街那邊逛逛了嗎？」馬車裡頭，秦若蕖靠坐在他的懷中，既興奮又期待地問。

陸修琰怔了一會兒。

險些忘了此事……他心中始終想著方才妻子的異樣，竟一時忘了答應過她的事。

「……是，咱們是要到西大街那邊去。」他方才沒有吩咐回府，想來駕車之人還是會按照出門前的吩咐。

他不放心地輕掀車簾，望了一眼車外，確實是往西大街的方向。

靜默片刻，陸修琰緩緩地問：「阿蕖，方才在舅舅府上妳……」

秦若蕖鬆開抱著他臂膀的手，蛾眉輕蹙，認真地回想了片刻，有些迷茫地撓撓耳根道：「我也不太清楚，就是在聽見有人說什麼長樂侯待夫人情深意重，又說長樂侯當年與什麼周家三小姐有婚約……後來、後來她們又說了什麼我便記不住了。」她稍微有幾分遲疑地繼續道：「陸修琰，那什麼周家三小姐指的是我母親嗎？她原來竟是與長樂侯有婚約嗎？那她又怎麼會嫁給我爹的？」

一連三個問題卻讓陸修琰不知如何回答。

秦若蕖並不執著答案，見他不回答也不在意，軟軟地伏在他的懷中。

「阿蕖，妳真的不記得後面的那些話了嗎？」馬車轆轆前行，陸修琰終是忍不住又再問道。

「不記得了，我聽著聽著就……就發現你來了，還、還當著舅舅他們的面抱著人家。」說到此處，秦若蕖有幾分害羞，又有幾分歡喜。

陸修琰心中一凜，腦子裡飛快地閃過一個念頭——記憶缺失。

或許對旁人來說這實在是不可思議，可他清楚，他眼前嬌美純真的小妻子確實是會如此。

偏偏這回是有關長樂侯與周氏婚約作廢的那番話記不得了，而這當中牽扯的又是秦季勳與秦家……

「你怎麼了？難道我忘了什麼很重要的話嗎？」見他不言不語的，秦若蕖不解。

「不，沒什麼重要的話。」對上懷中姑娘漆黑如墨，彷彿會發光的雙眸，他暗地嘆了口氣，輕啄了啄她的唇，輕聲回道。

秦若蕖抿嘴淺笑，抬眸飛快地看了他一眼，而後依偎著他，軟軟地道：「陸修琰，我可能記性真的不大好，好像忘了許多事，又好像沒忘；若是有朝一日我忘了什麼非常重要之事，你一定要提醒我。」

陸修琰胸口一緊，下意識地將她摟得更緊，啞聲道：「若是會忘記的，想必不會是重要之事，記不起便記不起了。」

「嗯。」

那些血腥與仇恨，記不起便記不起了，一直這樣簡簡單單的便好。

京城西大街確實是京中最繁榮之地，商鋪林立，車馬駢溢，只是往來之人雖多，卻不顯得混亂嘈雜，故而很多達官貴人喜歡到此或閒逛、或購物。

馬車在一家物色雜貨鋪前停了下來，陸修琰率先跳下馬車，而後伸出手去將車內的妻子扶了下來。

秦若蕖握著他的手下了車，抬頭朝他嫣然一笑，陸修琰自然地在她的鼻端上輕點了點，笑容寵溺。

進了商鋪，有眼色的掌櫃立即迎了上來，殷勤地招呼道：「公子、夫人裡邊請。小店商品應有盡有，這邊的是從南洋而來的特色玩意，有小公子、小小姐愛的百寶音樂盒，夫人、小姐喜歡的韻香紗巾等等；那邊有北戎勇士贈與意中人的寶石小刀，也有姑娘回贈的毛氈帽、厚底羊皮長靴，還有——」

「多謝掌櫃的，我夫妻兩人隨便看看便可。」陸修琰無奈出聲打斷他的話。

「好的、好的，公子與夫人請隨意，請隨意……」掌櫃躬著身打著哈哈避到一旁。

「你怎不讓他說了？他說得多有意思啊，我還想聽聽各處姑娘都送些什麼東西給喜歡的人呢！」秦若蘩笑盈盈地湊到他耳邊低聲道。

陸修琰含笑回道：「別的姑娘送些什麼東西給喜歡之人我不清楚，不過若是夫人不知該送什麼給喜歡之人，我倒有個好主意。」

秦若蘩俏臉一紅，嬌嗔地瞪了他一眼。「就不正經！」

陸修琰微微一笑，也不再逗她。他的小妻子臉紅紅的好看模樣還是留在屋裡自個兒欣賞便好，可不能便宜了別人。

秦若蘩不知他心中想法，饒有興致地逐一看著琳琅滿目的商品，不時回過頭來問問身邊人的意見。

「這個可真有意思！」她打開精緻的四方盒子，竟見裡頭有個小木人在打著拳，細一看，那木人竟是作和尚打扮，她頓時便樂了。

這不是酒肉小和尚嘛！腦袋光光、身子圓圓的。

「你瞧、你瞧，這像不像酒肉小和尚？」她興奮地扯了扯陸修琰的袖口，笑問。

陸修琰低頭細一打量，也不禁笑了。這五官神情，倒真有幾分那小傢伙的樣子。

「夫人可真有眼光，這可是南洋一位有名的手藝師父用百年不腐的上等木材，根據相國寺僧人習武的英姿所製，這武功套子可是出自相國寺，比真金還真哪！」懂眼色的掌櫃見狀忙上前介紹道。

「那這個賣多少銀子？」秦若蘩問。

「不貴，一百兩。」

「一百兩還不貴？」秦若蕖嘀咕，一百兩夠尋常百姓家用幾年了，她若花一百兩買這東西回去，嵐姨還不把她罵死。

見她依依不捨地將那盒子放回原處，陸修琰奇怪。「不喜歡嗎？」

「太貴了，這掌櫃把人當肥羊宰呢！」她壓低聲音回答。

陸修琰對錢銀之事從不放在心上，只知道妻子喜歡，便肯定要買下。

正要取銀票付款，卻被看出他心思的秦若蕖制止。「不要，我不要。」

「妳喜歡就好，其他的不重要。」陸修琰輕聲道。

「我更喜歡一百兩。」秦若蕖堅持。

陸修琰嘆氣。「妳夫君還不至於連區區一百兩都掏不出。」

「不要。」秦若蕖堅持。

兩人的舉動悉數落到二樓四隻眼睛裡。

「妳可看到王爺待她是怎樣的了？有她在一日，妳便永遠進不了端王府。」坐在長椅上的女子，眼中閃過一絲陰鷙，緩緩地道。

「常姑娘，有一件事妳也許弄錯了，我與妳們不一樣，並非非嫁端王不可。」賀蘭鈺輕輕拭了拭唇角，不疾不徐地道。

「妳……」常嫣想不到她會如此說，一時竟愣在當場，但很快便反應過來，冷笑一聲道：「妳又何苦裝模作樣給自己找臺階下，我既對妳坦然，那便不再是妳的敵人；相反，我會不惜一切代價助妳成功。」

賀蘭鈺才是當初最大的競爭者，心計不在她之下，將賀蘭鈺送進端王府，她相信秦若蕖必然沒有安生日子過。

賀蘭鈺輕聲笑了起來。「常姑娘，我並非為了自找臺階才故意這般說，家父、家母已經為我擇了夫婿，皇后娘娘曾許諾，會為我求來賜婚聖旨，相信過不了幾日，賜婚聖旨便會頒下了，到時常姑娘若是賞臉，蘭鈺與夫君恭候大駕。」

「妳說的是真的?!」常嫣大吃一驚，難以置信地瞪著她。

「婚姻大事豈能兒戲，若非塵埃落定，蘭鈺又怎敢在姑娘面前明言。時候也不早了，多謝常姑娘相邀之情，蘭鈺告辭了。」賀蘭鈺施施然起身，朝她福了福，動作乾脆地往樓梯方向走去。

常嫣死死地盯著她漸行漸遠的背影，額上青筋頻頻跳動，眸光陰狠。

而樓下，端王夫婦之爭最終以陸修琰的勝利告終，秦若蕖拿著裝有小木人的盒子，心裡又是歡喜、又是心疼。

「酒肉小和尚一定會喜歡的吧？貴死了，都夠他吃不知多少回百味居的點心了。」耳邊是軟聲嘀咕。

下個月是無色七歲生辰，也是他回歸皇室後頭一回過生辰，宣和帝吩咐了要大辦，這當中雖有帝后對小傢伙的重視與喜愛的緣故，但更多的是讓小傢伙正式出現在朝臣面前，進一步確定他皇長孫的身分。

而得知宣和帝意思的陸宥誠，簡直喜不自勝。皇室小輩當中有此殊榮的，也不過是曾經的皇長孫陸淮睿，如今又多了他的兒子。

在爭奪那個位置的途中，鹿死誰手還未可知！

陸修琰聽到她這話也只是微微笑了笑，又陪著她在店裡轉了一圈，見她確實是沒有瞧得上的東西後，兩人才決定離開。

在掌櫃點頭哈腰的恭送聲中邁出了門，秦若蕖忽覺後背一寒，下意識地回頭望向店裡，卻未發現什麼異樣之處。

「怎麼了？」陸修琰奇怪地問。

秦若蕖撓了撓耳根。「沒、沒事，咱們走吧！」

掌燈時分，端王府各處陸陸續續點起了燈，逛了大半日的秦若蕖早已累倒在陸修琰的懷中，整個人昏昏沈沈。

「如何？」見太醫收回診脈的手，將懷中的妻子輕輕地放回床上安置好，他才繞出屏風外問。

「王妃脈搏如常，體質康健，並無半點異樣。」鬍鬚花白的老太醫躬身回道。

陸修琰沈默一會兒，吩咐青玉等人好生照顧王妃，這才帶著太醫到了書房。

「本王有個問題想請教大人。」

「下官不敢，王爺請講。」老太醫忙道。

陸修琰垂下眼，片刻，抬眸望向他低聲問：「敢問太醫，若是一個人擁有兩種截然相反的性情，那應該怎樣做，才能讓當中的一種消失，又或者讓兩者合而為一？」

夜間繡鞋底下的新鮮泥土、晉寧侯府的突然失魂，再聯想當年益安種種，他猛然醒悟——或許，所謂的雙面性情其實是一種病。

這種病，他太過陌生，甚至不知道於她而言是好是壞，他更怕的是有朝一日這病在她體內蔓延，侵蝕她的五臟六腑，侵占她的大腦，然後……將她帶離他的身邊。

第二十六章

月色朦朧，夜風徐徐。

一身官袍的太醫從書房走出，自有下人上前引著他往外頭走。

不過片刻工夫，素嵐的身影便出現在書房門外。

「王爺。」她的心裡七上八下的，不知對方突然傳自己過來是為什麼事，來的路上一直思前想後，能讓王爺掛心的，想來也只有王妃的事。

陸修琰一言不發地望著她良久，緩緩地問：「這些年，她是怎樣過來的？」

這個她，指的自然是他的妻子，如今的端王妃。

怎樣過來的？素嵐怔了怔，往事一幕幕在腦海中閃現，不知不覺間，眼眶微濕。

「當年王妃親眼目睹夫人被害，奴婢身受重傷昏迷不醒……」

秦府中人永遠不會忘記那一年之事，從死人堆裡救回來的秦若蕖，雖然安然無恙，可整個人卻處於極度的驚恐中，任何人接近她都會大哭大鬧。

小姑娘緊緊地揪著床上面無血色的女子袖口，眼睛一動也不動地盯著對方，只要有人接近，背當即挺得直直的，全身進入戒備狀態。直到她抵擋不住睏意沈沈睡去，才被人輕手輕腳地抱下去歇息；只是，只要她一睜眼，發現身邊之人不是素嵐，立即尖聲哭叫、死命掙扎，直到眾人又將她帶到昏迷的素嵐屋裡。

那個時候，沒有任何人敢想像，萬一素嵐傷重不治，這個剛剛遭受世間最沈痛打擊的孩子會怎樣瘋狂。

那個時候的她，眼中看不到爹爹，也看不到兄長，更看不到其他親人，只看得到床上奄奄一息的素嵐。

秦季勳瘋了般四處尋大夫，不惜一切代價，與其說他是為了救素嵐的命，倒不如說他是為了救自己的女兒。

這種情況一直持續到那一晚，仍是執拗地守在素嵐床邊的小姑娘突然軟軟地倒在地上，高燒不止。

這一場洶湧而來的病將小姑娘燒得昏昏沈沈，接連數日高燒不退，府裡鬧得人仰馬翻，待她終於清醒過來時，竟然奇蹟地忘了那場血腥，只認定生母是染病而亡。

「奴婢也以為，也許是上蒼大發慈悲，不忍讓她小小年紀便承受那些沈重之事，故而抹去了那段記憶。直到一日夜晚，奴婢發現突然從睡夢中醒過來的小姐，竟完全變了個人！」

素嵐深深地吸了口氣，微仰著臉將眼中淚意壓下，啞聲繼續道：「她說她叫秦若蕖，稱白日那位為秦四娘。她說，她孤身一人，只有生養自己的父母與同胞兄長，沒有其他什麼兄弟姊妹，自然也不是什麼排行第四的姑娘……秦若蕖是父母的，而秦四娘是秦府的，所以，她讓我們稱她『蕖小姐』，稱白日的那位為『四小姐』。」

陸修琰心口一痛。原來如此，「蕖姑娘」與「四姑娘」的稱呼區別竟是這般來由。

「……四小姐不記得，可蕖小姐卻是記得分明，這些年來一直不放棄追查真凶，無奈勢窮力孤，她一個深閨小姐想查明真相談何容易？後來偶然在外頭救下了身懷武藝的青玉，才漸漸習了些武藝。」素嵐略有遲疑，斟酌著道。

「當日周氏死後，她便不曾再出現過？」少頃，她便聽見陸修琰問。

心口猛地一緊，袖中雙手下意識地握緊，待她反應過來時，「不曾」兩個字已經從嘴裡吐了出來。

不能說，若是說了，以王爺的精明，說不定會懷疑當初四小姐或秦府許嫁的動機，以他的驕傲，怎能容許自己成了別人復仇的棋子？何況，他對四小姐用情越深，便越無法接受這段感情當中摻雜了……到時候，只怕事情會走到無法挽回的地步。

事到如今，她阻止不了蕖小姐，但她必要不惜一切代價護著四小姐，為她護著眼前的安穩幸福。

「本王明白了，妳回去吧！」陸修琰垂眸低聲道，心裡又酸又痛，甚是難受。

他的姑娘，當真是吃了不少苦頭。

素嵐低著頭朝他行禮，正欲退出，忽然又聽對方問。

「阿蕖對屋中擺設位置如此執著，這當中可有緣故？」

「有，四小姐屋裡所有擺設的位置，與當年夫人寢居裡的大同小異，而這些小異……」稍頓。「還是與王爺成親之後方有的。」

陸修琰只覺心臟被人死死地揪著，痛得他臉色發白。

原來如此，莫怪，莫怪……

他也不知自己是怎樣從書房回到正房裡的，待他回過神時，已經坐在床沿上。

吩咐青玉撤下安神香後，他深深地凝望著呼吸均勻的秦若蕖，忽地低低嘆了口氣，伏低身子輕輕地抱著她，在她臉上親了親，喃喃地道：「這教我怎麼忍心、怎麼捨得……」

從何處來，便從何處離去……

他捧在掌心上千般疼、萬般寵的妻子，又教他怎忍心傷她分毫？

「妳要的，我全給妳；妳想做的，我也會幫妳做到，只要……只要妳一直好好地待在我身邊，性情異於常人也好，身懷奇疾也罷，那些都不重要……」

這日之後，秦若蕖便發現陸修琰留在家中的時候又多了起來，先前還時不時忙到她將要入睡前才回來，如今卻總能在她用晚膳之前歸來。雖然仍是早出晚歸，可至少每日還能陪自己用晚膳，秦若蕖已經覺得非常滿足了。

她越是容易滿足，陸修琰對她的憐愛便越甚，簡直到了捧在掌心怕摔，含在口中怕化的地步。

日子一天天過去，這日清晨，陸修琰照舊沒打擾妻子的好眠便上朝去了。

青玉捧著洗漱用品進來那一瞬間，便知道屋內的這位已經換了人。

「蕖小姐。」放下手上東西，她上前行禮輕喚。

「可查到了？」秦若蕖面無表情地用溫水洗了臉，取過乾淨的棉巾擦著手上水珠，淡淡地問。

「時間比較久遠，長樂侯府亦非尋常府邸，錢伯好不容易才從一名侯府舊人口中得知，當年的長樂侯確實是不願意與周府結親，但後來四夫——周家姑娘是怎樣結識老爺的卻不大清楚，只知道當年此事鬧得頗大，周家、康太妃及皇上臉上都不怎麼好看，唯有長樂侯以成人之美的大度從此事中得到讚譽。」青玉自然知道她問的是什麼事，輕聲將探查到的消息回稟。

「周家姑娘嫁人後不久，長樂侯便迎娶了如今這位侯夫人。侯夫人體弱多病，長樂侯數十年如一日疼愛呵護，身邊更是連一個妾室都沒有，夫妻鶼鰈情深在京中已是一段佳話。」

京城終非益安城，錢伯那些人便是再有本事，新來乍到的，想要立足尚且不易，更不必說探查達官貴人秘事，只查此一事，便耗費了比以往多上數倍的時間與精力。

秦若蕖亦明白消息得來不易，可錢伯在她久盼之下終於到了京城，不只是她，便是青玉也不能似以前那般隨意外出，想要避開王府守衛與外頭聯繫著實難上加難。

另一層，她又要保護著錢伯的勢力不讓陸修琰察覺，如此一來，自然不能讓他打著端王府的名號在京中行事，要重新培養出如在益安城中的勢力便更加難了。

她頗有些煩躁，這般束手束腳的，教她如何行事？

「三日後無色的生辰，不管妳用什麼方法，我必要出場！」扔掉手中濕了的棉巾，她放下話。

青玉輕咬著唇瓣，聞言只是低低地應了聲「是」。

皇長孫陸准鑫的七歲生辰，有了皇帝的旨意，自然辦得熱鬧非凡。

對這個突然出現、得了帝后寵愛，更有端王府撐腰的皇長孫，京中不少人都有些好奇，如今趁此機會，自然爭相前來探個究竟。

因為是小孩子的生辰，大人們自然不好單獨前往，均帶上家中年齡相仿的孩子，也有讓孩子結交這個集萬千寵愛在一身的皇長孫的意思。

駛往二皇子府的端王車駕裡，陸修琰看著昏昏欲睡的妻子，難得地開始反省。

昨晚自己是不是折騰得太狠了些？否則明明前些日子這丫頭還興致勃勃地準備著小傢伙的生辰的，如今到了大日子，怎地倒無精打采起來？

無奈地嘆了口氣，他伸出手去將秦若蕖摟在懷中，讓她尋了個舒服點的位置，大掌輕拍著她的背，哄著她閉眼歇息一陣，一面又低聲吩咐將車速駛得慢些。

馬車在二皇子府大門前停下，早已得到消息的陸宥誠親自出來相迎。

彷彿在馬車停下的那一刻，秦若蕖便清醒過來，神采奕奕，哪有半分方才昏昏欲睡的模樣。

陸修琰微微笑著在她額上親了親，並沒有注意到她微閃的眼眸，率先下了車。

青玉低著頭與雲鷲兩人跟在被二皇子妃曹氏引著往前走的主子身後，偶爾抬眸，目光落到那熟悉的背影上，眼中含著隱隱的憂色。

蕖小姐……到底想做什麼？

「小皇嬸，請。」曹氏含笑引著秦若蕖進了花廳，又請她在上座坐下來，秦若蕖客氣了幾句便落坐。

她身為端王妃，又是二皇子夫婦的長輩，自然應當坐在上座。

很快便有各府夫人上前來一一拜見，秦若蕖帶著得體的淺笑，間或說幾句客套話，多餘的卻是半句也不說。

如此一來，倒是讓眾人更加猜不透。

還是侍女牽著無色的小手走進來，小傢伙揚著燦爛的笑容朝她走過去，快走到她身邊時撓了撓後腦勺，脆聲地朝她行了禮，這才蹦蹦跳跳地來到她身邊，扯了扯她的袖口。

「芋——皇叔祖母。」

秦若蕖目光落到他的小臉上，看著他不情不願的表情，嘴角微微彎了彎，伸出手去捏了捏他胖嘟嘟的臉蛋。

「乖！」

無色的嘴噘得更高了，虧大了、虧大了，當真是虧大了！

片刻之後，陸淮哲等二皇子府其他小輩又陸陸續續進來朝她行禮問安，一時間，廳內溢滿了孩童稚嫩的聲音。

秦若蕖有些不自在，在此之前，她從來沒有與這麼多小孩子接觸，更是相當不習慣，能夠親近無色，不過是因為他與秦四娘的關係。

曹氏自然沒有錯過她的不自在，笑著吩咐下人將小公子、小小姐帶下去，無色雖有些不願意，但今日府裡來了許多年紀相仿的小公子，他也從中結識了不少合得來的新朋友，故而沒有糾結太久，便任由侍女將他帶了下去。

前來恭賀的客人越來越多，秦若蕖不動聲色地打量著廳內眾人，直到聽見曹氏向她介紹正在向她行禮的婦人名號時——

「小皇嬸，這位是長樂侯夫人。」

秦若蕖呼吸一頓，眼眸不自覺地微微一瞇。

好一個風韻猶存的侯夫人，雖有了年紀，但看得出年輕時必是個難得的美人，莫怪長樂侯這般寵愛她。

「原來是長樂侯夫人，久仰。」她斂下所有思緒，微微笑著道。

長樂侯夫人連道了幾聲不敢，一舉一動、一言一行都優雅無比，給人如沐春風般的舒適。

秦若蕖饒有興致地與她多聊了幾句，讓在場的眾夫人心裡意外不已，心思輾轉間，又有幾名八面玲瓏的夫人笑著加入話題，一時間，廳裡氣氛漸漸變得融洽，又有了幾分隨意。

「那便是端王妃？倒有幾分姿色，難怪看不起咱們家。」西側門簾被人緩緩掀起，著一身粉紅衣裙的張庶妃冷冷地道。

「沒有點姿色，能勾得了端王娶她嗎？也怪為娘當日眼拙，還真以為她是個本分聽話的。」一旁的張夫人眼帶不屑。

當日她不嫌棄秦府門第，也不嫌棄這個沒有生母教養的秦四小姐，願意為她最疼愛的兒子聘娶其為妻，原本雙方長輩已經談妥了，哪料到待她請了媒人進門，卻被對方怒罵著轟出門，簡直是欺人太甚！

如今想來，這位眼界高得很，必是瞧不起她張府門第。

張庶妃寒著臉道：「咱們只好生看著，看她能得意到什麼時候！」

突然，廳內如眾星捧月般的女子抬眸朝這邊望了過來，驚得她下意識地扯著張夫人閃到了門後，心跳也不自禁地加快幾分。

不過一會兒，她又暗暗地唾棄自己。有什麼好怕的，難道她還有順風耳聽得到她的話不成？

秦若蕖當然沒有順風耳，她只是這般隨意地抬眸一掃，亦沒有留意張氏母女的存在。身處衣香鬢影當中，耳邊響著或試探、或討好等各種聲音，她難得有耐性地應酬著，雖然話仍不多，笑容瞧來卻頗為親近。

又過片刻，大皇子妃帶著兒子陸淮睿款款而來，跟在她身後的有三皇子妃、四皇子妃及各自她們的兒子，如此一來，皇室晚輩也到齊了。

自然又是好一番客氣，秦若蕖都一一見過。

「本是想到府上拜見，又怕擾了小皇嬸清靜，今日難得相聚一堂，我敬小皇嬸一杯如何？」大皇子妃舉起酒杯來到秦若蕖跟前，笑盈盈地道。

秦若蕖相當給面子地與她對飲，仰首將杯中酒一飲而盡。

有了大皇子妃的帶頭，曹氏等眾皇子妃亦不約而同上前敬酒，秦若蕖一視同仁，照樣將酒一飲而盡。

一旁的青玉擔憂地望著她。此前雖從未見過蓁小姐飲酒，可她知道，四小姐酒量是極淺的，不知……

當她看著已經接連幾杯下肚仍面不改色的秦若蕖時，心裡暗暗鬆了口氣。

宴席上觥籌交錯，言笑晏晏，便是一直對端王妃抱持觀望態度的某些夫人，看著她端莊得體地應付眾人，心中那點因她出身不高而帶來的偏見也漸漸消去不少。

身為主人的二皇子妃曹氏既要招呼女眷，又要不時留意小輩那邊的情況，一時忙得團團轉。

秦若蕖接連灌了好幾杯酒，又用了些甜品及茶水，不到片刻的工夫便覺得肚子脹脹的，她輕聲吩咐雲鷲幾句，雲鷲點頭，應聲朝不遠處的二皇子府侍女走去，下一刻，便有一名府中侍女走了過來，躬身引著她離席。

秦若蕖一身輕鬆地從淨房出來，青玉連忙上前伺候她淨手，雲鷲又為她整理了衣裳，三人才往宴席所在緩緩走去。

「……算我求求妳，看在姊妹一場的分上，就請侯爺幫幫我家夫君吧！」緩步間，突然隱隱聽到說話聲，三人不由自主地停下腳步。

秦若蕖順著聲音響起之處望過去，心中一突。長樂侯夫人？

卻見不遠處，兩名錦衣華服的婦人在拉拉扯扯，當中的一個正是長樂侯夫人。

「三妹妹，非姊姊心狠，只是侯爺在外之事，我從不敢多嘴，何況還涉及了朝政，妳讓我一個婦道人家又能說什麼呢？」長樂侯夫人無奈地道。

「不會太麻煩，只要侯爺肯出面求情，想必王爺看在他的分上，必會對夫君從輕發落。」另一名女子忙道。

「此事我真的無能為力，那是端王爺做的決定，侯爺不在其中，又怎能輕易插手？」見自己懇求來、懇求去，對方仍然不為所動，女子緩緩地鬆開了抓著她臂膀的手，冷笑道：「姊姊當真是見死不救？」

長樂侯夫人嘆息一聲。「三妹妹，一切都已成定局，若是有別的難處，我——」

「姊姊今非昔比，享著榮華富貴，年過三十仍能老蚌生珠一舉得男，可見夫君寵愛非常，又怎比得上妹妹如今落魄？只是姊姊，說起端王，便不得不提端王妃，若妹妹沒有記錯，端王妃來自益安秦府，她的父親曾是益安第一才子，她的繼母……正是太妃娘娘嫡親姪女，曾經的周三小姐，哦不，已經不再是端王妃的繼母了，周氏被休回府。姊姊，妳說那秦家是不是吃了熊心豹子膽，居然連太妃娘娘的嫡親姪女都敢休！」

長樂侯夫人似是愣了愣，對方卻不待她再說，彷彿自言自語地又道：「自家姑娘被休棄，周府居然吭都不敢吭一聲，太妃娘娘竟也是一句話也不說，可見那周氏必然犯了大錯。若妹妹沒有記錯，姊姊，這位曾經的周三小姐，曾是姊夫長樂侯未過門的妻子，當年若不是妳從中橫插一腳，說不定那周姑娘也不會落得最終被休棄的下場。」

「妳胡說些什麼！」見她不分場合地胡言亂語，長樂侯夫人大驚，低聲斥道。

「難道我還有說錯不成？當年妳明知道長樂侯與周家小姐有婚約在身，可仍然與他暗中勾搭，說不定周家小姐悔婚也是你們的詭計；明明稱了心、如了意，還偏擺出一副受害模樣，長樂侯不過如此，妳自己也乾淨不到哪裡去，分明……」女子眼中滿是怨恨與不甘。

「三妹妹！」長樂侯夫人厲聲喝止。畢竟是久居高位的侯夫人，這一喝斥，竟有幾分威嚴凌厲的氣勢，一下子便震得那女子住口，亦讓她回過了神。

這兩人還說了些什麼，秦若蕖沒有聽進去，腦子裡只有那婦人那番話在不停地迴響。

原來周氏嫁爹爹，果真有長樂侯的手腳在……

袖中雙手死死地握成拳頭，雙眸溢著掩飾不住的狠戾殺意，冰冷的目光一直盯在長樂侯夫人漸漸遠去的身影上，直到雲鷲不解地輕喚「王妃」，她才深深地吸了口氣，努力壓住體內叫囂著的殺意。

「走吧！」她語氣平淡，聽不出有什麼起伏。

雲鷲與青玉對望一眼，隨即跟上她的腳步。

走出好一段距離，雲鷲忽地低呼一聲。「王妃，您的耳墜怎麼少了一只？」

秦若蕖下意識地摸摸雙耳，果然發現左耳少了一只耳墜。

「會不會落在淨房那邊了？」青玉四處尋了一圈不見，提醒道。

雲鷲如夢初醒。「必是落在那裡了，王妃，奴婢這便去找回來。」

秦若蕖點點頭，雲鷲朝她福了福身子，而後轉身離開。

「……蕖小姐。」靜靜地站了一會兒後，見秦若蕖神色不明地望著遠方，青玉有些不安地輕喚。

秦若蕖垂下眼簾，不知在想些什麼，片刻，一言不發地抬步往前走去。

青玉輕咬著唇瓣，寸步不離地跟上。

「寶兒，莫要淘氣，否則娘便告訴爹爹去。」輕輕柔柔的女子嗓音響起，有幾分熟悉，細一聽，秦若蕖臉色一沈，已認出聲音的主人正是長樂侯夫人。

她冷冷地望過去，見長樂侯夫人正蹲在一個年約四、五歲的孩童跟前，慈愛地為他整理著身上的小衣裳，又吩咐了身邊的侍女幾句，緩緩起身四下環顧，似是在找著什麼，下一刻，眼神一亮，提著裙襬朝不遠處高高搭著的戲臺走去。

那戲臺，正是二皇子府上請的雜技班子平日練習處，用木板與竹竿綁著搭建而成，這個時候，戲班子已經全部到前院去表演了。

秦若蕖眼神如淬毒，右手緩緩地往身側的假山石探去，順手將一塊扁長的石塊抓在掌心。

再走近些、再走近些……憑她的武功，只要用盡全力將這石塊扔過去，必能將那繩索斬斷，只要繩索一斷，那賤人不死也得殘！

秦若蕖屏住呼吸，持著石塊的右手嚴陣以待，只待長樂侯夫人一步一步往戲臺底下走去……

近了，近了！

眼中閃過凶狠的殺意，趁著長樂侯夫人彎下身子往地上撿東西的時機，她猛一發力，右手一揚，只見一道疾風忽起，如閃電般直往對方頭上固定木板的繩索飛去——

突然，只覺眼前一花，似是有陣風往臉上撲來，她不禁抬手去擋，卻在看到忽然出現在眼前的熟悉身影時，愣在當場。

端王……

她暗地吃了一驚，端王怎會來了?!當她看到陸修琰右手裡那本應被她擲出去了的石塊時，臉色頓時一變。

毫不掩飾的失望溢滿陸修琰的眼眸，右手掌心的那股痛楚似是緩緩在他體內蔓延開一般，漸漸地滲入他的心房。

彷彿一股寒氣從腳底升起，秦若蕖腦子一片空白，只有一個聲音在不斷地迴響——他發現了、他發現了……

她僵著身子站在原處，只能眼睜睜地看著陸修琰一步一步朝她走過來，看著他緩緩地執起自己的手，將那塊猶帶著體溫的石塊放回她的手中。

「不關她的事……」下一刻，她便聽見他帶著沙啞的嗓音在耳畔響著。

他都知道了，他什麼都知道了……

秦若蕖臉色又白了幾分，但很快地，內心竟緩緩地平靜下來。

知道也好，藏著掖著到底麻煩，既然知道了，她也可以與他談談條件。

陸修琰看著她坦然平靜的神色，嘴唇抖了抖，最終只是苦澀地勾了勾嘴角，側過頭吩咐青玉與趕回來的雲鷲好生伺候王妃，再深深地望了她一眼，這才大步離開。

秦若蕖注視著他漸漸遠去的背影，眉頭不由自主地皺了起來，少頃，接過雲鷲送到跟前的耳墜從容地戴回去，淡淡地道：「走吧！」

青玉憂心忡忡地望了望她，又回過頭看看陸修琰消失的方向，再對上雲鷲眼中的憂色，暗地嘆了口氣。

秦若蕖走出幾步又停了下來，攤開手掌看著手上那被捂熱的石塊，嘴唇抿了抿，手一揚，只聽「撲通」一下落水聲，荷池應聲蕩開一圈圈漣漪，良久，池面又再回復初時的平靜。

荷池重回歸寧靜後，張庶妃緩緩地從另一側的大樹後走出，眼神若有所思，片刻，嘴角微微勾起。

原來端王並不像外頭傳言的那般寵愛王妃……

她冷哼一聲，不屑地瞥了一眼遠處，這才從另一個方向離開。

「小皇叔，我再敬你一杯。」陸宥誠舉杯，挑眉道。

陸修琰含笑，端過酒杯與他的輕碰了碰，一飲而盡。

陸陸續續又有其他官員前來敬酒，陸修琰來者不拒，臉上始終帶著淺淺的笑意。突然感覺袍子被人輕輕扯了扯，他低頭一望，竟然看見無色蹲在地上，正笑咪咪地仰著腦袋望向他。

他先是一怔，隨即便笑了起來，笑容較之方才的笑，卻是多了些真心。

大手一撈將小傢伙抱到了懷中，輕輕捏了捏他的臉蛋，輕聲問：「怎麼一個人跑了出來？」

無色在身上的小掛包裡掏啊掏，從裡頭掏出一塊果肉塞進他的嘴裡，笑得眉眼彎彎地道：「好吃嗎？」

緊接著，又壓低聲音與他咬耳朵。「我偷偷拿出來的，你一塊，芋頭姊姊一塊，剩下的全歸我啦！」

陸修琰失笑，嚼了幾口便將那酸酸甜甜的果肉嚥下，摸摸他的腦袋瓜子，轉身叮囑含笑站立一旁的陸宥誠。

「日後要嚴格限制他吃甜品的量。」

「好，謹遵小皇叔之命。」陸宥誠笑著回道。

「不好、不好，不能這樣的，你這壞蛋！」無色哇哇叫著抗議，在他懷裡手舞足蹈。

陸修琰哈哈一笑，在他肉肉的小屁股上拍了幾下，這才將他放了下來。

小傢伙氣呼呼地瞪他，用力瞪他。這個恩將仇報的壞蛋，太壞了！

陸修琰好笑地捏捏他氣鼓鼓的臉蛋，戲謔道：「哪來的小青蛙？」

小傢伙抓過他的大掌咬了一口，再衝他得意地扮個鬼臉，也不理會身後人詫異的目光，一溜煙地鑽進人群不見了蹤影。

「還不跟上伺候？」陸宥誠對氣喘吁吁趕來的小廝喝道。

那人連額上的汗也來不及擦，連忙應了一聲，又朝那靈活的小身影追了過去。

小傢伙帶來的小小插曲，倒是一洗陸修琰心中方才的悶氣。

「皇長孫活潑伶俐，聰穎可愛，二殿下有子如此，當真是令人羨慕。」少頃，便有官員打著哈哈恭維道。

「小兒淘氣，倒是讓諸位大人見笑了。」陸宥誠笑容不改地客氣道。

「哪裡的話，皇長孫聰明伶俐，連皇上都讚不絕口，疼愛有加……」

此起彼伏的附和聲四起，陸宥誠心中得意，表面卻是不顯。

兒子今日可當真給他長臉！

陸修琰也不理會，再度落坐，給自己滿上一杯酒，正要送到嘴邊，忽覺身側有人坐下，斜睨一眼，認出是陸宥恒。

接著，只聽陸宥恒道：「鑫兒這孩子，的確討人喜歡。」

「嗯，他淘氣起來氣死人的模樣，你是沒見過。」

那是誰，萬華寺鬼見愁的無色大師，除了住持與無嗔大師，哪個沒被他捉弄過？可偏又奈何他不得。

陸宥恒定定地望了他片刻，突然低低地嘆了口氣，似真似假地道：「小皇叔，我都有些妒忌了。」

陸修琰望了過來，眉毛輕揚。「妒忌鑫兒？你多大年紀了？還與小孩子爭風吃醋？」

「瞎說什麼呢？」陸宥恒哭笑不得。

陸修琰微微一笑，將酒一飲而盡。

「罷了、罷了，我也不與你說這些有的沒的。說說吧，怎麼離開才一會兒，回來便心情不暢了？」陸宥恒無奈地搖了搖頭，也給自己倒了杯酒，關切地問。

旁人不了解他，難道他這個與他一同長大的還不知道嗎？越是笑得親切隨和、無懈可擊，那便代表他的心情越是差。

陸修琰笑意一凝，也清楚瞞他不過，只是事關妻子，他不願意與別的男人講，哪怕這個人是如至交般的姪兒。

陸宥恒見他不願說，也沒有追問，悶不吭聲地為他續了酒，輕拍他的肩膀以示勸慰，轉身與前來敬酒的官員對飲起來。

女眷那邊的秦若蕖亦有些心不在焉，臺上花旦咿咿啞啞地在唱些什麼，她完全沒有聽進，總是不知不覺地想到方才陸修琰的神情。

明明方才覺得沒什麼大不了之事，如今靜下心想，竟生出幾分心虛來。

她有些頭疼地揉了揉額角，眼神不經意間注意到大皇子妃及二皇子妃兩人同時臉色一變，而後匆匆離場，心思微微一動，朝著雲鷲招了招手，在她耳邊低語幾句。

雲鷲心領神會，靜靜地退了出去。

不到一刻鐘的時間，雲鷲便回她的身邊，輕聲稟道：「大皇子府的大公子與二皇子府的大公子吵了起來，到後面還動起手來，正鬧得人仰馬翻，兩位皇子妃趕過去處理了。」

無色與曾經的「皇長孫」陸淮睿動手了？

秦若蕖蹙眉，追問：「無……鑫兒可有傷著、碰著？」

只問皇長孫，親疏立見。

雲鷲有些意外，但稍想一想也覺得情理之中，畢竟皇長孫與王妃都是從岳梁來的，兩人又是相識在前。

「皇長孫武藝稍強，故而……」

後面的話不用說秦若蕖也明白了。想想也是，無色本就年長一歲，加上自小習武，又是滿山遍野放養長大的，自然比嬌生慣養的那一位強壯些。

「好端端地怎會吵了起來？身邊跟著伺候之人呢？」她又問道。

無色大師向來自持「輩分高」，最不耐煩與「不懂事的小屁孩」吵架了，因為這樣會有損他「未來得道高僧風範」。

以上這些話，均是當初在岳梁時小傢伙對秦四娘所說，一字一句她可都記得清清楚楚的，故而覺得有些奇怪。

「是因為睿公子說了句有些難聽之話，惹惱了皇長孫，兩人才動起手來。」

「他說什麼難聽之話了？」

雲鷲略微遲疑一下，道：「他說、他說皇長孫是、是野孩子。」

秦若蕖皺眉。這樣的話，孩子自然不懂，想來必是從大人那裡聽來的，看來無色的回歸，引來許多人的不滿啊！

心裡蠢蠢欲動著想去看看，不過很快便壓下這個念頭。

兩家家事，她何苦橫插一腳？

這樣一想，她又心安理得地看起戲來。

突然，腦子裡一陣劇痛，似是有人用力捶著一般，她不禁撐著額頭，心中暗叫不好。

秦四娘要甦醒了？可是青玉不是對她……論理不應該這般快的啊？難道、難道……無色！是無色！

她猛地抓住一旁青玉的手，強忍著那痛楚，一字一頓地道：「妳親自、親自將帶來的生辰禮送到無色跟前，現在立即便去！」

話音剛落，她便覺痛楚稍緩，心中了然，果然是無色之事觸動了秦四娘。

青玉一愣，隨即連忙稱是，很快便離開了。

此時的陸修琰亦聽到了兩個孩子打起來的消息，他皺眉望向陸宥恒，陸宥恒連連擺手道：「小皇叔，這可不關我之事。」

「我自然是相信你的，只是……」

「小皇叔放心，我回去必然徹底清理睿兒身邊之人。」陸宥恒心中也惱得很，兒子挑事在前，可見身邊教導之人別有居心。

陸修琰點點頭。「那你便去看看吧！」

陸宥恒離開不過一會兒的工夫，長英便上前低聲回稟。「王妃著青玉帶著生辰禮交給了皇長孫，就在、就在二皇子妃訓斥皇長孫之時。」

陸修琰當即愣住了。

她？

半晌，一絲若有還無的笑意揚於唇角，他驀地心情大好，一直籠罩在頭上的陰雲終於徹底散去了。

她還在意無色，可見並非完全變成被仇恨蒙了心之人，方才會出手對付長樂侯夫人，想來不過是一時衝動，是他多慮了。

初時乍見她竟然不顧場合便要出手，他承認，那一刻他的整顆心都是涼的。不過是道聽塗說，又無確鑿證據，她竟然便能不眨眼地下狠手，難道在她的眼裡，但凡與當年之事有所牽連之人，一定得死嗎？

她出手的那一瞬間，可曾想過他？可曾想過萬一長樂侯夫人真的出事，以長樂侯的性情，又豈會善罷干休？若是他追查下去……到時又會牽連多少無辜之人？

他不怕她性情古怪，也不怕她手段狠戾，他只怕她眼裡、心裡除了報仇，再容不下其他。

所幸，他的姑娘終究還是沒有讓他失望，她還會護短，還知道擺明立場替小傢伙撐腰；只要心裡還有在意的人事，便不會徹底淪為仇恨的俘虜。

第二十七章

回府的馬車上，秦若蘂淡淡地瞥了一眼坐在身邊的男人，見他神色如常，一時也猜不透他心中所想，唯有沈默地抿緊了雙唇。

「妳放心，曹氏會好好照顧鑫兒的，她是個聰明人，知道怎樣做才是最好的選擇。」陸修琰那低沈醇厚的嗓音突然響起，讓一時毫無準備的她怔了怔。

她放心？她有什麼不放心的？心裡滿是狐疑，轉瞬間便明白了。

她緩緩地轉過身去，迎上他的視線，慢條斯理地道：「端王爺，你應該清楚我是誰了吧？」

陸修琰微微一笑。「本王自然知道，妳是本王三媒六聘、明媒正娶的原配妻子。」

秦若蘂臉上閃過一絲惱色，壓低聲音道：「你看清楚了，我是秦若蘂，不是你的妻子秦四娘！」

「本王的妻子正是秦四姑娘若蘂，沒錯啊！」陸修琰好整以暇，一臉無辜地道。

秦若蘂被他一噎，片刻，冷笑道：「看來王爺瞧中的只不過是這副皮囊。」

「這副皮囊是本王王妃的，本王自然愛不釋手。」陸修琰不疾不徐地接了話。

只要是他的王妃的，他都會視若珍寶，愛不釋手。

秦若蘂被他堵得一時竟不知該如何回答，只能恨恨地瞪著他。

陸修琰心情大好，不再逗她，正色道：「妳要追查之事，我自會助妳。只是，當年周氏執意嫁入秦府，與長樂侯夫婦並無直接關係，堅持要嫁的是她自己，長樂侯或許有些推波助瀾之舉，但並未多加干涉，最終下定主意要嫁的仍是周氏本人。」

一個不願嫁，一個不願娶，長樂侯所做之事，不過是讓他自己、讓長樂侯府不成為周氏的阻礙罷了。

「冤須有頭，債須有主，追查真凶也好，報仇雪恨也罷，一切須有真憑實據，絕不能連累無辜，以致多作孽。」說到後面，倒是有幾分苦口婆心勸說的意味。

「你是怕我再去找她的麻煩？」秦若蕖瞥他一眼。

陸修琰自然明白這個「她」指的是長樂侯夫人。

「不，我是怕妳會連累自己。長樂侯非等閒之輩，他待其夫人用情至深，若是她出事，長樂侯必然會追究到底，本王雖自問有幾分能力，但也不敢保證能護妳毫髮無損。」

若長樂侯是幕後主使倒也罷，哪怕對方有再硬的骨頭，他也不怕去啃上一啃，勢必要為妻子討個公道；他不怕樹敵，可也不願意與人做無謂的爭鬥。

便是老虎也有打盹的時候，他行事再周密，也不敢保證能將她護得密不透風。不怕一萬，只怕萬一，那個萬一，是他此生此世都不可能接受得了的。

秦若蕖沈默片刻，又冷冷地道：「自然是冤有頭、債有主，只是，此仇我必要親手報。」

陸修琰也沒有想過一時半刻便能勸服她將一切交給自己，聽她這話的意思是不打算再對付長樂侯夫婦了，這才稍稍鬆了口氣。

「既然你知道我了，有些事，我還是想與你好生商議一番。」下一刻，他又聽秦若蓁道。

「是何事？妳且說來聽聽。」

「不管你承不承認，我都不是嫁你為妻的那個秦四娘，為了日後我能方便行事，請你務、必、不、要夜夜糾纏著秦四娘！」後面一句頗有幾分咬牙切齒的味道，這個身體她也有分的好不好?!

陸修琰先是一怔，隨即輕笑出聲，若非時間與地點不對，他都想放聲大笑起來。

「你可聽到了？」秦若蓁惱怒非常，手一伸扯著他的領子，惡狠狠地逼問。

陸修琰勉強壓下笑意，攏嘴佯咳一聲道：「這個怕是有些難辦，夫妻敦倫乃天經地義，更是人之常情，更何況我與王妃正值新婚燕爾，正是情濃之時，只恨不得時時膩在一起，更——」

「你有點臉成不成？你怎不把她縮小放進兜裡日日時時帶在身邊？沈迷溫柔鄉，這是一個英明王爺會做的事嗎？」秦若蓁磨牙，強壓下那股想將他狠狠地拋出車外的衝動。

「嗯，本王的一世英明早已毀在王妃手上。」陸修琰忍著笑，一本正經地道。

「你……」秦若蓁被他的沒皮沒臉氣得渾身發抖，當下再忍不住，用力揪住他的領口就要將他扔出車外，虧得陸修琰及時看穿她的意圖，雙臂一展死死地抱著她的纖腰，雙唇湊到她的耳畔道：「王妃可千萬手下留情。」

夫妻間的小打小鬧，還是關起門來比較好，若是被她這般扔下車去，這輩子他再沒臉見人了。

整個人突然撞入一個厚實的胸膛，緊接著，溫熱的氣息噴在耳朵處，秦若蕖身子先是一僵，緊接著一股熱浪「轟」的一下升騰至臉上，下一刻，眸中精光盡退，雙眼緩緩垂落，再睜開時，眼神茫然又有些許懵懂。

「陸修琰？」耳畔響著軟軟的嗓音，陸修琰愣怔，鬆開環住她腰肢的手，微微低下頭對上那對漆黑如墨的眼眸，片刻，一絲無奈的笑意揚於唇角。

他用力在那粉嫩嫣紅的唇瓣上親了一口，額頭抵著她的，輕聲輕喚。「阿蕖。」

秦若蕖眨巴眨巴水汪汪的雙眸，又望望身處環境，不解地問：「咱們這是要到哪裡去？」

「回府去。」

「回府？可是、可是酒肉小和尚的生辰……」秦若蕖結結巴巴地道。

陸修琰凝視她良久，望著那懵懂不解的神情，暗嘆一聲。

這丫頭當真是不記得了。

「咱們方才便是從二皇子府上出來，也見過了鑫兒，妳連準備好的生辰禮都讓青玉交給了他，可記得？」他耐心地解釋道。

不記得也無妨，反正她身邊有他。

青玉？青玉也在場？那便沒事了。秦若蕖徹底鬆了口氣，軟軟地偎入他的懷中。

「……阿蕖，妳真的一點也記不得方才在二皇子府上的事了嗎？」半晌，陸修琰遲疑著問道。

秦若蕖在他懷中坐直了身子，飛快地看了他一眼，頭略微低著，有些不安地咕噥道：「陸修琰，我、我患、患有夜遊症，有、有時會在睡得迷迷糊糊時外出，可是醒來的時候卻什麼也記不得。」

「夜遊症？」陸修琰驚訝地道。

雖然早知道這丫頭強悍的另一面所做之事，自己完全記不得，卻沒想過她會這般解釋那些莫名其妙的事。

「是、是啊，打小便這樣，小時候有時一覺醒來發現身上還帶著瘀傷，又疼又疼的，後來便慢慢習慣了，就是有時醒來會發現自己出現在陌生的地方。」

瘀傷？想來是習武期間所受的傷了，也難為她一個小姑娘能吃得了那樣的苦頭。

陸修琰眸色漸深。「妳不曾想過這其中發生過什麼事？」

「想不起來，再說，青玉每回都陪著我呢，不會有什麼事的。」秦若蕖滿不在乎地道。

青玉……這丫頭對青玉的信任可真是毫無保留。

「陸、陸修琰，你、你會不會、會不會嫌棄、嫌棄我？」不安的輕問響在車內。

陸修琰深深望著她，見她緊張得全身繃得緊緊的，原本規規矩矩地放在膝上的白淨雙手，現在正把那身名貴的衣裙揪出一條條縐褶來。

心，就這般突然軟了下來。他將那柔若無骨的小手包在掌中，不答反問：「我記性不大好，常常記不住屋裡擺設位置，妳可嫌棄我？」
「當然不會！」秦若薻不假思索地回答。
「那便是了。」陸修琰唇角輕揚。
秦若薻愣怔一會兒，注視著他臉上掩飾不住的笑容，突然間福至心靈，明白他這話意思。
他不會嫌棄她，正如她也不會嫌棄他。
笑容再度綻放，她猛地撲入他懷中，環住他的脖頸嬌滴滴地道：「陸修琰，你怎麼就這般好呢？」
陸修琰摟著她，心裡熨貼，低下頭去親親她的臉。「因為王妃很好啊！」
嗯，小丫頭還是這個性子更好，嬌嬌甜甜的，又乖又軟。
想到方才那惡狠狠的眼神，他無奈輕笑，突然有個預感，接下來的日子看來不會太平靜。
不過也無妨，只要是他的王妃，不管是什麼樣子，他都會悉數接納。
回到府中，又陪著妻子坐了一會兒，待秦若薻回屋更衣時，他起身走向一旁面露遲疑的下人。
「何事？」
「回王爺，長樂侯求見。」

長樂侯？來得比他意料的要快。

「請他到外書房。」放下話後，他又轉身叮囑雲鷺。「王妃若問起，便說我辦些公事，片刻便回。」

「是。」

進了書房，果然看見一身侯爵錦衣的長樂侯正目不斜視地坐著等候，見他進來，忙起身行禮。

彼此見了禮，陸修琰在上首落坐，先是啜了口茶，這才不疾不徐地問：「不知侯爺前來尋本王所為何事？」

長樂侯眼神有幾分複雜難辨，聞言深深地吸了口氣，道：「下官自問與王爺從未結怨，更不知何處得罪了王爺，使得王爺處處打壓。」

近月來，族中接二連三出事，便是他自己亦覺寸步難行，事事不順；更有甚者，他那個跟隨叔父在外遊歷的長子，前不久更牽扯上人命官司，雖說最終查明是清白無辜的，但到底吃了不少苦頭，這一切他都不敢讓妻子知曉，只死死地瞞著。

他這一族倒楣不止，連妻子娘家人亦是如此，甚至比他更甚，丟官的丟官，入獄的入獄，總之就是厄運連連。

直到一個時辰前，他派出去暗查之人終於回了消息，這一切的幕後指使居然是端王！

妻子娘家某些人雖非清白，但所得處罰卻顯偏重，這當中，想來是有人暗中施加了壓力。

「本王的王妃來自益安秦府。」片刻之後，他聽到風馬牛不相及的一句話。

端王妃來自何處與他何干？他不解。

「侯爺想來忘了，你曾經的那位未過門妻子，後來便是嫁到了益安，她所嫁之人，姓秦，正是本王的泰山大人。」

長樂侯臉色微變。

「侯爺這些年日子過得太安穩，本王思前想後，卻覺心裡不甚痛快。」陸修琰幽幽的聲音響在他耳邊，讓他臉色變了又變。

「禍水東引，侯爺打得一手好算盤……」

此時此刻，他終於明白連連厄運因何而來了。

「當年……我並不知那秦季勳已有家室。」良久，他方啞聲道。

他不喜周氏性情刁蠻，頤指氣使又目中無人，自然不會調查她喜歡的是什麼人，只見她對對方似是暗生情愫，乾脆動了些手腳，讓他們接二連三巧遇。直到後來周氏要退婚另嫁鰥夫秦季勳，他才知道原來那人本有家室。

便是兩年之前，他也不覺得自己「成人之美」有什麼錯，周氏是在秦季勳原配夫人過世後才嫁過去的，秦府肯娶，兩家你情我願，又有什麼不可以？

一直到端王從益安回來，還帶回了周氏的遺體，外頭雖都在傳言周氏病逝路上，但他卻清楚，周氏之死另有蹊蹺，她亦非回京探親，而是被休棄回家。

以秦府的門第，居然敢不顧太妃及周家的顏面休妻，這當中必然發生了一些讓周家人不敢聲張之事。

也是到了那一刻，他才醒悟，或許當年周氏嫁入秦府，並非秦府之福。

「知或不知又能如何，一切都已成了定局。」陸修琰聲音飄忽，卻一下子讓長樂侯沈默了下來。

良久，他沈聲道：「下官並不後悔當年所做之事，王爺亦是性情中人，自當明白此生此世唯要一人的心情。下官並非聖人，亦有私心，周氏當年……罷了、罷了，一人做事一人當，下官願獨力承受所有報復，請王爺莫要牽連他人。」

陸修琰掀開杯蓋輕吹了吹蒸騰的熱氣，小口地呷了口茶，方道：「侯爺果乃大丈夫，既如此，過幾日你便上摺子，請旨出任西南郜都督。」

長樂侯猛地抬頭對上他冷漠的眼神，嘴唇翕動幾下，片刻，拱手躬身道：「下官明白了。」

西南郜地處偏僻，土地貧瘠，說是窮山惡水亦不為過，加上人員複雜，刁民豪強屢屢生事，連官府都不放在眼內，地方官員不是同流合污，便是死於非命，或者尋求靠山調離此地，久而久之，此處便成為朝廷一塊最難啃的骨頭。

長樂侯若是出任西南郜都督，與流放亦無甚差別了。

從端王府離開，一直跟在長樂侯身邊的侍衛終於忍不住問：「侯爺，您真的要去西南郜？」

「一言既出，駟馬難追，既然已經答應了下來，自然不會食言。」

「可是那裡……」

「我心中有數，無妨，只是此事暫且不要讓夫人知道。」長樂侯沈聲叮囑。年輕侍衛不甘願地點了點頭，隨即一臉忿恨地又道：「端王著實欺人太甚，枉朝野上下還誇他是位賢王，依屬下看來，他分明是公報私仇……」

「王爺已經手下留情了，估計他也不過是想著小懲大誡一番；若是他真要對付咱們，只怕長樂侯府不會是今日這般境況。」長樂侯輕嘆一聲。

端王想來不過是為了替王妃出口氣罷了，當年之事他雖有一定的責任，可後面發生的一系列事件卻與他不相干，更是他所想不到的，再怎麼追究也追究不到他頭上來。

同是性情中人，同樣對妻子情有獨鍾，他當然明白這種無論如何都要為受委屈的意中人做些事的心情；再者，不管是族中還是妻子娘家，確實是存在不少泥淖，也是應該清理一番，故而對數月來遭受的連串打擊，他認了。

長樂侯離開後，陸修琰獨自一人在書房內坐了許久，直到下人來稟，說是王妃著人來請王爺。

他回過神來，想起嬌妻，不由自主地揚起了絲絲笑容。

「都累了一整日，有什麼要緊事不能明日再辦，非得這會兒去做？」見他回來，秦若蕖忙迎了上來，噘著嘴數落。

陸修琰微笑著任她念叨不停，這含著顯而易見關切的絮絮叨叨、身邊不停忙碌著的妻子，如此景象，竟讓他生出幾分歲月靜好之感。

他喟嘆著拉過將他換下來的衣裳掛到架子上的妻子，摟在懷中，下頷搭在她的肩窩處，輕聲喚：「阿蕖。」

「嗯？」秦若蕖側過臉，疑惑地應了一聲。

陸修琰卻不再說，猛地用力將她抱起，逕自往內室走去……

當晚，憶及馬車裡秦若蕖那番務必不要糾纏的話，陸修琰心思一動，徹底解放往日已是有所克制的慾望，使勁將身下的妻子折騰成一灘水，看著她連哭的力氣都沒了，只能間或抽噎幾聲表示控訴及不滿，他滿意地將那軟綿綿的嬌軀摟入懷中，不時這裡捏捏、那裡揉揉，又或是低下頭去偷記香，笑得無比饜足。

秦若蕖已經不知道小死了多少回，只知道身邊這人絲毫不理會她的哭泣哀求，將她翻來覆去地折騰，折騰得她連動動手指的力氣都沒有，只能認命地任他在身上起伏。

好不容易他終於心滿意足地放過了她，又親自抱著她到池裡淨過身，她已經累得連掀掀眼皮都不願了，更不必說理會身上那雙又在四處遊走點火的大手。

陸修琰也清楚今晚把她折騰慘了，親親那有些紅腫的唇，嗓音帶著饜足後的暗啞。

「睡吧……」

夜深人靜，交頸鴛鴦心滿意足而眠，遠處的打更聲敲響了一下又一下。

突然，本是累極而睡的女子在男子懷中驟然睜眼，下一瞬間，陡然發力，一下子便從男子懷中掙開，整個人再一翻身，便將對方壓在身下，右臂更是橫在對方脖子處。

「你是故意的是不是?!」從牙關擠出來的話，足以表明她的惱怒。

身下，男子胸腔處一陣震動，隨即，那雙好看的星眸便緩緩地睜開來。

陸修琰絲毫不在意脖子上的壓力，雙臂一伸，直接抱著對方腰肢用力一拉，便將秦若蕖牢牢地困在懷中。

「放手，你這登徒子！」秦若蕖羞窘難當，恨恨地掙扎道。

陸修琰翻身壓制住她亂動的四肢，笑看著她道：「本王與王妃乃是夫妻，名正言順歡好，又怎會是登徒子？」

「你、你不要臉，你這樣做對得起秦四娘嗎？」秦若蕖又急又怒，卻又掙脫不得，唯有恨恨地質問。

陸修琰輕笑。「本王身邊自始至終都只有王妃一人，又怎麼對不起王妃了？」傻丫頭也好、凶丫頭也罷，不都是她嗎？

秦若蕖氣得滿臉通紅，雙目噴火地瞪著他。此時此刻，她只恨自己學藝不精，以致受制於人。

陸修琰也知適可而止，眼前這位脾氣可壞得很，不像方才那般嬌軟可人。他鬆了力道，還未來得及放開她，已被察覺力道稍減的秦若蕖用力一踢，當下便將毫無防備的他踢下了床。

只聽一聲重物落地的悶響，陸修琰被摔得有幾分懵，難以置信地望向她。

秦若蕖若無其事地從床上坐了起來，拍拍身上的衣裳，淡淡地道：「我已經讓你放手得了。」

陸修琰無奈地笑笑，也不以為忤，緩緩地從地上站起，慢條斯理地道：「看來今晚本王還不夠努力，以致王妃還能有踢人的力氣。」

秦若蕖哪會聽不出他話中意思，又羞又惱，惡狠狠地用眼神直往他身上刺。她以前怎麼就沒發現，此人的性情竟是這般的可惡！

胸口氣得急促起伏，她恨不得衝上去劃花對方那張笑盈盈的臉，不過她也清楚自己如今是有求於人，不管怎樣都得忍耐。

她深深地呼吸幾下，直到覺得心裡頭那股怒火漸漸消散，這才冷聲道：「王爺若是精力過剩，自去別人身上發洩，秦四娘身子嬌弱，怕是承受不起。」

連這樣的話都說出來了，可見著實氣得不輕。陸修琰微笑著搖了搖頭，也不在意。

「嗯，本王比較挑剔，挑了這些年，也只發現王妃一人符合本王口味。」

秦若蕖冷哼一聲，倒是沒有再反駁他這話。

「我問你，當日周氏身邊的梁嬤嬤及浣春，還有那呂洪到底是怎麼死的？」少頃，她便問起了一直糾纏在心中之事。

陸修琰臉色一凝，對她所問之事心裡早已有所準備，也不打算瞞她，遂一五一十將當日發生之事詳詳細細地道來。

「……照你這般說，要追查此事，關鍵在那位名喚長義的侍衛身上？」秦若蕖沈著臉，緩緩地道。

「可以這樣說。」陸修琰頷首。

「連你也不能從他口中得到半點訊息？」秦若蕖一臉的懷疑。「他不是你的屬下嗎？竟然連你的吩咐都不聽？」

陸修琰無奈。「長義並非尋常屬下，他是父皇當年親自為我挑選的護衛，亦是原青衣衛首領崔大人之子，自小我便與他一起在崔大人手下習武，我的武藝初時還是他所傳授，他於我而言，亦師亦友。況且，以長義的性子，他若是不想說之事，哪怕再怎麼逼迫他，他也絕不會吐露半個字。」

秦若蕖雙眉不由得微微蹙了起來，努力在腦子裡搜索一通對長義的記憶，印象中是個不苟言笑、一板一眼的男子，除此以外，再沒有別的了。

「我已經著人去查了，雖然還是需要些時間，但我相信，一切總會有水落石出之時。」陸修琰伸出長指想要撫平她眉間皺褶，卻被回神過來的秦若蕖飛快避開。

望著一臉戒備的她，陸修琰無奈地勾勾嘴角。果然還是那個會主動抱他、主動親他的性子更好。

秦若蕖本是想問問他府中守衛一事，想了想又放棄了；若是他知道她的打算，說不定會成為她的阻礙，雲鷲會到秦四娘的身邊伺候，這還不能說明問題嗎？這人就想要監視她。

「既然如此，那便暫且這樣吧！」她匆匆地扔下一句，重新躺回床上。

片刻，均勻的呼吸便響了起來，陸修琰失笑，望向床上身影的眼神帶著寵溺。

翌日，因與秦三夫人有約，故而雖然渾身痠痛難忍，可秦若蕖還是一大早便起來了。

陸修琰難得地陪她用了早膳，又親自將她送出門，這才上朝去了。

下了朝，奉旨到龍乾宮議事，方邁進正殿門，便見兩個小身影垂頭喪氣地跪在地上，正是昨日「大戰一場」的無色與陸淮睿。

他的目光在兩人身上掃了掃，最後落到垂頭喪氣的無色身上，眉梢輕揚。

認識小傢伙這般久，還是頭一回見他這副如被霜打過的茄子模樣，可見大戰過後著實挨了不少訓。

無色察覺他的到來，可憐兮兮地抬頭望去，大眼睛眨啊眨的，釋放出求救的信號。

陸修琰嘴角含笑，卻只當沒看見，當下無色的怨念便更濃了，小眼神直往他身上飄。

見死不救，沒良心的壞蛋！

跪在他身旁的陸淮睿飛快地在兩人身上看了一眼，腦袋垂得更低了，心裡又是委屈、又是難過。

皇叔祖本來就喜歡他比喜歡自己多，如今只怕要不喜歡自己了。

宣和帝將一切看在眼裡，心裡有些好笑，又有幾分無奈。

他清咳一聲，沈下臉道：「你倆可都知錯了？」

「知錯了。」沒精打采地異口同聲。

「錯在哪？」

「不該動手打人。」無色蔫蔫地先回答。

「不該罵人。」陸淮睿悶悶地接了話。

「你們是皇室子弟，一言一行代表著皇家，兄弟如手足，自當友愛互助，兄友弟恭，大庭廣眾之下打架，成何體統！」宣和帝板著臉，嚴肅地教訓道。

「再不敢了，睿堂弟，我對不起你，日後再怎麼忍不住也不當眾打你了。」無色一臉真誠地朝身旁的陸淮睿道。

嗯，日後絕對不當眾打了，要打也要私底下沒人時再打。

他的小心思又哪瞞得過宣和帝與陸修琰，兩人均無奈搖頭。

「睿兒，你可知惡語傷人六月寒？」宣和帝望向腦袋快垂到胸口處的陸修睿。

「知道，皇祖父，孫兒知道錯了……」羞愧難當的低語。

昨日回府，爹爹與娘親便已經教訓過他了，他不該因為妒忌而口出惡語。

陸修琰靜靜地看著這一幕，並不出聲，直到看見無色偷偷地摸了摸膝蓋，可見跪得疼了，遂上前為兩人求情。

「知錯能改，善莫大焉，既然兩人都認知到自己的錯誤，念在初犯，皇兄便饒他們一回吧！」

宣和帝順坡下驢，威嚴地教導幾句，大手一揮道：「回去將《禮運》抄寫二十遍交來給朕。」

「……是。」無色陡然瞪大了眼睛，卻在看到身邊人規規矩矩地應下時，也只能認命地應了聲。

又是罰抄書，城裡人怎地老愛用這招！他暗暗撇了撇嘴，不滿地嘀咕道。

教訓過兩個小傢伙後，宣和帝這才吩咐宮女將兩人帶到紀皇后處。陸修琰了然，看來帝后是一個唱黑臉、一個唱白臉。

「一個月前，西南郇都督府無故起火，都督宋昆葬身火海，這已經是兩年來第三位死於非命的朝廷命官，這西南郇當真是龍潭虎穴？可恨他們口口聲聲稱願為朕分憂，一到關鍵時候，個個都慫了。」小傢伙們離去後，宣和帝說起了正事。

「也許過幾日，待諸位大人回去想明白了，自然有人主動請纓，皇兄無須多慮。」陸修琰意味深長地道。

「你是不是背地裡做了什麼？」宣和帝狐疑。

陸修琰攤攤手。「食君之祿，憂君所慮，朝廷能臣、良臣輩出，又何須臣弟做什麼？」

宣和帝仍是有些懷疑，只是見他這般胸有成竹的模樣，也暫且放下心來。

「如今戶部右侍郎及通政司左通政的空缺，吏部擬了名單上來，你且瞧瞧。」宣和帝順手從那疊奏摺中抽出一本，自有內侍忙上前接過呈到陸修琰跟前。

陸修琰打開只掃了一眼，便已看出這其中的門道。

無論是戶部右侍郎還是通政司左通政，都是至關重要的實差，吏部尚書是個老滑頭，每個職位均擬了兩名官員任皇帝挑選，而這四人，卻是分屬四位皇子陣營。

「皇兄想必心中已有人選。」他合上摺子遞還給內侍。

宣和帝靠著椅背，似笑非笑地道：「朕的這些兒子都長大了，想得多，做得自然也多。」

陸修琰含笑不語，這些著實是難以避免，位置只有一個，可競爭者卻有那麼多，不多想多做些，又如何去與別人爭？

「且放著吧，容朕再觀察一陣子。」宣和帝不甚在意地將內侍呈回來的摺子扔到一邊。

陸修琰從龍乾宮離開時，已是將近晌午時分。

到了宮門外，他有些意外地撞見陸宥恒與陸宥誠兄弟兩人，兩人手中各自牽著從紀皇后處領回來的兒子。

幾人見了禮，陸修琰自然而然地望向腮幫子一鼓一鼓的無色，習慣性地伸出手去捏了捏，毫無意外地接收到小傢伙瞪視的目光。

他笑著搖了搖頭，不經意間對上陸淮睿有些失落的眼神，略想了想，輕輕揉了揉他的腦袋瓜，瞬間便見對方有些害羞地抿了抿嘴，一雙滴溜溜的大眼睛泛著喜悅的光芒。

「陸……皇叔祖，我要跟你習武。」無色揪著他的袖口搖了搖，想了想，又補充一句。

「還要跟你學讀書寫字。」

「哦？」陸修琰一臉詫異。

「鑫兒，不可煩勞皇叔祖。」陸宥誠忙道。

無色一聽，頓時不高興地噘起了嘴。

「為何突然想要跟我讀書習武？」陸修琰耐心地問。

「因為皇祖母說了，咱家裡就你功夫最好，我是想習武來著，不過既然要跟你練功夫，不如乾脆連讀書寫字也向你學吧，這樣還能省下一筆錢。」小傢伙振振有辭。

陸修琰頓時哭笑不得，望向陸宥誠道：「你倒是養了個好兒子，小小年紀便如此會為你著想了。」

陸宥誠也有些忍俊不禁。

「教你讀書習武倒不是不可，只是我的要求甚嚴，若是有偷懶的，必會重重懲罰，你可吃得了苦？」陸修琰緩緩地道。

話音剛落，陸宥誠眸光微閃，本想喝止兒子的話一下子便嚥了回去。

無色有些遲疑地皺起了小臉，只是當他看到一旁的陸淮睿時，輕哼一聲，大聲道：「我能吃苦！」

「如此，待我得了空，便派人去接你。」陸修琰含笑道。

「好！」

「小皇叔政事繁忙，如此會否過於叨擾了？」陸宥誠一臉誠懇地問。

「無妨，難得無色大師如此好學，本王甚是欣慰。」陸修琰戲謔般道。

「小皇叔，你不會厚此薄彼吧？」一旁的陸宥恒語氣懶懶的。

陸修琰明白他的意思，笑著問眼巴巴地望著自己的陸淮睿。「睿兒可想與鑫兒一起跟著皇叔祖讀書習武？」

「想！」小傢伙應得相當乾脆。

無色又是一聲輕哼，趁著大人不注意，偷偷朝他扮了個鬼臉，氣得對方瞬間便抿緊了嘴。

「王爺！」陸修琰還想再說，忽見府中下人匆匆忙忙地朝自己走來，心中一突，有股不好的預感。

「王爺，王妃出事了！」那人來到跟前行禮，也不等他發問便連忙稟道。

陸修琰大驚失色，當下再顧不得陸宥恒幾人，匆匆扔下一句「告辭」便大步跨上了車駕，大聲吩咐著回府。

留在原地的陸宥恒與陸宥誠面面相覷，不知所以。

「好好地怎會出事？」望著妻子那原本潔白無瑕的手臂上觸目驚心的擦傷，陸修琰心疼不已，當下也顧不得秦若蕖的掙扎，強硬地脫去她身上衣裳，果然在後背、腰間等處見到了同樣的擦傷。

「妳們是怎麼伺候的？竟眼睜睜地看著王妃受傷！」他勃然大怒，眼神凌厲地掃向跪在地上的雲鷲與青玉。

「奴婢失責，請王爺處罰。」雲鷲伏倒在地。

「不關她們的事，是我自己不好。」秦若蕖也顧不得害羞了，匆匆繫好衣帶，抓著他的手輕聲道。

陸修琰生怕碰到她的傷口，也不敢亂動，沈聲喝道：「出去！」

雲鷲與青玉兩人再不敢多話，低著頭、躬著身退了出去。

「怎地就這般不小心？萬一摔出個好歹來，妳讓我如何是好！」他又是心疼、又是惱怒，只是終究捨不得對她生氣，唯有重重地嘆了口氣，親自取過藥膏給她上藥，手指輕撫那道道傷口，啞聲問：「疼嗎？」

「不疼、不疼，一點都不疼。」秦若蕖怕他再惱，忙道。

「傷痕都滲血了，怎地會不疼！」陸修琰氣極瞪她。

秦若蕖輕輕地環住他的腰肢，柔柔地道：「搽了藥，已經沒那麼疼了，你不要擔心。」

陸修琰又是一聲長嘆，想去抱她，卻又怕會碰到她的傷處，額頭緩緩地抵住她的，嗓音低沈。「妳啊，一時半刻也讓人放心不下。」

聽他這語氣，秦若蕖便知道自己過關了，撒嬌地用臉蛋在他胸膛上蹭了蹭。

夜間冷風陣陣，颳得樹枝沙沙作響。正院內，陸修琰將妻子哄睡下後，一個人靜悄悄地到了書房。

「王妃因何受傷？」居高臨下地望著跪在地上的雲鷲，他問。

「王妃是為了救長樂侯夫人，這才從山坡上滾了下去。」

長樂侯夫人？陸修琰吃了一驚，胸口亦為之一緊。

「王妃與秦三夫人求了籤出來，又到許願樹下，屬下奉命前去取許願要用的香囊，才離開一會兒的工夫，便出事了。原來是長樂侯夫人失足摔下山坡，王妃見狀，奮不顧身相救……」說到最後相救兩字，雲鷲有幾分遲疑。

陸修琰自然聽出異樣，問：「這當中另有隱情？」

「屬下、屬下也不敢肯定，只是出事時屬下曾撲下去相救，可手在觸碰到王妃時，卻感覺到推拒的力道……」

陸修琰身子一僵，追問：「長樂侯夫人傷得如何？」

「重傷昏迷。」

第二十八章

陸修琰一下子挺直了腰，心跳驟然加速，臉色幾經變化，少頃，回復如常。

「本王心中有數，退下吧！」

「是。」雲鷲應聲退下。

偌大的書房內，陸修琰靠著椅背，目視前方靜靜地出神，不知過了多久，他若有還無地嘆了口氣。

是想得過多了吧？她已經答應了不會去找長樂侯夫婦的麻煩，想來今日真的不過是一場意外，而他的姑娘確實是救人心切而已。

他在心裡一遍又一遍地如此告訴自己，也努力說服著自己，說服自己要給她多一些信任，那畢竟是他最愛的姑娘……

他長長地吁了口氣，起身從書房離開，踏著朦朧月色回了正房。

寬大的架子床上，秦若蕖雙手交疊著搭在小腹上，呼吸輕淺。

他放輕腳步走了過去，在床沿坐下，大掌溫柔地撫著那細膩瑩潤如玉的臉龐，細細地描繪著她的五官，片刻，伏低身子在她唇上親了親，這才緩緩地躺在她的身側。

長樂侯夫人出了意外與端王妃捨身救人的消息，在次日便傳遍了京城，一時間，上自朝廷一品大員，下至尋常百姓，均對端王妃義舉表示稱讚。

次日一早，端王府便迎來了秦三夫人及秦澤苡夫婦。彼此見過禮後，便有侍女領著秦三夫人及岳玲瓏往正屋裡去見秦若蕖。

昨日出了意外後，秦三夫人便陪著秦若蕖回了端王府，只是到底家中有事不便久留，在確定對方只有些許擦傷，並無大礙後方才離去。

「昨日便聽三伯母說阿蕖為了救長樂侯夫人受傷，這是怎麼一回事？」秦澤苡著眉頭問。

「長樂侯夫人失足滑下山坡，阿蕖救人心切，也跟著撲了下去，只是結果卻不盡如人意。」陸修琰簡略地回答道。

秦澤苡注視著他片刻，忽地問：「就是這般簡單？」

「確實是這般簡單，只不過長樂侯夫人運氣不大好，滾下去的時候頭部撞上了石頭，如今仍然重傷昏迷不醒。」

「原來如此。」秦澤苡點了點頭，不知是否真的接受了這個說法。

「如今長樂侯府一片混亂，大夫請了一個又一個，甚至還驚動了宮裡，皇上指了太醫前去診治，看來情況頗為嚴重。」說到這裡，秦澤苡眉間難掩憂色。

不知怎地，他就是有一種感覺，此事並不似外頭傳言的那般簡單，可問了陸修琰，對方的說辭與外頭亦相差無幾。

他百思不得其解，也只能暫且拋開那奇怪的念頭。

正院內，岳玲瓏心疼地拉著秦若蕖的手。「可還疼？雖說救人於危難確實是一番義舉，只是妳也得顧著自己。」

「一點都不疼，昨日已經搽了藥，早已經好了許多，只是陸修琰不放心，硬是不許我走動。」秦若蕖反拉著她的手，撒嬌地道。

「虧得妳沒有大礙，若是像長樂侯夫人那般，妳讓我怎生是好？」想到當時長樂侯夫人滿臉血跡的模樣，秦三夫人一陣後怕。

「長樂侯夫人如今怎樣了？」秦若蕖問。

「這倒不清楚，只知道侯府進進出出的大夫不少，想來確實是有些麻煩。」

「這樣啊……」秦若蕖喃喃地道，眼神有些迷茫。

她只記得昨日求了籤後從寺裡大殿出來，忽然看見長樂侯夫人站立不穩，整個人直直朝小山坡下摔去，然後、然後她好像想伸手去拉她，再接著……她的記憶便模糊了。

難道是當時她沒有抓住長樂侯夫人，所以才使得她傷得那般嚴重嗎？

「……阿蕖、阿蕖？」岳玲瓏的叫聲在她耳邊響著，她頓時回過神來，衝對方討好地笑了笑。

岳玲瓏無奈地點了點她的額角。「可是摔傻了？好好地怎就發起呆來了？」

秦若蕖衝她抿嘴笑了笑，轉移話題問：「怎不見二姊姊與三姊姊她們？」

「妳三姊姊入住新宅，家裡正忙作一團；妳二姊姊昨夜著了涼，大夫吩咐要好生歇息，只是她們聽說妳受了傷，故託我代為問候。」秦三夫人道。

大房長子秦澤耀當日帶著幾位年長的弟妹上京，本是暫住在秦澤苡家中，直到月前買了新宅子，數日前方搬了過去。

出了秦伯宗之事，又幾經打壓，大房在益安也有些待不下去了，大夫人乾脆讓長子到京城打拚，不求將來大富大貴，至少可以靠著端王府得些安穩日子，而她則帶著年幼的兒女留在老宅，與二夫人妯娌照顧秦老夫人。

至於秦三夫人，則是想在京城為秦二娘擇一門親事，畢竟當日秦二娘被退親一事鬧得頗大，便是如今益安一帶有人家願娶，也不過是衝著端王府而來，未必有真心，秦叔楷自然不樂意將女兒許給這樣的人家，故而便讓妻子帶著女兒留下，打的是從開春新科舉子中擇一人品極佳的男兒婚配的主意。

這些事，秦若蕖自然知曉。

秦三夫人幾人離開後，又有宮中內侍奉了皇后之命前來探望，陸修琰一一應付過去，隨後又有幾位皇子妃親自前來看望，曹氏甚至還帶上了無色。

若是旁人，陸修琰自然隨便打發了事，只是無色……

曹氏相當識時務地將小傢伙留了下來，自己便告辭離開了。

陸修琰命下人將無色帶到秦若蕖處，自己在書房處理公事，回到正院，遠遠便見那一高一矮兩道身影並肩而坐，臉上均帶著笑容，嘴巴一鼓一鼓的。

這一幕是如此地熟悉，讓陸修琰不禁會心微笑。

「……芋頭姊姊，說來說去還是妳太笨了，等我練好了功夫，日後就由我來保護妳吧！」走得近了，便聽到孩童稚嫩的聲音。

「妳芋頭姊姊還是由我來保護得好。」他攏嘴清咳一聲，無奈地道。

無色仰著腦袋望向他，好一會兒才撇了撇嘴，不情不願地喚。「皇叔祖……」

陸修琰拍拍他的小肉臉。「後廚給你準備了許多好吃的，快去吧！」

無色雙眸陡然一亮，大聲道了謝，也不須下人帶路便熟門熟路地往外頭跑出去了。

陸修琰輕笑，目光落回妻子身上，見她笑咪咪地望著自己，心中一軟，上前跨出一步抓著她的手將她拉了起來，輕聲問：「可累了？」

「確實是有些累了。」秦若蕖老老實實地回答。往日這個時辰正是她歇晌的時候，今日因無色的到來，心裡一高興便不知不覺地聊得久了些，如今小傢伙一離開，那睏意便來襲。

陸修琰一聽，忙牽著她到了內室，也不理會她的推拒，親自伺候她更衣，抱著她上床。

直到見床上女子漸漸陷入沈睡，他才放輕腳步離開，逕自去尋無色，打算好好地檢查他近段日子學業情況。

輕風透過窗櫺吹了進來，拂動床幔飄飄揚揚，青玉靠著圓桌坐在繡墩上，不時豎起耳朵聽聽裡間的動靜。

一直到裡頭傳出落地趿鞋的細細響聲，她連忙將手上打了一半的絡子放下，掀簾而入。

「王妃醒了？」一走進裡頭，果然看見秦若蕖正坐在床沿，雙足已經穿好了繡鞋。

聽到腳步聲，對方抬眸望來，眼神清冷無溫。

青玉心中一突，壓低了嗓音。「蕖小姐。」

秦若蕖淡淡地嗯了一聲，順手扯過架子上的外袍披在身上，緩步朝屋內花梨木圓桌走去，青玉一見，連忙快步上前，拿起桌上熱茶倒了一杯。「葉小姐請用茶。」

秦若葉抬眸瞄了她一眼，接過茶盞小口地啜了幾口，待覺喉嚨乾渴稍解，這才問道：「長樂侯夫人如今怎樣了？」

「還在昏迷當中。」青玉接了話。

「外頭如今都怎樣傳的？」她彈彈指甲，恍若不在意地又問。

「外頭如今都在誇讚端王妃義舉。」青玉自然清楚她真正想知道的是什麼，言簡意賅地回答道。

秦若葉終於滿意地勾勾嘴角，對著那晶瑩剔透的長指甲吹了吹，嗓音不疾不徐。

「我如今方知，原來做偽君子的感覺竟是這樣的好。」

明明是占了天大的便宜，可在外人眼裡卻是受了委屈，不但如此，還能順帶撈個好名聲。今日她所得到的讚譽，與當年長樂侯的好名聲，本質上還是一樣的。

不錯，此事並非意外，而是她刻意為之，長樂侯夫人的重傷亦非因為倒楣，而是她所為。冤確實是有頭，債確實是有主，所以她手下留情了，沒有直接取了長樂侯夫人的性命。

長樂侯府正院內。

長樂侯滿臉憔悴，因為一夜未眠，眼圈還帶著幾絲紅。他深深地凝望著床上面無血色，仍舊昏迷不醒的妻子，心中一陣陣鈍痛。

「王爺。」侍女輕聲喚。

他緩緩起身，走出院門。

「可查清楚了？當真是意外？」他背著手站於涼亭處，啞聲問。

「回侯爺，屬下親自帶人去查，確、確實是沒什麼可疑之處。」護衛遲疑著回答。

長樂侯抿著唇一言不發，眼神望著遠方，也不知在想些什麼。

先前端王出手教訓長樂侯府，如今端王妃與妻子又同時出事……不，出事的是他的妻子。

此事著實太過巧合，可是，偏偏一切又是那樣無懈可擊。

還是說，這是上蒼給他的報應，因為他當年將自己不喜歡的周氏推給了秦府，間接給秦府帶去了災難？

長樂侯夫人受傷，陸修琰原以為長樂侯會推遲、甚至反悔不再上摺子請調西南郡，可是相隔數日，長樂侯竟在當初許諾的時間內上了請調的摺子。

宣和帝自然高興萬分，不但有人肯主動為君分憂，請旨的還是個身處高位的能臣，這一高興，他自然又想到傳聞中受了傷的長樂侯夫人，遂非常體貼地特允了長樂侯一個月假期，一來可以讓他準備調職事宜，二來也能讓他有時間陪伴受傷的夫人。

陸修琰沈默地立於一旁，目光落在殿中央跪下謝恩的英偉男子身上，眼神不自禁地有幾分複雜。

長樂侯，的確是個言而有信之人……

從正陽殿出來，背著手走出一段距離，突然見一名內侍匆匆忙忙地行至陸宥誠身邊，低聲說了幾句話後，陸宥誠臉色一變，快步離開。

陸修琰微微皺了皺眉。這個二皇姪人前一向穩重得體，似今日這般心急火燎的反應著實罕見。

二皇子府內，曹氏沈著臉站於廊下，聽著裡頭姚庶妃撕心裂肺的哭聲。

「保不住了？」斜睨一眼從屋內走出的嬤嬤，她問道。

那嬤嬤搖了搖頭，頗為惋惜地嘆息道：「已經成形了的男胎，活生生被打下來了。」

「可通知殿下了？」

「已經吩咐人去通知了。」曹氏身邊的侍女輕聲道。

話音剛落，曹氏便見陸宥誠焦急的身影快步跨過了院門。

她定定神，深深地吸了口氣，微微提著裙子迎了上去。

「殿下。」

「怎樣了？孩子可保住了？」陸宥誠一把抓住她的手臂，急忙問道。

「……對不住，都是妾身之錯，孩子、孩子沒有保住。」曹氏紅著眼圈，聲音有些微低啞。

陸宥誠一愣，薄唇緊緊地抿成一道，片刻，又問：「是男還是女？」

「是個男孩。」

陸宥誠臉上遺憾之色更濃了。

兒子啊，他本來又可以再多一個兒子的，可惜、可惜……

「我去瞧瞧蓉兒。」他按下滿懷失望，正要邁進屋，卻被曹氏眼明手快地抓住他的衣袖。

「殿下，裡頭血腥味重，不吉利。」

陸宥誠本是有些不耐煩的神色在聽到她這話後，一下便斂了下去，腳步亦隨之停下來。他定定地站在原地，聽著裡頭愛妾的哭聲，良久，嘆了口氣道：「命人好生伺候著，目前還是好生調養身子要緊。」

「妾身明白，殿下放心。」曹氏溫順地應下。

陸宥誠又是一聲長長的嘆息，轉身出了院門，很快便消失在她的視線裡。

曹氏望著他消失的方向，又看看亂作一團的屋內，許久，勾起一絲嘲諷的笑容。

果然，在子嗣面前，什麼寵愛都是假的。

她平復一下思緒，轉身進屋。

「妹妹還年輕，孩子總會再有的，當前最要緊的，還是好生調養身子。」她行至床邊，自有侍女搬來繡教，她順勢坐了上去，拉著姚庶妃的手輕聲安慰道。

「是她，肯定是她，肯定是李側妃做的！是她！我要找殿下，請殿下為我作主……」姚庶妃猛地反握著她的手，神態有幾分瘋狂。

曹氏無比耐心地勸慰著她，可早已經被失子之痛迷了理智的姚庶妃哪還聽進她的話，又哭又喊著，曹氏身邊的侍女生怕她亂揮舞的雙手會傷到自家主子，連忙上前護著曹氏將她帶離她的身邊，屋裡亂糟糟地鬧作一團。

聞聲而來的錢側妃與張庶妃見狀，彼此對望一眼，雖然均不想沾染這些事，但也不便真的不聞不問，故而深呼吸幾下，相繼走了進去。

這邊亂成一團，同樣有孕在身的李側妃雖有些幸災樂禍，但表面功夫仍是不得不做，只是也生怕混亂當中會傷及自己的孩子，故而只由侍女扶著站在門口處，假惺惺地說幾句不鹹不淡的話語安慰。

哪知姚庶妃一見她的身影便不要命地欲撲過來，慌得曹氏連聲叫人拉住她，便是李側妃也被嚇了一跳，雙手緊緊地護著肚子退後幾步。

「是妳，是妳害了我的孩子！是妳，我不會放過妳的，絕對不會！」姚庶妃瘋了似地大喊大叫，臉因為仇恨而變得有幾分扭曲。

「側妃，還是走吧，萬一不小心傷到了小公子便不好了。」侍女低聲勸著李側妃。

李側妃是想走，只是對方如此誣衊自己，她若是就此走了，豈不是顯得自己心虛？如此一想，她不禁高聲道：「妹妹說話得有真憑實據，空口白話如此誣衊人——」

「夠了，都給我住口！」曹氏的一聲怒喝乍然響起，打斷了她未盡之語。

到底是正室夫人，無論私底下再怎麼取笑她連個孩子都生不出，但表面上幾位妾室還是對她心存一定畏懼的。

「好生伺候姚庶妃。」曹氏冷冷地吩咐姚庶妃的侍女，再淡淡地掃向李側妃，最後目光落到扶著她的侍女身上。「扶側妃回屋。」

一場混亂最後便在曹氏鎮壓下平息下來，只是二皇子後宅表面瞧來的風平浪靜，經此一事徹底被打破。

秦若蕖是在晌午後才知道二皇子府上的庶妃小產之事，原來是曹氏派來接無色回府的丫鬟說溜了嘴。這丫鬟正是當日陸修琰派去伺候無色的端王府那名喚染梅的侍女。

秦若蕖對那小產的姚庶妃並無印象，聞言也只是「哦」了一聲，又繼續為無色整理著身上的衣裳，嘴裡不停地數落道：「這回若是再把衣裳弄髒，我便不再幫你做新衣裳了，下回再來，也吩咐嵐姨不給你做點心。」

「知道啦、知道啦，囉嗦！芋頭姊姊，妳嫁了人可比以前囉嗦多了，和嬤嬤一樣。」無色乖乖站著任由她動作，口中嘀咕著不滿。

這個嬤嬤，亦是陸修琰從當年伺候無色生母梅氏的下人中挑出來照顧他的，夫家姓高，二皇子府裡的人都叫她高嬤嬤。

秦若蕖動作一頓，隨即輕哼一聲，突然用力在他臉蛋上一掐，痛得他哎喲哎喲直叫。

她得意地抿嘴一笑，又伸出手去將那軟軟肉肉的小臉如同揉麵團般揉了揉，滿意地看著他張著雙臂哇哇大叫，這才大發慈悲地鬆開了他。

「好了，回去吧！」

「哼，討厭，再不理妳了！」無色揉揉被蹂躪得有些疼的臉，恨恨地跺了跺腳，氣呼呼地轉身朝院門跑去，染梅見狀匆匆朝秦若蕖行了禮，邁開腿追了上去。

陸修琰回府時天色已暗，下人告知他二皇子府上派人來將皇長孫接了回去。他點點頭表示知道，又隨口問：「王妃呢？」

「皇長孫回府不久，王妃便在屋裡繡花，後來覺得有些累，休息了半個時辰，剛剛才醒來，如今正在屋裡。」

此時的正院內屋，青玉低著頭輕聲道：「蓁小姐，錢伯新來乍到，如今勉強在京城站穩腳跟，長樂侯府並非尋常府邸，只怕一時半刻……」

「無妨，讓錢伯留意著便可，總會有恰當時機的。」秦若蓁不甚在意。論耐性，她自問不會比任何一人差，她可以等，等對方露出破綻，而後給予對方沈痛的一擊。

「王爺。」屋外侍女的請安聲傳進來，一下子便讓兩人止了話題，青玉忙迎到門口，朝著走進來的陸修琰行禮問安。

陸修琰的腳步有一瞬間的遲疑，不過很快便回復如常，他一揮手，屋內侍女福身靜靜地退了出去。

望著自顧自地喝著茶的秦若蓁，他努力拂去心頭異樣，走到她身邊坐下，輕聲問：「傷可還疼？」

秦若蓁斜瞥了他一眼，不疾不徐地道：「端王爺，是我。」

「本王自然知道是妳。」陸修琰微微一笑，順手為她續了茶水。「王妃武藝高強，怎會這般不小心傷到自己？」啜了一口茶後，他不經意地問。

「秦四娘救人救得突然，我雖然會武，但畢竟功力有限，便是現身也難以扭轉劣勢。」秦若蘩不慌不忙地道。

「原來如此。」陸修琰頷首。

秦若蘩趁著低頭喝茶的時機飛快地瞄了他一眼，見他神色如常，也不知有沒有相信她的話。

不過不要緊，她自問一切做得天衣無縫，莫說事過境遷，便是他們在現場，只怕一時半刻也瞧不出什麼破綻來。

兩人沈默著對坐一會兒，片刻雲鷲便進來問可須傳膳了，陸修琰望望天色，點頭命人擺膳。

因為出手教訓了長樂侯夫人，秦若蘩心情正好，難得地陪他用膳，甚至在用膳後，陸修琰邀請她散步消食時也沒有拒絕。

只是，當夜色漸深，陸修琰伸手來解她衣裳時，她臉色一變，當下毫不留情地又要一腳踢過去，卻被早有防備的陸修琰一把抓住那「凶器」。

秦若蘩見一踢不中，立即揮出一掌，掌風凌厲，卻仍是擊了個空。

陸修琰輕輕鬆鬆地閃避她的攻擊，間或賣個破綻引她來攻，趁著對方又一掌打過來時，突然出手擒住她的手腕，再一個用力，將她死死地禁錮在懷中。

「放開，你這登徒子！」秦若蘩氣得俏臉通紅，雙眸惡狠狠地瞪著他。

陸修琰笑嘆一聲。「什麼登徒子，我不過想為妳上藥罷了。」

秦若蘩愣了愣，突然想到身上那些擦傷。

她是練武之人，自然不將這些小傷放在眼裡，只是……

臉頰突然被溫熱的雙唇觸碰，下一刻，陸修琰帶笑的聲音便響在她的耳畔——

「既然被罵了登徒子，那總得做些什麼才能名副其實，才不負罵名。」

「你混帳！」秦若蘩登時大怒，用力飛起一腳，只聽「撲通」一聲，英明神武的端王爺再度被踢下床。

陸修琰雙手撐在地上，嘴角卻是勾著些許弧度。少頃，他施施然站了起來，若無其事地拍了拍衣裳上並不存在的灰塵，嗓音一如既往的低沈醇厚。「看來王妃身上的傷已經大好了，這力道挺不錯的。」

「你……」秦若蘩被他這話堵得險些一口氣提不上來，當下再忍不住，拳頭再度朝他揮去。

陸修琰直直接下她這一招，將那小拳頭牢牢地包在掌中，在她又要出招前提醒道：「若是動起手來打壞了屋裡擺設，王妃明日又得擺弄好一陣子了，說不定連位置都得重新再記下。」

話音剛落，果然見秦若蘩停下攻擊。

見一切正如他所料，他不禁微微一笑。看來凶丫頭真的很在意傻丫頭……

秦若蘩恨恨地拂開他的手，惡狠狠地瞪了他一眼。若不是怕真的動起手來會弄壞屋裡的擺設，使得明日秦四娘又得花心思一一整理，她才不會輕易放過這可惡的登徒子。

陸修琰見狀，心情愉悅地在床沿坐了下來，絲毫不將那憤恨的眼神放在眼內。

「王妃武藝高強，卻是不知師從何人？」他的語氣相當隨意，就如同聊著家常一般。

「武藝高強？你是在諷刺我嗎？」秦若蕖冷瞥他一眼。

若非他有意相讓，只怕她連他的衣角都碰不到，還說什麼武藝高強，這分明是在諷刺她吧！

「再說，我師從何人與你又有什麼相干！」她冷哼一聲，絲毫不給他面子。

「話可不能這樣說，怎麼著咱們也是夫妻，做夫君的想多了解妻子也是理所當然之事。」陸修琰好脾氣地道。

「誰跟你是夫妻了?!」秦若蕖惱道。

陸修琰笑得頗有幾分意味深長。雖然口口聲聲一再否認他們是夫妻，可對他喚她「王妃」卻已經應得相當自然了。

什麼秦若蕖，什麼秦四娘，還不是他的王妃嗎？

難得兩人能坐下來說說話，他也不願在此問題上與她分辯，遂轉移話題道：「我自幼習武，又得名師教導，學習環境較之妳要好上許多，武功稍勝於妳也不算什麼。」

秦若蕖神情有幾分恍惚，不由自主地想到自己初時習武吃的種種苦頭，眼神有幾分黯然。

陸修琰察言觀色，不動聲色地伸手拉住那白皙柔嫩的小手，在她反應過來前又道：「我記得初時習武時總被師父要求扎馬步，有一回一邊扎馬步一邊打瞌睡，一不小心摔了個倒栽蔥，為此還被宥恒取笑了好些天。」

秦若蕖被他的話吸引住心思，也沒留意自己的手落入了敵手。

「一邊扎馬步還能一邊打瞌睡，你可真行，當時怎沒把你摔成傻子。」她的語氣帶著掩飾不住的幸災樂禍。

這丫頭可真沒同情心！陸修琰無奈地笑了笑。

不過，他亦敏感地察覺她的戒心消退了不少。

「這還不算什麼，後來父皇知道了，特意把我叫到御書房，親自盯著我扎了半個時辰的馬步，累得我雙腿發軟，最後還是父皇把我抱回寢間。」

「你父皇嚴是嚴了些，倒挺疼你的嘛。」秦若蕖有幾分意外。

陸修琰嘴角微翹。「那個時候並不覺得他疼我，只知道他甚是嚴厲，整日盯著我的功課；偏他耳目眾多，但凡一點風吹草動都瞞不過他，幼時可是被他懲罰了不知多少回。」

如今提及幼時之事，他也不禁添了幾分懷念。

嚴父、嚴父，他的父皇的確是一位相當嚴厲的父親。

「對了，當年妳初學武藝，可覺得辛苦？」他放柔聲音又問。

「自然辛苦，初時動不動便受傷，疼得連走路都困難，最後還是靠青玉把我揹回去，為此嵐姨還心疼得哭了好多回，只是她也知道勸不住我，唯有使勁地給我做好吃的補身子。」

或許是夜色太過溫柔，又或許是屋裡太過溫暖，她的防備不知不覺便卸了下來。

「使勁地給妳做好吃的？怎麼沒讓妳吃成小胖豬？」陸修琰促狹地接了話。

秦若蘗斜睨了他一眼。哼，小氣鬼，肯定是報復她方才取笑他怎麼沒摔成傻子。

「我那般用心、那般勤奮習武，便是再多吃些也成不了胖豬。」

「說得也是。」陸修琰趁她不備，突然在她臉上掐了掐，在她又要發惱之前笑道：「只是王妃成婚至今未曾練武，卻是較以往圓潤了些。」

秦若蘗臉色微變，如今世道以瘦為美，女子過於圓潤可不是什麼值得高興之事。

「不過無妨，若是王妃不喜圓潤，大可多與本王練習練習。」陸修琰相當體貼地建議道，只是他臉上的笑容卻是別有深意。

秦若蘗只是怔了須臾便明白他話中涵義，正想揮掌去打他，卻發現自己的手不知什麼時候被對方握著，當下臉色又是一變，用力地把手抽了回來，狠狠地、毫不留情地往他胸膛一推。

哪想到陸修琰下意識便去抓她的手臂，只聽「咚」的一下落地聲，兩人齊齊從床上滾落地面，摔成疊羅漢之姿。

兩人同時一聲悶哼，陸修琰一手環著她的腰，一手摸摸被摔得有些疼的後腦勺。

秦若蘗只覺整個人撞上一個厚實溫暖的胸膛，直撞得她頭暈目眩，下一刻，她的腦袋一歪，軟軟地伏在他的肩窩處。

陸修琰察覺身上的嬌軀軟綿綿的，生怕她撞疼自己，正想問問，便聽對方軟軟地喚。

「陸修琰……」

他無聲地咧了咧嘴，抱著她起身，低頭對上一雙懵懂清澈的翦水雙眸，少頃，湊上去含著她的唇瓣親了親。

秦若蕖被他親得渾身酥軟無力，軟軟地靠著他，直到唇上力道一鬆，她乘機大口大口地喘起氣來。

「傻丫頭……」陸修琰笑嘆著摟緊她，逕自將她抱到了床上，望著懷中桃花滿臉的妻子，忍不住又輕啄了啄那嫣紅水潤的雙唇。

「可睏了？」往常這個時候她不是被他恣意愛憐著，便是已經墜入夢鄉，今晚不知為何這般突然地顯現了另一面性情，以致夜色漸深仍未睡下。

「可能白日時睡得太久了，這會兒一點都不覺得睏。」秦若蕖羞紅著臉，環著他的脖頸小小聲地回答道。

「那身上的傷可還疼？」

「不疼了，你給我搽的那些藥很有效，如今一點都不疼了。」

端王府上的藥多是千金難求，她又是他最心愛的妻子，自然什麼靈丹妙藥都不吝嗇地用到她的身上，那些並不怎麼嚴重的擦傷，自然也好得比尋常要快得多。

「嗯，那就好，如此我便放心了。」陸修琰臉上揚著愉悅的笑容，不待她再說，再度吻上她的雙唇。

片刻之後，嬌吟低喘在屋內響起，跳躍著的燭光照到輕晃著的帷帳上，映出滿屋的旖旎。

夜深人靜，遠處更聲若隱若現，端王府正房內好不容易雲收雨歇，陸修琰抱著沈沈睡去的妻子淨過了身，又小心翼翼地將她抱回床上，看著全身泛著粉色的嬌媚妻子，眼神柔和得彷彿能讓人溺斃其中。

在仍透著誘人紅雲的臉蛋上親了親，他低低地嘆息一聲，將她摟入懷中，眼睛定定地望著帳頂出神。

其實，便是她那凶惡的一面也不是那樣難以相處，憶起方才與秦若蕖的對話，他的臉上不由自主地漾起溫柔的笑容。

只是，當他想到進屋前無意中聽到的那番對話，眼神又是一黯。

她終究還是沒有理會他的勸說，終究還是想對付長樂侯，心裡說沒有一點失望是假的，只是長樂侯即將離京遠赴西南邨，到時她再想做什麼也不能了。

如此一想，他又放下心來。

「仇恨其實也不是那樣的可怕，是不是？」他低下頭去注視著呼吸清淺的妻子，看著那蝶翼般的睫毛投下的小小陰影，心中頓生無限的自信。

一切事在人為，不管她心中隱藏著多少事，也不管她的仇恨是否仍然濃烈，他想，只要自己投以無窮無盡的愛與耐心，總有一日，什麼仇恨都會離她而去。

她是他的妻子，是他的阿蕖，只要是她的，不管好與壞，他都會全盤接受。

這一刻，什麼長樂侯，什麼意外，他統統不想再去理會，也不想再去追究，說他掩耳盜鈴也好，行事懷私也罷，他都認下了。

相隔數日，長樂侯將要離京遠赴西南邨的消息便傳遍了京城，秦若蕖自然毫不例外地得到了消息，她一下子便懵了。

下一瞬間，她眼中光芒大盛。

真是天堂有路他不走，地獄無門偏要闖進來！

第二十九章

錢伯本名錢錦威，曾是一名在刀口上討生活的西南邨豪強，數年前因結義兄弟內訌，他心灰意冷之際決定離開，哪想到途中卻被另一方人馬追殺以致身受重傷，命懸一線，幸得偶爾路過的素嵐相救方挽回一命。為報救命之恩，自此他便留了下來，一心一意幫著素嵐打理生意。

可是，他人雖不在西南邨，亦不再涉足當地之事，可那邊的結義兄弟仍在，每年總有那麼一、兩回，他能收到那邊弟兄們託人送來的各式禮物。

故而，長樂侯若赴西南邨，她對付他比在京城更容易，至少，顧忌會少了許多。

正從議事廳走出來的素嵐遠遠便見一個熟悉的身影消失在水榭拐角處，她一眼便認出那是青玉，心中陡然一突，不知怎地便想起先前聽到的，關於長樂侯將要調任西南邨都督的消息。

西南邨，長樂侯……她不自覺地揪緊了手中帕子。

「務必親手將這信函交到錢伯手中，切記。」青玉將手中密函遞給一名粗洗丫鬟，壓低聲音吩咐道。

「姊姊放心。」那小丫鬟點了點頭，將信函接過收入懷中。

「一切小心，切莫讓人發現。」青玉不放心地又叮囑了幾句。

直到見那丫鬟的身影徹底消失，她才放下懸著的心，正要轉身離開，便對上素嵐溢滿複雜之色的眼眸。

「嵐、嵐姨……」她結結巴巴地喚。

素嵐緩緩行至她跟前，啞聲問：「蕖小姐要出手對付長樂侯了？西南郇，她是要動用錢伯位於西南的勢力了是不是？」

每一句雖都是詢問之句，可她的語氣卻是相當地肯定。

青玉自然知道一切都瞞不過她，也不隱瞞，只遲疑了一下便輕輕地點了點頭。

「是、是的。」

果如她所料！素嵐長長地嘆了口氣，稍頓，又問：「王爺近來待蕖小姐……」

「王爺待蕖小姐很好，嵐姨放心。」青玉這下回答得相當輕快。

作為王妃的貼身侍女，正房裡的一舉一動又怎瞞得過她的眼睛？雖有時聽著屋內打鬥聲確實是有些提心弔膽，但慶幸的是每一回結局都相當的好，可見王爺待蕖小姐還是相當包容的。

「是嗎？」素嵐的語氣聽不出情緒。「青玉，我雖只是微不足道的尋常百姓，但也清楚如今的西南郇需要的正是長樂侯那樣有勇有謀的官員，若是他死在任上，西南郇百姓只怕會陷入水深火熱當中。」

連朝廷派下來的一品大員都敢殺，那普通百姓又算得了什麼？

青玉臉色一片凝重。這一層她倒沒有考慮到，她只知道服從蕖小姐的命令，其餘的卻沒有多想。

「可是蕖、蕖小姐……」她一時有些六神無主。

「長樂侯往西南邨，本就身處危險當中，隨時有性命之憂，咱們又何苦再多此一舉？長樂侯若能迎難而上，不懼凶險，還西南太平，百姓安居樂業，豈不是天下之福？一己之私與天下大公，孰輕孰重，妳又可曾想過？」素嵐沈著臉，一字一頓地道。

青玉臉色一白。

「我自修書一封，妳著人送至錢伯處，請他靜觀其變，不出手相助，也不下手陷害，一切自看長樂侯造化。」

青玉雙唇抖了抖，雖知道她說得在理，只是自己已經習慣性地服從秦若蕖的命令，若是聽從素嵐之言，豈不是對蕖小姐陽奉陰違？

只是，當她對上素嵐嚴厲的眼神，再不敢多想，囁囁嚅嚅地應了下來。

素嵐盯著她一會兒，方緩緩地道：「午膳過後，妳便到我屋裡來取信。」

「知道了。」青玉無精打采地應了下來。

午膳過後，青玉依約前去取信，進了門便見素嵐正將寫好的信封入信中，見她進來便直接遞給了她，正想再叮囑幾句，忽聽門外有丫鬟在喚「素嵐姑姑」。

她應了一聲連忙走出門外。

「素嵐姑姑，于嬤子問上回皇后娘娘賜下的藥材可還有？」

「還有，都在東庫房裡呢，我這便去取。」

外頭，素嵐與丫鬟的對話聲傳進來，青玉將信收入懷中正要離開，目光落在匆匆離開的素嵐背影上，手掌輕按在懷中信函位置，又回頭望望桌上的筆墨紙硯以及那枚蘭花狀的印章，眼眸微閃。

少頃，她快步走過去，隨手抽出一張雪白的紙，提筆蘸墨，稍稍思量片刻，「刷刷刷」寫起了字，寫到最後，拾起那蘭花印章輕輕在上面按了一下。

將桌上東西收拾妥當，又將印章放回素嵐平日收藏的位置，她將懷中那封信取出，撕成碎片塞進腰間繫著的荷包裡，再將剛剛寫好的那一封摺好收入懷中，而後，環顧一周確定沒有露出破綻，這才舉步離開。

平常她也曾代素嵐執筆給錢伯去信，故而字跡之類的不是什麼問題，只要印章無錯即可。

藻小姐的命令她不敢違背，可嵐姨之話亦句句在理，兩相權衡，不如折中處理，只讓錢伯稍稍令人給長樂侯添些麻煩便可，不必下重手。

如此一來，不就是兩全其美了嗎？

她越想越覺得這主意甚好，心裡也覺得放下了一塊大石，行走的步伐不知不覺便輕快了許多。

回到自己屋裡，她順手將那幾張碎紙扔到炭爐裡，看著它們一下子便被火吞噬，徹底化成灰燼，這才鬆了口氣。

對青玉的一番作為，不管是素嵐還是秦若蕖都被蒙在鼓裡。

一個月後，長樂侯不得不丟下傷勢未癒的妻子，踏上南下的馬車。

陸修琰站於城樓上，寒風呼呼颳著他的臉龐，吹動他的長髮飄飄，可他渾然不覺，失神地望著那漸漸化作黑點的車駕。

良久，一聲若有還無的輕嘆從他口中逸出，隨後轉身離開。

長英緊抿著雙唇，一言不發地跟上。

秦若蕖自然不會在意別人調任之事，如今她正坐在正堂太師椅上，脆聲吩咐下人準備招待前來習武唸書的無色與陸淮睿的各式小零食。

「桂花糕、千層糕這些都做些，只是少放些糖，還有午膳、晚膳也得注意搭配，酒肉……鑫兒不喜歡蘿蔔，可是不能由著他，得想法子把它混入其他菜裡頭，記得做得清淡些，重口味的不要，他吃了會受不住。還有……」

「王妃就放寬心吧，鑫公子的口味喜好難道王嬤嬤她們還會不清楚嗎？」素嵐笑著阻止她。

秦若蕖一想，也對，酒肉小和尚曾經在府裡待過，後廚裡的人又怎會不知道他的口味與喜好。

「只是不知睿公子可有什麼忌口……」下首的王嬤嬤遲疑著問。

秦若蕖撓撓耳根，這個她也不清楚，她與陸淮睿可沒什麼接觸。

「小孩子喜歡的應該都差不多，便與鑫兒的一樣吧！」她乾脆道。

素嵐搖頭，轉身對王嬤嬤道：「待兩位公子過來，我再問問跟著伺候之人。」跟在主子身邊伺候的，總會清楚主子的喜好。

王嬤嬤一想也對，遂應了下來。

秦若蕖見事情已經確定下來，小手一揮讓眾人退下，她自己則快快樂樂地回屋裡繼續繡著給無色的小肚兜。

陸修琰進來時，便見妻子聚精會神地穿針引線。

他不自覺便柔了神情，放輕腳步行至她身邊，見她正在一件小肚兜上繡著胖娃娃，那胖娃娃抱著一個大壽桃，笑得眼睛彎彎的，憨狀可掬。

他一個忍不住輕笑出聲，笑聲驚動了秦若蕖，抬頭見是他，立即停下動作，起身摟著他的脖子歡喜地道：「你回來啦！」

陸修琰左手掌搭在她後腰處，順勢偷了記香，笑問：「這是給鑫兒做的？」

秦若蕖點點頭。「是啊，是給酒肉小和尚做的。」

陸修琰笑得不懷好意。那個總嚷嚷著自己是男子漢的無色大師，真的肯穿嗎？

「本王的王妃真是賢慧，只是這是最後一件，日後只能給我一人做衣裳。」他的妻子親手所做之物，自然只能由他一人獨享，無色大師長大了，可不能再似以前那般不知避忌。

秦若蕖輕捶他的胸膛，嗔道：「也不害臊，竟跟小孩子爭風吃醋，難不成日後我也不能給咱們的孩子做衣裳嗎？」

陸修琰愣了愣，下一刻，笑容越發意味深長。「咱們的孩子自然可以，只是，王妃何時給本王生個胖娃娃，嗯？」

秦若蕖鬧了個大紅臉，嬌嗔地瞪了他一眼，扭著身子要掙脫他的懷抱，哪知陸修琰卻將她抱得更緊，雙唇貼著她的耳，嗓音喑啞得近乎誘惑。「想來都是本王不夠努力，這才使得胖娃娃久久不來。」

他還不夠努力？若是再努力一些，只怕她的腰都不知要斷上多少回了。

秦若蕖耳朵癢癢的，笑著直躲避他如雨點般落下的輕吻。

陸修琰笑著摟緊她，將她抱坐在膝上，下頷搭在她的肩窩處，懶洋洋地把玩著她腰間帶子。

「皇后娘娘千秋，咱們應該準備些什麼賀禮？」秦若蕖也無心再繡肚兜了，靠著他的胸膛問。

「這些妳不必憂心，我都會命人準備齊全的。」

「哦……」秦若蕖點點頭，緊接著好不苦惱地道：「陸修琰，我覺得我好沒用，家裡什麼忙也幫不上。」

「聰明之人會懂得合理分派任務，自有下人辦得妥妥當當，無須事必躬親。」陸修琰親親她的臉蛋，安慰道。

秦若蕖想了想，轉過身來對上他的眼神。「那我就是聰明人嘍？」

陸修琰失笑，倒會給自己臉上貼金。

「如今事情到了這地步，早已經沒有退路了，姊姊求妹妹看在那孩子一片癡心分上，請皇上答應了吧！」收拾得整齊乾淨的廂房內，呂夫人作勢下跪，慌得她跟前的女子連忙伸手扶住她。

「姊姊萬萬不可，非妹妹狠心，只是多年不曾回京，皇上……」女子遲疑道。

「妹妹放心，皇上是個長情之人，否則當日江家事發，表舅又怎會被輕判？」呂夫人忙道。

得不到的自然是最好的，因為得不到，便成了心口上的一顆硃砂痣。

許倩瑜，便是這樣一顆刻在宣和帝胸口上的痣。

皇后千秋賀禮有人操心準備，秦若蕖樂得輕鬆，閒來與來府習武唸書的無色及陸淮睿兩個小傢伙在一起玩鬧，一時間，孩童特有的清脆稚嫩笑聲響徹王府後宅。

無色與她是老相識，兩人相處一舉一動如同當年在岳梁那般自在隨意，倒是一板一眼的陸淮睿，因為心裡有些彆扭，加上對無色又有幾分心結，故而多是靜靜地坐在一旁看著兩人，看久了，視線頻頻落在笑得恣意張揚的無色身上，眼神難掩羨慕。

這個皇兄，除了唸書不如他，其餘樣樣均在他之上，比他更得皇祖父、皇叔祖他們的疼愛，比他武功要好，也比他過得快活自在。

他雙手托著腮幫子，眼神追隨著那個淘氣的身影，巴巴的模樣落在陸修琰眼裡，倒讓他有幾分好笑。

「怎不去與你兄長在一起玩耍？」陸修琰走過來，揉了揉他的腦袋瓜，慈愛地問。

「皇叔祖。」小傢伙立即起身行禮。

陸修琰拉著他在身旁坐下，望向尖叫著在雪地裡四處逃竄的無色，及雙手扠腰指揮著青玉、雲鷲等人圍捕的妻子，再看看身邊這張難掩黯然的小臉。

「皇叔祖，我是不是很不如鑫皇兄？為什麼大家都喜歡他比喜歡我要多？」片刻，小傢伙悶悶不樂的聲音便響了起來。

陸修琰失笑，道：「鑫兒與你各有各的好，皇叔祖也好，你皇祖父也好，對你們都是一樣的疼愛；只是你鑫皇兄性情外向活潑，加上又離開親人多年，難免多看顧著點。」

「這樣嗎？」陸淮睿似懂非懂地眨眨眼睛。

陸修琰含笑衝他點了點頭，隨後一指遠處那個小炮彈。「你鑫皇兄快被抓住了，兄弟要相互扶持，你還不去救他？」

小傢伙頓時精神一振，響亮地應了一聲「好」，隨即邁開小短腿飛也似地朝無色跑過去。

「皇兄，我來救你！」

陸修琰笑著搖搖頭，看著遠處反被兩個小傢伙用雪球攻擊的妻子，竟生出一種自己養了一個女兒、兩個兒子的詭異感覺。

目光落到配合得相當默契的那對小兄弟身上，他的眸色漸深。

皇兄想來更屬意宥恒，睿兒又是最得宥恒看重的嫡長子，將來……鑫兒若能與他交好，日後便是自己不在了，他也能多幾分保障。

皇室兄弟相爭的悲劇自己也曾經歷過，平王兵敗的下場仍歷歷在目，當年亦是集萬千寵愛在一身的平王世子，如今已被一抔泥土埋在了地下……

抱著大氅走過來的素嵐看著這一幕只想嘆氣，瞧這，哪還像個親王妃，分明是個瘋丫頭！

她望了望背著手立於涼亭上的陸修琰，又再看看瘋作一團的那幾個身影，良久，一絲欣慰的笑容躍於臉龐。

她抬頭瞧瞧紛紛揚揚的雪花，視線有幾分朦朧。在如今這對女子尤其嚴苛的世道，端王卻以他的愛與包容，為他愛的人鑄造了一方固若金湯的自由天地。

嫁女如此，夫人，您在天之靈也該放心了吧？

「陸修琰，快救我！」逃避不及的秦若蕖接連被雪球砸中，身上那件名貴的孔雀綠緞面大氅已經沾了不少雪花，趁著青玉與雲鷲擋住小傢伙們的攻勢，她尖叫著朝好整以暇看戲的陸修琰撲過去，整個人躲在他的身後，小手揪著他的腰帶呼救起來。

陸修琰笑著抬手，一下子便將無色砸來的雪球抓住，輕輕一揚，又抓住了陸淮睿偷襲的另一個雪球。

兩個小傢伙不死心，動作飛快地又是幾個雪球擲過來，無一例外都被接住。

躲在陸修琰身後的秦若蕖露出半邊臉來，衝他們得意地直笑，氣得兩人腮幫子一鼓一鼓的。

皇叔祖武力值太高，還怎麼讓人愉快地玩耍啊！

「不能這樣的，你這是欺負小孩子！」無色義正詞嚴地率先表示了抗議。

「就是、就是，這樣不公平。」陸淮睿隨後附和。

陸修琰一臉理所當然地笑道：「兄弟齊心，夫妻亦要同心。」

「就是，就准你們兄弟齊心，還不讓我們夫妻同心啦？」秦若蕖笑嘻嘻地接了話，趁著兩人不注意，突然將陸修琰手上的雪球搶過來，用力朝著無色砸過去，無色躲閃不及，雪球直直砸到他的肩上。

站在他身旁的陸淮睿亦好不到哪裡，同樣被緊跟而來的雪球砸中，他懵了懵，無色的哇哇大叫便已響了起來。

「妳偷襲、偷襲，太奸詐了！」

一面說，一面彎下身迅速捏了個雪球砸過去，陸淮睿亦不落後，動作飛快地跟著出手。

秦若蕖尖聲叫著跑開。

一時間，笑鬧之聲久久盤旋後花園……

官道上，怡昌長公主緩緩放下車簾，眉尖微微蹙了起來。

若是她沒有看錯，方才那車裡的女子應該是許倩瑜，她要回京了？

「許倩瑜回京，只怕……」她自言自語地道。

或許對許多人來說，許倩瑜只是一個微不足道的知府夫人，可她非常清楚，許倩瑜在皇兄心中的地位，怕是連皇后都及不上。

「長公主，什麼許倩瑜？她是什麼人？」將暖手爐遞過來的侍女聽到她這話，好奇地問了一句。

怡昌長公主沈默片刻方道：「許倩瑜，是當年皇兄正妃人選之一。」

同樣，亦是讓皇兄心動的第一個女子，這麼多年，兩人雖並無交集，可她卻知道皇兄其實一直在關注著許倩瑜，在背後默默幫助她許多，甚至愛屋及烏到連犯了事的許父都能網開一面。

許倩瑜，在皇兄心中終是個特別的存在。

寒冬大雪紛飛，如鵝毛般的雪花飄灑，給大地披上一層銀衣素裹，只是，入目的銀色亦掩蓋不住皇后千秋帶來的濃濃喜氣。

按制，朝廷命婦須一早進宮向皇后請安恭賀，秦若蕖自然也不例外。

一大早起來，她便在青玉等人的伺候下盛裝打扮，端莊威嚴的親王妃儀服穿到身上，倒是讓她顯得成熟不少。

陸修琰含笑注視著她，見她渾身不自在地對鏡左攬右照，輕笑一聲道：「如此裝扮，倒是有幾分親王妃的模樣。」

秦若蘩瞋了他一眼，噘著嘴道：「難道平時人家就沒有親王妃的樣子嗎？」

「哦，難道妳覺得整日與兩個小孩子瘋玩在一起算是親王妃的樣子嗎？」陸修琰不答反問。

秦若蘩輕哼一聲，腦袋一仰，驕傲地道：「我樂意！」

陸修琰哈哈大笑，愛憐地在她臉上掐了一把，在她嗔怒之前忙牽著她手往門外走。

「好了、好了，該出發了，小心誤了時辰。」

鳳坤殿上，一臉喜氣的紀皇后高坐寶座，接受朝廷命婦跪拜。

秦若蘩年紀雖小，可品級卻忒高，穩穩站於一眾命婦最前面，偏緊跟在她身後的命婦多是頭髮花白的年長婦人，如此一來，越發顯得烏髮俏顏的她如鶴立雞群一般。

請完安，自有宮女引著眾人離開鳳坤殿，行走時，自有懷著各種心思的命婦前來向秦若蘩見禮，秦若蘩始終笑容滿面地招呼著。

只是，來打交道之人一多，她便漸漸有些應付不過來了。

嵐姨雖教過她人前要得體大方，可是沒有教過她怎樣才能不管笑多久臉都不會僵啊！

還是大皇子妃與二皇子妃曹氏將她解救出來。

「方才還說怎地一轉身便不見了小皇嬸的身影，如今可總算找著了。」大皇子妃笑著挽著她的臂。

「可不是，就那麼一眨眼的工夫。」曹氏亦笑道。

妯娌兩人一左一右地護著她前行，讓人不敢再輕易上來打擾。

說起來，因為無色與陸淮睿兩人這段時間常往端王府習武唸書，皇子妃妯娌自然與秦若蕖往來的機會也多了起來，久而久之，秦若蕖便與她們熟悉起來。

「端王妃請留步。」忽聽身後有女子喚，秦若蕖應聲止步回頭，見是一名臉蛋圓圓的宮女。

「端王妃，皇后娘娘請您過去一趟。」圓臉宮女見過禮後道明來意。

聽是皇后要尋，皇子妃妯娌兩人也不便久留，遂主動告辭先行一步。

秦若蕖不疑有他，向兩人點頭致意後便跟著那宮女原路折返。

走了約莫一刻鐘，她便發現有些不對勁，這條路好像不是往鳳坤宮的。她正想出聲詢問，卻見那宮女竟是越走越快，不過眨眼間，竟消失在她的視線裡。

秦若蕖心中一凜，便是再怎麼遲鈍也發現情形不對了，強壓下驚慌，四下環顧，見入目之處盡是一株株怒放著的紅梅，瞧來竟像是梅林。

她努力在記憶中搜尋鳳坤宮的位置，謹慎地行走片刻，忽聽梅林裡隱隱約約傳出對話聲，細一聽，竟是一男一女，而那男子的聲音聽來彷彿有幾分熟悉。

她抿了抿嘴，打算往聲音響起處的相反方向離開，非禮勿聽的道理她還是懂得的。

邁出的步伐卻在聽到一個名字時停了下來——

「……我知端王已經有了王妃，可是語媚用情至深，為了端王，把自己的後路全部斬斷了……」

她輕咬著下唇，心裡不知怎地有幾分亂。

「……朕明白妳的意思，只是，倩瑜，捫心自問，若是今日有別的女子對刑大人用情至深到了非君不嫁的地步，妳可願意為夫納她進門？」響起的男子聲音竟然是宣和帝！

秦若蕖心口劇跳。倩瑜、刑大人、為夫納進門……難道與皇上說話的女子竟已成婚，夫君還是一名姓刑的大人？

良久，說話聲不再響起，秦若蕖深深地吸了口氣，正想抬步離開，便又聽宣和帝嘆息道。

「……還是在妳眼中，皇族男兒全都是三妻四妾、左擁右抱？」

「我、我不是這個意思，我只是憐惜語媚一番癡情，皇上乃性情中人，想必、想心亦會……」

「性情中人……」宣和帝的輕笑聲似是帶著幾分自嘲。「是啊，朕是性情中人，所以才會這麼多年始終對妳念念不忘……」

秦若蕖的腦子亂作一團漿糊，這番話對她的衝擊著實太大，她一直以為帝后情深，卻想不到……

「啪」的一下，突如其來的物體掉落聲在她身邊響起，嚇得她險些叫了起來，雙腳不禁退了一步，踩在雪地上，發出「嘎吱嘎吱」的細細響聲。

「是誰?!」宣和帝的厲聲質問隨即響起。

秦若蕖臉色大變，猛地轉過身飛跑起來，跑出約莫一丈不到的距離，突然有一隻手從身後伸出，緊緊地捂住她的嘴，嚇得她魂飛魄散……

「王妃，是我！」刻意壓低的聲音響在耳畔，卻一下子讓她鬆了口氣。是雲鷲！

身後緊追而來的腳步聲越來越近，雲鷲臉色大變，當下再不及多想，一手抱著她的腰，提氣施展輕功掠而去。

兩側的景物飛速往後掠，秦若蕖一顆心提到了嗓子眼，小臉煞白，雙手緊緊地揪著雲鷲的衣袖。

前方出現的岔路讓雲鷲的腳步一下停下來。

「雲鷲，是分岔路，咱們應該往哪邊走？」秦若蕖也有些慌了。

往西還是往東？雲鷲一時抓不定主意，西邊的這條路是通向何處？東邊的又是通向何處？這裡可是皇宮大苑，萬一再誤闖進不得了的地方，拖累的可是整個端王府！

怎麼辦？

「王妃，不如賭上一賭——」

「往東，往東直行遇岔路轉左便是鳳坤宮！」忽然響起的女子聲嚇了兩人一跳，循聲望去，竟見不遠處的假山石後站著兩名女子，當中一人一身華服，身披大紅撒花大氅，正是怡昌長公主；站在怡昌長公主身邊的則是一名侍女打扮的女子，方才出聲提醒的便是她。

秦若蕖一咬牙。「雲鷲，往東走！」

「是！」

此時此刻，賭怡昌長公主不會害她的勝算至少比她自己胡亂選一條路的要大，畢竟，怡昌長公主露面相助也是表示了誠意。

雲鷲當下再不猶豫，抱著秦若蕖一路疾馳，不過眨眼間便消失在怡昌主僕視線裡。

「長公主，咱們也快走吧！」侍女輕聲勸道。

「不必，如今走倒顯得自己心虛，再者，咱們又如何跑得過皇兄的暗衛，便當什麼事也沒發生吧！」怡昌長公主搖搖頭。

侍女一想，確實是這個理，當下再不說話，扶著她的手緩步雪中。

卻說宣和帝一聲厲喝後，一面吩咐暗衛去看個究竟，一面著人將許倩瑜送出宮。

許倩瑜嚇得臉色發白，緊緊地揪著他的袖口，顫聲問：「會不會、會不會被人發現了？」

宣和帝本是帶著苦澀的心見她這楚楚可憐的模樣，一下子便軟了下來。

他輕聲安慰道：「不要怕，我總會護著妳的。」

許倩瑜輕咬著唇瓣，眼神複雜，片刻，低著頭嗯了一聲，而後一言不發地在侍衛的護送之下離開了。

宣和帝看著她漸漸遠去的背影，久久不作聲。

這是第幾回了？第幾回只能眼睜睜地看著她慢慢從身邊離開？

他低低地嘆了口氣，神情落寞。

半晌之後，派出去的暗衛回來覆命。「回皇上，屬下一路追蹤，只在幽月榭附近見到怡昌長公主主僕兩人，長公主看來是路過，此外再無他人身影。」

大雪紛飛，地上的腳印也很快被落雪掩蓋，白茫茫的一片，又往何處去尋？

宣和帝臉色一沈，他分明聽到異響，又怎會無人？

此人可不能留，若是留著，萬一將今日之事傳出去，讓倩瑜一個婦道人家如何自處？

「查，給朕嚴查！」

另一邊的秦若蕖被雲鷲帶著飛奔不止，直到巍峨的鳳坤門映入眼簾，雲鷲心中一喜，就要加快速度飛掠而去，卻被秦若蕖的聲音制止。

「雲鷲，往出宮之路，莫要連累皇后娘娘！」

雲鷲愣了愣，略一沈吟，足下腳步一拐，不過須臾便已掠過鳳坤宮，在通往宮門的宮道上尋了處無人之地，這才將秦若蕖放了下來。

秦若蕖努力平復一下呼吸，抬手攏攏有幾分凌亂的鬢髮，又整整衣裳，這才裝出一臉焦急的表情在宮道附近亂轉。

雲鷲心思一轉，當即明白她的用意，亦學她的樣子轉了幾圈。

「王妃，咱們是不是迷路了？」

「怎地走了一會兒便不見人了？明明方才還見著她的。」秦若蕖焦急地道。

正在此時，一名內侍經過，認出是端王妃，連忙上前行禮。

「奴才給王妃娘娘請安。」

「公公來得正好，方才我與大皇子妃、二皇子妃一起出宮，途中卻有宮女來稟，說是皇后娘娘有事尋我。我跟著她走了一陣子，不知是她走得太快還是我走得太慢，不過眨眼的工夫便不見了她的影子，我又不識得路，怕會誤了皇后娘娘之事，敢問公公可否為我引路？」秦若蕖如遇救星般，一口氣地將前因後果道了出來。

雲鷲聞言，有幾分意外地飛快抬眸望了她一眼。

那內侍先是一怔，而後略有遲疑地道：「皇后娘娘受了禮便要往敬慈殿拜祭，這會兒想來已經在敬慈殿了……」

王妃自然不會說謊，再說，還有大皇子妃與二皇子妃作證呢，那說謊的必是那名宮女了。皇后娘娘今日的行程安排得滿滿的，又哪有空閒召見他人。

到底是在宮裡浸潤多年的人精，他很快便想明了當中的彎彎繞繞，掏出腰牌呈於秦若蕖眼前，恭敬地道：「奴才是含秀宮的首領太監蔡萬福，皇后娘娘這會兒想必抽不出空來，不如王妃先行回府，待皇后娘娘得了空，奴才方將此事稟報娘娘，王妃意下如何？」

秦若蕖仔細地辨認了他的腰牌，又認真記下他的容貌，這才放心地點了點頭。

「如此也好，多謝蔡公公。」

「不敢當王妃謝，王妃請隨奴才來，奴才為您引路。」

秦若蕖又再客氣了幾句，迅速地與雲鷲對視一眼，這才由著那名喚蔡萬福的內侍領著她們往宮門外走去。

她一路走，一路用心記下路線，直到看見不遠處一身親王儀服的陸修琰那挺拔的身形，眸中頓現喜色。

「前面便是宮門，奴才還有差事在身，便且告退了。」蔡萬福躬身告辭而去。

此時的陸修琰亦發現了她，神情略一愣怔，隨即快步迎了上來。

秦若蕖亦急步朝他走去，走得近了，一把揪住他的袖口，委屈地喚了一聲。「陸修琰……」

陸修琰見狀一驚，藉著寬大袖口的掩飾輕拍拍她的手背，輕聲道：「回去再說。」

「嗯。」

雲鷲沈默地跟在兩人身後，經此一事，倒是對這個性情怪異的王妃有了新的認識。

跟在秦若蕖身邊這般久，初時她也有些看不懂這位王妃，可慢慢便發現了，王妃雖然多數時候瞧來單純天真，但有時候卻冷靜得教人心驚，似今日這般倒好，恰在兩者之間。

坐到回府的車駕上，秦若蕖本想直接撲入陸修琰的懷中訴委屈，可頭上金冠又大又重，著實有些不方便，唯有可憐兮兮、淚眼盈盈地望著他。

陸修琰不知怎麼竟有幾分好笑，明明穿著一身再莊重沈穩不過的王妃儀服，卻配上這小兒女的神情，著實有趣。

秦若蕖敏感地察覺他臉上淺淺的笑意，頓時更委屈了，生氣地拂開他拉著自己的手。

「人家都快嚇死了，你還笑！」

陸修琰連忙收斂笑意，伸手去摟她的腰，秦若蕖推拒幾回便也由他了，只是一臉氣呼呼的表情。

「是我不好，在宮裡發生了什麼事？」陸修琰摟著她哄了幾句，這才問起正事。

秦若蕖當下便將發生之事一五一十地告訴他，末了還眨眨水汪汪的眼睛好不可憐地道：「可嚇死我了，人家又不是有意偷聽的，多虧了長公主給我指路，否則還不知又會誤闖何處呢！本來我是想著到皇后娘娘處躲避一會兒，後來一想，萬一被查到，豈不是連累了皇后娘娘？皇上喜歡的是別人，娘娘已經很可憐了，若是再為了我……」說到此處，她的情緒相當地低落。

「妳做得很對，此事若是牽連上皇后娘娘便不好了。」以皇后的身分，確實不宜牽扯上這種事。

他皺著眉，臉色凝重，卻不是在想宣和帝與許倩瑜之事，而是在想到底是何人竟敢光天化日之下陷害自己的妻子。

背後之人是獨針對自己或者阿蕖一人，還是想要挑撥端王府與皇兄的關係？畢竟就算阿蕖被發現，皇兄看在他的分上未必會傷害她，但日後……而他自然會護著妻子，如此一來，兄弟之間想必或多或少會留下心結。

「……陸修琰，那個什麼倩瑜是什麼人？皇上為何會與她……皇后娘娘那樣好，他怎麼能喜歡別人呢？」秦若蕖難過地揪著他的袖口問。

陸修琰嘆息一聲。他也是頭一回聽到這個名字，況且宣和帝比他年長許多，對他年輕時之事，自己又哪會清楚？

他安慰地拍拍她的肩膀，憶起她方才轉述的宣和帝與許倩瑜對話，不答反問：「妳就不擔心皇兄真應了她的請求，將呂家姑娘賜給我嗎？」

「你又不會要……」秦若蕖悶悶地應了一句。

陸修琰心中一暖，為了她這無條件的信任。他的傻姑娘啊……

他嘆息著展臂摟緊她，側過臉去在她臉頰上親了親。

「嗯，本王家財不豐，養王妃一人剛剛好，多了就養不起了。」

「胡說，人家才沒那麼難養呢！」秦若蕖嬌嗔地輕捶他一記。

陸修琰笑著抓著那小粉拳送到唇邊親了親，定定地注視她一會兒。

說起來，今日這丫頭的表現倒真是讓他刮目相看，若是她的另一面性情如此行事也不算什麼，可這傻丫頭平日看來大而化之，純真到近乎白紙一張，面臨重要時刻卻能保持冷靜，迅速判斷形勢並做出有利決定。

他突然有些好奇，若是這丫頭沒有經歷當年那場血腥，而是在父母兄長疼愛下無憂無慮長大，又會長成何種性情？

只是，這個答案他也許一輩子都無法得到了。

他有些遺憾地嘆息一聲。

回到王府，因晚上還有宮宴，加上心疼妻子一番險遇，陸修琰遂哄著她先去歇息一陣，待看著她睡去後，他才到了書房，喚來雲鷲詢問宮中發生之事。

「屬下發現不妥趕過去時，已經不見那名宮女，只有王妃一人，屬下無法，生怕皇上會發現，唯有帶著王妃急忙離開。」

「可有留下什麼痕跡？」陸修琰追問。

「應該沒有，王妃經過之處雪並未積得很厚，加上今日雪大，現場的腳印很快便淹沒了。屬下自問輕功尚可，沿路也注意著，想來並沒有留下什麼痕跡。」身為端王曾經得力的下屬之一，基本的技能她還是懂得的。

陸修琰這才鬆了口氣。

不管怎樣，若是皇兄發現阿蕖曾出現在現場終究麻煩，從皇兄待那刑夫人的態度可知，此女在他心中地位不低。情之一字最讓人莫測，他也不敢肯定皇兄會不會為了那刑夫人而對阿蕖不利。

——未完，待續，請看文創風537《傲王馴嬌》3（完結篇）

2015年6月出版

獨愛小虎妻

文創風 307～308

他守身如玉十八載，
還以為自己愛的是溫婉女子，
豈料初次動心的對象，
竟是那隻時時讓他吃癟、披著兔子皮的小老虎?!

文創風 255-257《君許諾》甜蜜續作

甜苦兜轉千百回 道出萬般情滋味／陸戚月

古有云「負心多是讀書人」、「百無一用是書生」，
從小哥哥耳提面命，讓柳琇蕊見到這類人一向是有多遠躲多遠，
好死不死如今自家隔壁就搬來一個，而且一來便討得她家和全村歡心，
可這書呆子成天將「禮」字掛嘴邊，卻老愛與她作對，
連她和竹馬哥哥敍個舊，他也要日日拿禮記唸到她耳朵快長繭，
只是近來他改唸起詩經情詩，還隨意親了她，這……非禮啊！
自發現這嬌嬌怯怯的小兔子，骨子裡原來藏著張牙舞爪的小老虎，
紀淮不知怎的，每次碰面就想逗她開罵，即使吃癟也覺得有趣，
天啊，往日一心唯有聖賢書的他八成春心初動了……
為娶妻，他不顧一切先下手為強，讓親親竹馬靠邊站，可還沒完呢！
如今前有岳父，後有舅兄，這一宅子妹控、女兒控又該如何搞定？
唉，媳婦尚未進門，小生仍須努力啊～～

2017年6月出版

吾妻不好馴

文創風 526～527

聽聞夫君心中另有所屬？沒關係，她沒打算談情說愛；
老夫人跟大房不待見她？無所謂，她無意當賢良媳婦。
反正她嫁入高門僅是衝著「侯爺夫人」的頭銜，
哪曉得這枕邊人當初指名要娶她，竟是別有隱情……

嬌妻不給憐，纏夫偏要黏／岳微

歐汝知借屍還魂為商賈之女衛茉，
滿心滿眼就是為家族通敵罪狀翻案這等大事，
可從一名習武女將換成這副病秧子皮囊，
猶如虎落平陽，難展拳腳啊……
正當她不知該從何起頭時，
恰逢靖國侯趕著上門提親求娶她，
命運都向她伸出了橄欖枝，
她當然得把握機會，嫁入侯門！
所幸老天爺待她不薄啊，
這丈夫平時總小心翼翼地呵護她，還能替她治療寒毒，
更重要的是，他竟是替歐家翻案的同道中人！
遇上如此義氣相挺的良人，
她再冷傲的心也被捂熱了……

半掩真心，巧言挑情／半巧

2017年5月出版

巧婦當家

人倒楣，喝涼水也會嗆著。
帶著一身臭名嫁人，這便宜夫君對她還不假辭色。
也罷，能活著就是上蒼恩賜，
暫且與他做了搭伙夫妻，
待她掙夠了錢，再想想該拿這男人怎麼辦……

文創風 522 1

李空竹一朝穿越就頂著蓋頭嫁了人，
匆忙結了婚，只覺和新丈夫相看兩厭。
然而生活還是得過，她瞅著光禿禿的家提起幹勁，
反正她有著好手藝，白手起家不是問題，
問題是她的丈夫趙君逸，他身懷武功似乎有著隱情。
不過婚都結了，就是有什麼秘密也得出些力。
未料這般與他搭伙過日，她居然對他日久生情，
可這男人對她總是忽冷忽熱，到底算個什麼事兒？

文創風 523 2

趙君逸心情不佳，只因被迫娶了聲名狼籍的她，
但婚後他發現，這妻子與傳言中的「她」很是不同。
成天對著她的樂觀進取，他如死灰的生活燃了起來，
他不由自主地怦然心動，可是背負的秘密使他只能壓抑，
誰知在他徘徊糾結之時，她竟是直截了當的示愛?!
這突然的告白使他又喜又憂，
喜的是與她兩情相悅，憂的是危險將至，
唯恐自己的「大業」波及這小女人，他冷漠回應，
只是見她強顏歡笑的模樣，他心底竟是酸澀難耐……

文創風 524 3

李空竹的生意蒸蒸日上，這滾滾而來財帛很是動人心，
那些貪婪的「魑魅魍魎」都想來占便宜，
眼見四面楚歌，她孤身一人難以抗衡，
幸而出門在外的他及時歸家，還大費周章請來援軍相助，
俗話說小別勝新婚，這番波折使兩人心心相印，
夫妻正是蜜裡調油，無奈他受命於人，得再度遠行邊關。
她雖是受怕擔憂，卻了解事有輕重緩急，
只希望他此去平安順利，莫忘她正獨守空房，苦盼君歸……

文創風 525 4 完

瞧著一旁成雙成對，李空竹孤身隻影很是幽怨。
她照料生意忙得腳不沾地，也不忘盼著他捎來隻言片語，
只是希望頻頻落空，這般日日消磨，讓她就是聽見消息也心如止水。
原以為此情已逝，未料聽聞他於邊關正受時疫威脅，
她便難忍心焦，不遠千里去尋他。
歷經艱辛才見到他，這心頭的大石落了地，她是又喜又惱，
喜他平安康健，惱他總想獨自承受，還對她不聞不問，
窩在他懷中，她狡詐地勾起嘴角，盤算著該怎麼懲罰他……

為流浪貓狗加油 和貓寶貝 狗寶貝

廝守終生(一定要終生喔！)的幸福機會

對人來說，貓寶貝狗寶貝只是生活的一部分，
但妳（你）對牠們來說，卻是生活的全部，領養前請一定要考慮清楚——

▲ 等待回家的毛寶貝　巧虎

性　別：男生
品　種：米克斯
年　紀：5歲（預估2012年2月生）
個　性：乖巧穩定、親人、愛撒嬌，喜歡討摸摸和抱抱
健康狀況：已結紮，愛滋陽性，有定期施打預防針
目前住所：台北市景美

本期資料來源：台灣認養地圖

『巧虎』的故事：

中途是在2012年於台北車站附近的公園遇見巧虎的，當時的巧虎是隻約三、四個月大，且已被結紮剪耳的小貓。很有愛心的中途便抱起巧虎並帶去動物醫院檢查。健檢的結果發現巧虎有愛滋，也因為如此，中途身邊的人都建議中途將巧虎原地放回。

然而，中途聽餵食的愛媽說，公園已有多起流浪狗咬死貓咪的事件，有時在早上還能看到不少已經當了天使去的貓咪們。中途相當憂心這麼小的巧虎該如何在此獨自生活、避開危險？她實在不忍心將親人的巧虎放回如此凶險的環境中，於是將牠帶回照顧，想幫牠找到一個可以安心生活的地方。

可是就這麼等呀等，5年過去了，一隻隻健康的貓咪都找到新家擁有各自的幸福，乖巧的巧虎仍在中途之家等待牠的小幸運。曾經，巧虎也被送養過一次，但是卻被認養人退養了，造成巧虎心理上二次的傷害，中途由衷希望巧虎這次能等到一個永遠屬於牠的家。

巧虎目前五歲了，健康狀況都不錯，牠的個性非常乖巧、愛撒嬌，又喜歡討摸摸和抱抱；另外，洗澡、刷牙、剪指甲等基本照料都沒有問題，很適合新手、單貓家庭或是家中已有愛滋貓的認養人喔！若您願意給巧虎一個永遠安全又安心的家，歡迎來信 dogpig1010@hotmail.com（林小姐）。

認養資格：

1. 認養者須年滿23歲，有獨立經濟能力。
2. 須同意簽認養寵物切結書，並能讓中途瞭解巧虎以後的生活環境。
3. 同意送養人日後之追蹤探訪，對待巧虎不離不棄。
4. 同意做門窗防護措施，以防巧虎跑掉、走失。
5. 以雙北地區優先，第一次看貓不須攜帶外出籠，確認送養會親自送達。

來信請說明：

a. 個人基本資料：姓名、性別、年齡、居住地、同住者、職業與經濟來源等。
b. 預定如何照顧巧虎，以及所能提供之環境和承諾（如：食物、飼養方式）。
c. 請簡述過去養貓的經驗、所知的養貓知識，及簡介一下您的飼養環境。
d. 若未來有結婚、懷孕、出國或搬家等計劃，將如何安置巧虎？
e. 是否同意中途作日後追蹤（家訪、以臉書提供照片）？

文創風
536

傲王馴嬌 2

國家圖書館出版品預行編目資料

傲王馴嬌 / 陸柒著. --
初版. -- 臺北市 : 狗屋, 2017.07
冊 ; 公分. --（文創風）
ISBN 978-986-328-745-2（第2冊：平裝）. --

857.7　　106007790

著作者	陸柒
編輯	張蕙芸
校對	沈毓萍　周貝桂
發行所	狗屋出版社有限公司
地址	台北市104中山區龍江路71巷15號1樓
電話	02-2776-5889～0
發行字號	局版台業字845號
法律顧問	蕭雄淋律師
總經銷	知遠文化事業有限公司
電話	02-2664-8800
初版	2017年7月
國際書碼	ISBN-13　978-986-328-745-2

本著作物由北京晉江原創網絡科技有限公司授權出版

定價250元

狗屋劃撥帳號：19001626

網址：love.doghouse.com.tw　E-mail：love@doghouse.com.tw